AtV

Eva Maaser wurde 1948 in Reken (Westfalen) geboren. Sie studierte Germanistik, Pädagogik, Theologie und Kunstgeschichte in Münster.

Sie veröffentlichte die Romane *Der Moorkönig* (1999) und *Der Paradiesgarten* (2001) sowie die Kriminalromane *Das Puppenkind* (2000) und *Tango Finale* (2002), in denen das Team um Kommissar Rohleff bereits zwei spektakuläre Fälle löste.

Seit der Geigenstunde ist eine Zwölfjährige verschwunden. Zunächst laufen nur Routineermittlungen an, denn ihre Mutter hatte zwei Wochen zuvor schon einmal voreilig eine Vermißtenmeldung gemacht. Drei Tage später aber wird die Leiche des Mädchens an einem See bei Steinfurt entdeckt, seltsam drapiert und fast romantisch anzusehen in einem schwanenweißen Kleid. Ehe Lilli Gärtner, die Ermittlerin, eine konkrete Spur verfolgen kann, gräbt Kollege Patrick Knolle einen unaufgeklärten Fall aus, der erschreckende Parallelen aufweist. Und dann wird ein weiteres totes Kind unter ähnlichen Umständen gefunden. Jetzt ist es sicher: Ein Serienmörder muß am Werk sein. Plötzlich nimmt Lilli ihre gesamte Umgebung mit anderen Augen wahr, sogar ihr Mann und ihre beiden Töchter scheinen sich verändert zu haben.

Wie der Fund des »Puppenkindes« und der malerisch gefrorenen Tangotänzerin ist auch der dritte Fall des Ermittlerteams um Kommissar Rohleff außergewöhnlich.

»Lokalkolorit der besonderen Art ... was Brunetti in Venedig kann, das ist für Rohleff Ehrensache.«

Münstersche Zeitung zu *Das Puppenkind*

Eva Maaser

KLEINE SCHWÄNE

Kriminalroman

Aufbau Taschenbuch Verlag

ISBN 3-7466-1353-1

1. Auflage 2002

Einbandgestaltung Torsten Lemme
unter Verwendung des Fotos »Schloß Lembeck« von Werner Otto
Druck Clausen & Bosse, Leck
Printed in Germany

www.aufbau-taschenbuch.de

Vorbemerkung

Auch wenn es einigen Steinfurtern sicherlich anders lieber wäre: Alle Personen und die Handlung sind frei erfunden. Und wenn die eine oder andere dieser Figuren rote oder schwarze Haare hat, diesen oder jenen Namen trägt, so ist das kein Hinweis auf eine real existierende Person, sondern schlichter Zufall. Irgendwie muß ja auch ein erfundener Mensch heißen dürfen.

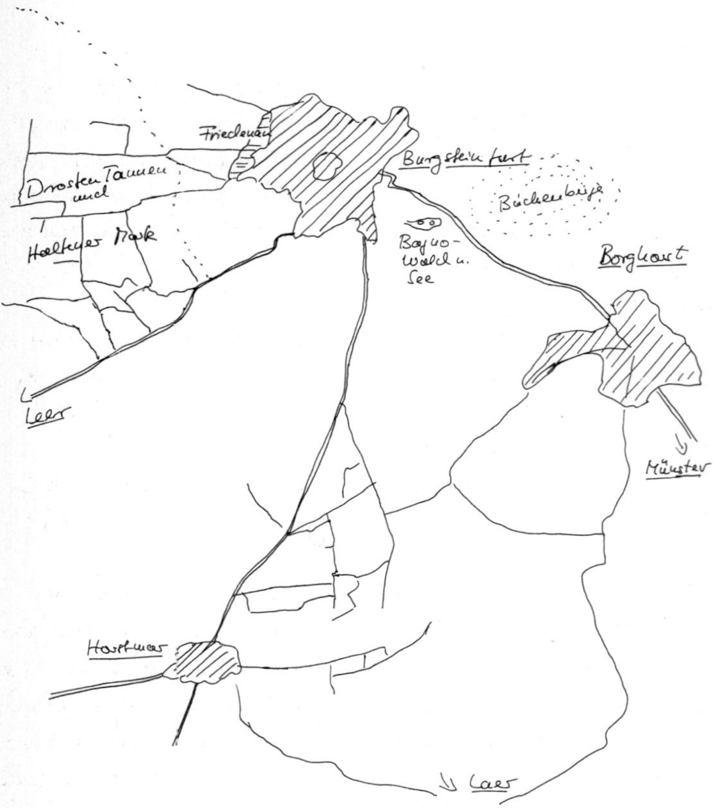

Lageskizze von Burgsteinfurt

2. Juni

Rohleff hielt den Hörer ein Stück vom Ohr ab, legte den Kopf dabei schief, faßte sich in sein graues kurzes Drahthaar und begann, eine Strähne zwischen zwei Fingern zu zwirbeln – das hätte mich warnen müssen. Es war nicht gerade klug, daß ich auch noch seine Miene studierte, in der Verlegenheit, zunehmende Gereiztheit und Pflichtbewußtsein um die Oberhand stritten.

Während ich mich an seinem Unbehagen weidete, trafen sich unsere Blicke. Schlagartig entspannte sich Rohleff und winkte knapp mit dem Hörer.

»Lilli, das ist was für dich.«

Den ganzen Vormittag hatten wir nichts zu lachen gehabt, und es war mittlerweile halb fünf nachmittags, ohne daß sich ein Lichtblick gezeigt hätte.

Trübe Stimmung bei heißem Frühsommerwetter draußen.

Ich hoffte, daß der Anruf wenigstens etwas mit dem anstehenden Fall zu tun hatte. Wir schlugen uns mit einer Serie von Einbrüchen herum, bei denen nicht nur ziemlich viel geklaut wurde, sondern ganze Wohnungseinrichtungen beinahe sperrmüllreif zerlegt wurden. Also obendrein Vandalismus und seit gestern ein Todesfall. Ein Mann um die Siebzig.

Es waren gut drei Wochen bis zu den Sommerferien, und es tröstete uns nicht unbedingt, daß die Diebe in der Urlaubssaison voraussichtlich auf weniger Bewohner stoßen würden, die sich störrisch an ihr Eigentum klammerten. Der Siebzigjährige hatte vermutlich einen Schlaganfall erlitten, als er die Einbrecher mit der zusammengerollten Fernsehzeitung bedrohte. Er hielt sie noch in der Hand, als wir ihn fanden. Der Fernseher flimmerte in der allgemeinen Verwüstung weiter, ein Fußballspiel lief mit dem üblichen Gegröle der Zuschauer als Hintergrundgeräusch. Ich fragte mich flüchtig, ob wir es bei den Tätern mit Fußballfans zu tun hatten.

Doch was hieß das schon?

Gerade liefen die Spiele der Champions League, da saßen auch ziemlich viele meiner Kollegen vor dem Fernseher, selbst Hauptkommissar Karl Rohleff, wenn er Zeit hatte. Zu Hause hockte Detlev mit Katia und Laura ebenfalls vor der Glotze. Um halb eins hatte mich letzte Nacht das Diensthandy aus dem Schlaf gedudelt. Bevor ich mich zu dem Einsatz aufmachte, habe ich meine Töchter, die gerade das letzte Spiel des Tages anschauten, ins Bett gescheucht. Detlev kann ja seine Schüler in der ersten Stunde still beschäftigen und unauffällig dabei weiterschlafen.

Ich hätte mich eventuell irgendwie herausreden können, Rohleffs Stichwort »Das ist was für dich« bot mir genügend Stoff dazu, aber die Diskussionen um Gleichberechtigung und geschlechtsspezifische Aufgabenverteilung haben wir in unserem Team längst hinter uns. Nicht, daß die tatsächlich etwas geändert hätten.

Aus dem Hörer gellte mir eine Frauenstimme ohne erwähnenswerte Unterbrechung entgegen, obwohl Rohleff die übliche Überleitung heruntergeschnarrt hatte.

Neurotisch, war das erste, was ich dachte. Direkt neben mir gingen Harry Groß und Patrick Knolle der aktuellen Ermittlung nach, die mich mehr interessierte.

»Die Knilche haben eine Meißener Platte aus dem späten 18. Jahrhundert zerdeppert«, schimpfte Harry, eine Liste schwenkend. Er hatte was gegen Vandalismus.

»Na und? Vielleicht haben sie die nicht mehr in den Sack gekriegt«, wandte Patrick ein.

»So was kann zehn Mille bringen.«

»Beim Hehler? Du träumst wohl.«

Es wurde Zeit, daß ich die Stimme aus dem Telefon zum Schweigen brachte, bevor mir das Stereohören auf die Nerven ging.

»Kommissarin Gärtner«, stellte ich mich sehr bestimmt selbst vor, denn ich war sicher, daß die Frau Rohleff nicht zugehört hatte, als er meinen Namen erwähnte. »Hören Sie, Frau Hainsbach, lassen Sie uns von vorn anfangen und die Fakten klarstellen: Ihre Tochter Caroline ist also seit etwa einer Stunde überfällig«, sagte ich laut und deutlich.

Die Frau stockte nur kurz. Eine Zwölfjährige, die vom Musikunterricht noch nicht zurück war, eine kleine Pünktlichkeitsfanatikerin, die Zuverlässigkeit in Person.

Ich hätte vor Neid erblassen können, wenn ich an meine Töchter dachte, mein Realitätssinn stand aber dagegen. Außerdem waren meine Kollegen noch nicht fertig miteinander.

»Du machst mich krank mit deinem Gefasel über unschätzbare Werte«, schnauzte Patrick gerade.

»Richtig«, hakte Rohleff ein, »wir haben es diesmal mit einem Bruch mit Todesfolge zu tun, das ist was anderes.«

Patrick bleckte die Zähne und fuhr sich mit der Hand durch sein karottenrotes Wuschelhaar. »Die halten sich heute nicht mehr an den Ratgeber ›Wie breche ich effektiv und sozialverträglich ein‹.«

»Gibt's den schon auf polnisch?«

Um das Gespräch über eine abgängige Zwölfjährige, die vermutlich in der Eisdiele am Markt saß, rasch und ungestörter zu beenden, rückte ich so weit vom Schreibtisch ab, wie es die Telefonschnur zuließ. Es hat mich dann doch noch eine Viertelstunde gekostet, um mich mit Frau Hainsbach darauf zu einigen, daß sie erstens bei der Musikschule anruft und zweitens eine weitere Stunde abwartet, bis sie sich wieder bei mir melden würde.

Der zweite Anruf erfolgte prompt eine Stunde später. Ich müsse sie schon entschuldigen, erklärte Frau Hainsbach, plötzlich ganz vernünftig klingend, mit einer Spur Verlegenheit, aber in der Zeitung habe sie von der Entführung der Zwölfjährigen in Bayern gelesen, da seien ihr halt die Nerven durchgegangen.

Mit einer solchen Entwarnung hatte ich zwar gerechnet, mich aber trotzdem in der letzten Stunde mehrfach dabei ertappt, daß ich mit leiser Sorge an das Mädchen dachte. Jetzt ärgerte ich mich über Frau Hainsbach, die mich so lange im ungewissen gelassen hatte, denn Caroline war gleich nach dem ersten Anruf heimgekehrt, es hatte noch eine Orchesterprobe gegeben. Ich schrieb eine Aktennotiz, obwohl das nicht nötig war, und knallte sie Rohleff vor die Nase.

Eine halbe Stunde später schloß ich meine Haustür auf. Halbwegs kühle Luft kam mir entgegen. Unser Haus ist offen und kommunikationsfreudig gebaut, Glastüren und fehlende Wände machen es so gut wie unmöglich, sich unbemerkt die Treppe hinaufzuschleichen, um ohne Verzug unter die Dusche springen zu können.

Meine Töchter saßen an dem großen Tisch in unserer Eßzimmer-, Küchen-, Dielenraumeinheit und hoben nicht einmal die Köpfe von ihren Heften. Die letzten Wochen vor den Zeugnissen spornten sie zu sonst unüblichem Fleiß an. Ein Blick durch die halbgeöffnete Schiebetür in den Garten ließ mich entgegen jeder Umsicht ihre Studien unterbrechen.

»Wo ist Papa? Er hatte versprochen, den Rasen zu mähen.«

Laura starrte flüchtig nach draußen. »Aber jetzt doch nicht.«

»Wenn er das Gras jetzt schneidet, verdorrt es im Nu in der Hitze, und wir müssen nachher viel zu oft sprengen, das ist unökologisch«, ergänzte Katia.

»Papa ist in der Stadt«, sagte Laura noch, dann senkten sie wieder die Köpfe über die Hefte.

Die beiden haben mein Blond geerbt. Während mein Haar aber ziemlich viel Ähnlichkeit mit geplättetem Stroh zeigt, weshalb ich es möglichst kurz trage, lockt es sich bei ihnen engelhafter als bei Rauschgoldfigürchen, woraus sich ein trügerisches Bild ergibt. Wohl deshalb konnte ich es nicht lassen, sie ein weiteres Mal zu stören.

»Du müßtest doch Caroline Hainsbach kennen, die ist dein Jahrgang, Laura.«

»Ach die«, sagte Katia anstelle ihrer Schwester.

Die Abwehr war durchaus deutlich, aber wie viele Mütter beharrte ich uneinsichtig auf einer Ergänzung. »Und weiter?« Statt die Treppe hochzusteigen, trat ich an den Tisch und erkannte da erst, daß die Mathehefte nur als Unterlage für ein Spiel dienten. Sie tauschten Zettelchen mit Geheimbotschaften aus, SMS-Nachrichten mit einfachster Hardware.

»Caroline«, sagte Laura, sich unter meinem strengen Blick gesprächiger gebend, »geht nie irgendwohin mit, die muß nach der Schule immer sofort nach Hause.«

»Die ist ein ganz armes Schwein«, fügte Katia hinzu.

»Woher weißt du das denn? Du gehst erst nach den Ferien aufs Gymnasium.«

»Ich hab mir den Laden aber schon angeguckt, ich sollte doch wissen, auf was ich mich einlasse, und da reicht es nicht, mich auf die Aussagen anderer zu verlassen, wie du immer sagst, und nur mal eben die Homepage vom Arnoldinum anzuklicken.«

Mitten auf der Treppe fiel mir noch etwas ein, ich beugte mich über das Geländer.

»Papas Auto steht nicht in der Garage. Warum hat er nicht das Fahrrad genommen?«

Katia klang streng abweisend. »Ich hoffe nur, er bringt Sprudel mit, ich hab ihm gesagt, der ist alle.«

Den Sprudel hatte Detlev vergessen, als er eine halbe Stunde später mit Würstchen, Kartoffelsalat, Chips und Erdnüssen pünktlich zur nächsten Fußballrunde kam. Bier stand noch im Kühlschrank.

16. Juni

Diesmal ließ ich mich nicht erweichen, das Gespräch für Rohleff fortzuführen, als Frau Hainsbach wieder anrief.

An diesem Tag hatte in der Zeitung gestanden, daß man in Bayern das entführte Mädchen gefunden hatte. Vergewaltigt, erwürgt und in einem Laubhaufen versteckt. Ich gebe zu, daß ich nach einem Blick auf meine Töchter am Frühstückstisch nicht hatte weiter lesen mögen und gegen jede Logik und Vernunft ein paar altbekannte Verhaltensregeln wiederholte, wie die, sich nicht von einem Fremden anquatschen zu lassen.

»Solltest du auch nicht tun«, sagte Katia, Müsli kauend.

»Du weißt nie, was der von dir will, und für dein Alter siehst du gut aus«, fügte Laura hinzu.

»So ein geiler Südfranzose mit schwarzem Lackhaar.«

»Ruhe«, polterte Detlev, »hebt euch rassistische Bemerkungen für die Schule auf, eure Lehrer sollen auch noch was zu erziehen haben.«

Während ich Rohleff beim Telefonieren beobachtete, tat mir Frau Hainsbach leid, weil die Frühstücksgespräche mit ihrer Tochter wahrscheinlich ziemlich eintönig verliefen.

Dringender, als das Hainsbachsche Familienproblem zu lösen, erschien mir im Augenblick, ein paar erstklassigen Spuren nachzugehen, um die Sache mit den Einbrüchen möglichst vor den Sommerferien erledigen zu können.

Einige Stunden später zogen wir dann unser Netz um zwei Verdächtige zu. Harry, Patrick und Rohleff machten sich zusammen mit ein paar von der Wache für den Zugriff fertig.

Ich nahm an, daß Frau Hainsbach nicht noch einmal angerufen hatte, weil es ihr peinlich war, schon wieder unnötig die Polizei alarmiert zu haben. Genauer gesagt, ich hatte die ganze Sache vergessen, als sie sich doch wieder meldete. Sie weinte am Telefon. An mir blieb es dann hängen, sie aufzusuchen.

Für Dienstfahrten in die Stadt nehme ich das Auto, nicht wie Rohleff das Fahrrad. Als ich die Wagentür öffnete, schlugen mir etwa fünfundvierzig Grad Hitze entgegen. Beim Fahren ließen die heruntergekurbelten Fenster so viel frischere Luft ein, daß ich mir beim Einatmen nicht die Lungen versengte. Die leichte Abkühlung verhinderte aber nicht, daß mir bis zu dem gepflegten Anwesen der Hainsbachs der Schweiß herunter lief. Mein Rock war natürlich zerknautscht und die Bluse feucht geworden. Und meine Stimmung war auch mal besser gewesen.

Entgegen meinen Erwartungen zeigte sich Bettina Hainsbach einigermaßen gefaßt. Diese Gefaßtheit verriet viel tiefere Besorgnis als das Gekreische am Telefon.

Ich schätzte die Frau vor mir auf etwa fünfzig, sie hatte also die Tochter spät bekommen, ihr einziges Kind, auch das erklärte bereits einiges.

Wir standen noch im Hausflur, als der Ehemann die Tür aufschloß. Ich kannte ihn flüchtig, wie wohl fast jeder in Steinfurt. Allgemein galt er als angenehmer Typ. Vor ein paar Jahren hatte er eine der Apotheken hier übernommen, die Familie sei aus Süddeutschland zugezogen, hieß es. So ganz dazu gehörte sie noch nicht, dafür fehlten ihr mindestens fünfzehn bis zwanzig Jahre Ortsansässigkeit, daher hatte ich beim Namen Hainsbach nicht gleich geschaltet.

Hainsbach grüßte freundlich mit einem offenen, direkten Blick, ging dann auf seine Frau zu, umarmte sie kurz, küßte sie auf die Wange und dirigierte sie, mit einer Hand an der Schulter, gekonnt und bestimmt weiter ins Haus hinein, mich mit einer Geste gleichsam ins Schlepptau nehmend. Der Mann verlor keine Zeit.

»Was haben Sie unternommen, um Caroline zu finden?« fragte er.

»Die Frage muß ich an Sie zurückgeben.« Ich blickte Bettina Hainsbach an. »Wir haben ja am Telefon miteinander darüber gesprochen.«

»Sie ist weder bei den Nachbarn noch bei Mitschülerinnen, und viel mehr kommt nicht in Frage, das ist schon alles geklärt«, klinkte sich Hainsbach wieder ein, er wirkte dabei nicht ungeduldig, nur sachlich.

»Wann haben Sie Ihre Tochter zuletzt gesehen?« fragte ich ihn.

»Vor ihrer Musikstunde in der Apotheke, sie schaut öfter zu mir herein. Ich hatte diesmal leider keine Zeit für sie, da ich gerade Besuch von einem Pharmavertreter hatte. Sie sollte nach der Stunde wiederkommen, aber ich hab vergeblich gewartet. Daß sie nicht tut, was man ihr sagt, ist sonst nicht ihre Art.«

»Warum haben Sie uns nicht selbst angerufen?«

Einen Augenblick schaute er unsicher drein, dann legte er die Hand über die seiner Frau. Ich saß dem Ehepaar mittlerweile im Wohnzimmer gegenüber.

»Bettina wollte das übernehmen, in der Apotheke ist so ein Telefonat während der Geschäftszeit schwierig. Daß ich mich nicht gemeldet habe, heißt nicht, daß ich mir keine Sorgen mache. Wir haben nur Caroline.«

Einen Augenblick verharrten wir drei reglos, und in diesem Moment schob sich eine dicke Katze mit hellem Plüschfell um das Sofa, sprang mit einem behäbigen Satz hinauf und stieß mit dem Kopf gegen Hainsbachs Hand, die er ihr entgegengestreckt hatte. Die Finger des Mannes fuhren der Katze ins Fell und kraulten sie sacht, lange, schlanke Finger, die mit ruhiger Zielstrebigkeit das Tier auf seine Knie lenkten. Die Katze begann zu schnurren.

Bettina Hainsbach hatte ein Blatt vom Couchtisch aufgenommen und hielt es mir hin.

»Ich habe eine Liste von allen Leuten angelegt, die ich nach Caroline gefragt habe, die Telefonnummern stehen dabei.«

Man merkte ihrer Stimme die Mühe an, sie unter Kontrolle zu halten, dabei blieb das Gesicht ganz unbewegt. Es war kaum glaubhaft, daß es sich um dieselbe Frau handelte, die am Telefon so ungehemmt geschrien hatte.

Um sie nicht länger anzustarren, warf ich einen Blick auf die Liste, die Klassenlehrerin stand darauf, ebenso der Musiklehrer, auf seinen Namen tippte ich mit dem Zeigefinger.

»Was hat der Musiklehrer gesagt?«

Der Mann, ein älterer Herr, erfuhr ich, hinkte mit einem Gipsbein herum. Daher sei für den Unterricht eine Vertretung eingesprungen, ein Student der Musikhochschule in Münster. Da diese Vertretung bereits öfter stattgefunden hatte, mußte Bettina Hainsbach dieses Detail aus dem Leben ihrer Tochter offensichtlich mehrfach, vermutlich auch schon vor zwei Wochen, verdrängt haben. Der Student, dessen Name der alte Lehrer genannt hatte, war telefonisch nicht so leicht auffindbar. Vermutlich hauste er in einer WG mit Gemeinschaftstelefon.

Bei Telefon hakte etwas in meinem Hirn ein, ich entschuldigte mich, trat in den Flur und rief bei mir zu Hause an. Statt Detlev meldete sich Katia.

»Papa ist nicht da, dabei hat er versprochen, mir beim Aufsatz zu helfen. Ich hab erst drei Sätze, und Laura wollte nicht vorsagen.«

»Ist Papa nach der Schule nicht nach Hause gekommen?«

»Doch ...« Meine Kleine schniefte vernehmlich, es klang ein bißchen wie eine verstopfte Trompete, anscheinend hatte Katia aus Versehen das Gespräch laut gestellt.

»Bist du denn jetzt ganz allein?« Die Frage ärgerte mich bereits, bevor sie heraus war, wir erziehen unsere Kinder zu Selbständigkeit, und zu Überängstlichkeit neigen wir erst recht nicht.

»Ist sie nicht, und wir können gut selbst auf uns aufpassen. Papa ist zur Konferenz«, meldete sich Laura, »und mir fällt zu dem doofen Aufsatz auch nicht mehr ein.«

Ich konnte mich nicht erinnern, daß Detlev eine Konferenz erwähnt hatte, normalerweise sprechen wir uns über die Tagesplanung ab. Ein Hauch von Ärger kam auf.

Als ich zu Hainsbachs zurückkehrte, sah ich ihre Besorgnis mit etwas anderen Augen. Ein Blick auf die Uhr sagte mir, daß es halb acht war, Caroline hätte vor ungefähr dreieinhalb Stunden in der Apotheke sein müssen, spätestens vor drei, wenn wieder eine nicht planmäßige Orchesterprobe stattgefunden hätte. Das Mädchen spielte Geige.

»Sie sagen, Ihre Tochter hält sich an Abmachungen und ist immer pünktlich. Ich habe eine zwölfjährige und eine zehnjährige Tochter, beide sind wesentlich weniger folgsam, und das ist der Normalfall.«

Hainsbachs Augen blitzten kurz auf.

»Irgendwann wird auch eine kreuzbrave Tochter einmal aufmüpfig, gerade in diesem Alter«, fuhr ich fort. »Gab es einen Streit, der sie hätte veranlassen können, die Regeln zu brechen, Sie vielleicht bewußt in Sorge zu versetzen?«

Bettina Hainsbach schluchzte laut auf, ihr Mann dagegen wurde leicht sarkastisch.

»Ich weiß nicht, wie Sie Ihre Kinder erziehen. Caroline würde nie bewußt etwas tun, was uns verletzen oder ängstigen könnte, und wir umgekehrt schon gar nicht.«

Eine heilige Familie also, ich muß ziemlich blöd dreingeschaut haben, wie ich dem befriedigten Grinsen entnahm, das über Hainsbachs Gesicht huschte.

»Das heißt nicht, daß unsere Tochter ein Engel ist.«

Er tätschelte wieder die Hand seiner Frau, Bettina Hainsbach schniefte in ein Taschentuch und wandte sich ihm kurz zu, Staunen im Blick. Ich kam so nicht weiter.

»Können Sie sich vorstellen, daß sich Ihre Tochter von einem Fremden ansprechen läßt?«

Ich hatte meine Gründe für eine derart überflüssige Frage, auf die ich die Antwort bereits kannte: Natürlich nicht, auf gar keinen Fall.

Tatsächlich kann man sich diese Frage getrost sparen, denn die Reaktion von Kindern ist nie vorhersehbar. Da fragt einer aus dem Auto heraus nach dem Weg und lächelt vertrauenerweckend, das Kind tritt höflich näher, und eh es sich versieht, wird es in den Wagen gezerrt, und der fremde Kerl braust mit ihm davon. Zum Glück ereignet sich so etwas selten, der Zufall wollte es aber, daß von so einer Sache die Zeitungen gerade berichteten.

Ich betrachtete das Ehepaar noch einmal eingehend: Bettina Hainsbach war ein bißchen füllig, das heißt, ihre Figur wies runde, weiche Wohlgeformtheit auf, und wie bei Frauen dieses Typs nicht selten, hatte sie einen klaren, hellen Teint, alles in allem war sie sehr ansehnlich für fünfzig Jahre. Große, schimmernde Augen beherrschten das Gesicht. Nicht einmal Lachfältchen umzogen die Augen, das konnte ein schlechtes Zeichen sein. Zu ernst fürs Leben im allgemeinen, zuwenig Humor für die unvermeidlichen Pannen und Peinlichkeiten. Dieser grundsätzliche Mangel würde sie wahrscheinlich in nächster Zeit sehr leiden lassen, mich beschlich unversehens ein Packen düsterer Ahnungen, dabei war jetzt, um halb neun, doch noch alles offen.

Gerd Hainsbach würde leichter mit der Situation fertig werden, auch bei dramatischeren Wendungen. Ich bezog diese Überzeugung komischerweise aus dem Anblick seiner sportlichen Figur, des dichten braunen Haars mit nicht mehr als einer Spur Grau, der trotz der Hitze korrekten, gepflegten Kleidung. Unauffällig zupfte ich meine Bluse etwas glatter, die schlapp an mir herabhing.

Die Katze hatte sich unterdessen wieder selbständig gemacht und schärfte ihre Krallen an einer Sofaecke. Augenscheinlich war den Hainsbachs die Domestizierung ihres Haustiers weniger geglückt als die der Tochter.

»Haben Sie ein oder zwei Fotos von Caroline?«

Mit den Fotos in der Hand habe ich mich dann sehr schnell verabschiedet. Eins zeigte Caroline ganz, beim anderen handelte es sich um eine Portraitaufnahme, ein flüchtiger Blick genügte mir, um die Ähnlichkeit mit meinen Töchtern zu erfassen. Natürlich nur eine rein typmäßige. Blondes, gelocktes Haar, blaue Augen, so zierlich wie Laura, nicht stämmig wie Katia. Eigentlich hatten mich Hainsbachs gar nicht weglassen wollen, und ich mußte ihnen versprechen, mich regelmäßig zu melden, die weitere Fahndung nach Caroline – und darum ging es jetzt – würde vom Büro aus erfolgen.

Nach einigem Hin- und Hertelefonieren hielt Rohleff Knolle für entbehrlich genug, um mit mir an der neuen Sache zusammenzuarbeiten, was sich kaum mit dessen Ansichten decken konnte. Als Patrick denn auch in ausgesprochen gereizter Stimmung beinahe die Tür zum Büro einrannte, trug er sehr auffällig seine Dienstwaffe in einem Halfter über einem kurzärmeligen Hemd, das oben ziemlich klaffte und den Blick auf ein spärliches rötliches Gelock freigab.

»Wenn du Rambo spielen willst, bleib bloß weg«, sagte ich kühl, »Kinderkram hab ich gerade genug am Hals.«

Patrick riß sich das Halfter samt Waffe herunter, warf sich in einen Drehstuhl und sauste damit einmal um seine Achse, danach hatte er sich etwas abreagiert.

»Dann fang mal an.«

Ich atmete auf. Eine Weile später rasten wir nach Münster, Patrick hielt den Fuß stetig auf dem Gaspedal. Vorher hatten wir den Leiter der Musikschule in einer Kneipe mit Biergarten aufgespürt, und nachdem er mit Knolle ein bißchen über Computerprogramme gefachsimpelt und in der Hohen Schule, dem Sitz der Musikschule, den PC angeworfen hatte, wußten wir zum Namen des Studenten auch die Adresse und hatten uns telefonisch angekündigt.

Sehr untypisch für einen Münsteraner unter dreißig und für einen Studenten sowieso, saß dieser bei dem Wetter nicht in einem Biergarten. Julius Steiner wohnte in der Altstadt, in einem Haus mit Schnörkelfassade, die vielen Namen an jeder Klingel machten deutlich, wie die Verteilung des Wohnraums geregelt war. Wie die Leute miteinander auskamen, ließ sich ansatzweise davon ableiten, daß aus fast jedem offenstehenden Fenster ungedämpft eine andere Musik plärrte. Darunter ein Gefiedel, das ein paarmal abbrach und neu einsetzte.

Als wir die Stockwerke zum Dachgeschoß hochstiegen, wurde es lauter. Patrick trapste vor mir die Stiegen hoch und kratzte sich ungeniert unter den Achseln, wahrscheinlich verschaffte ihm die zunehmende Wärme das gleiche Unbehagen wie mir. Mein BH klebte auf der Haut, der Verschluß scheuerte.

Steiner trug eine flattriges Satinhöschen unterhalb seines Waschbrettbauchs und ansonsten nur eine feingliedrige Goldkette um den Hals, er hatte überhaupt etwas von Hochglanzbildreklame an sich. Er starrte Patrick an, mich nahm er gar nicht wahr. Daraus schloß ich, daß er nicht unbedingt auf Mädchen stand. Obwohl mein Kollege hier und da hatte vermuten lassen, daß er was gegen Schwule hat, war ihm bei dieser Gelegenheit überhaupt nichts anzumerken. Er riß zwei weitere Knöpfe seines Hemdes auf und ließ ahnen, daß er in puncto wohlgeformte Muskulatur anstandslos mithalten konnte. Ich war versucht, in meinem Rücken nach dem BH-Verschluß zu angeln, um mir wenigstens ein bißchen Erleichterung zu verschaffen und etwas gegen ein Gefühl von Benachteiligung zu tun.

Vom frischen Schweißgeruch und übermäßigem After-Shave-Duft wurde mir beinahe schlecht. Ich kam zur Sache.

»Caroline Hainsbach ist seit ein paar Wochen Ihre Schülerin an der Musikschule in Steinfurt. Wann haben Sie sie heute aus dem Unterricht entlassen?«

»Caroline?« fragte der Schönling und lockerte mit langgliedrigen Fingern seine dunkle Schmachtmähne auf.

Um Zeit zu sparen, hielt ich ihm die Fotos unter die Nase. Er nahm sie mir aus der Hand.

»Die kleine Caro? Armes Huhn, total unbegabt.«

»Wann hast du die Kleine mit ihren Spatenfingern und der Fiedel vor die Tür gesetzt?« mischte sich Patrick ein.

»Die hat keine Spatenfinger. Die hat kein Gehör. Zumindest reicht es nicht für Geige. Typisches Opfer ehrgeiziger Eltern.«

»Immerhin spielt sie im Schulorchester«, warf ich ein.

»Tut sie das?« Julius Steiner lächelte überlegen.

»Mal Klartext«, forderte Patrick.

Der Wohnraum wies zwei Erker auf, die weit in die Dachschräge einschnitten. In einem der Erker lehnte die Geige an einem Notenständer. Steiner betrachtete konzentriert das Instrument und wandte den Kopf dann langsam dem Fenster zu. Der Himmel war noch hell über Münster, und recht schmerzlich wurde ich mir der lauen Sommerluft draußen bewußt, unversehens klebte mir die Zunge am Gaumen. Jetzt ein kaltes Bier.

»Was zu trinken?« fragte Julius und erhob sich bereits, er schritt lässig hinaus, kam mit einem beladenen Tablett zurück, einen Taschenkalender zwischen den Zähnen.

Mir wurde ein bißchen schwindlig vor Erleichterung, als mir das eisgekühlte Mineralwasser die Kehle hinablief. Patrick trank Bier mit Limonade.

Julius blätterte den Kalender auf. »Ist sowieso ein mieser Job. Erst die Fahrerei in das Kaff Steinfurt, wobei meine Schrottmühle die dreißig Kilometer grad mal so schafft, danach die unbegabten Rotznasen. Wollen Sie mir irgendwas anhängen wegen der kleinen Caro?«

»Ganz sachte«, Patrick winkte leutselig ab, »es ist nur so, daß wir in Steinfurt ein strenges Auge auf unsere Blagen haben.«

»Caroline Hainsbach, da ist sie. Unterricht von Viertel vor drei bis halb vier. Fünfundvierzig Minuten mit einer schwitzenden Göre, die Fis nicht von F unterscheiden kann.«

»Und keine Orchesterprobe danach?«

»Ich bin nur für Geige zuständig, wüßte aber nicht, was die in einem Orchester zu suchen hätte. Wenn's nicht zu indiskret ist, möchte ich jetzt wissen, was die Fragerei soll. Oder geben Sie prinzipiell keine Auskunft?« Er hatte sich an mich gewandt.

Nachdem wir ihn über unser Anliegen aufgeklärt hatten, fragten wir weiter. Hatte er das Mädchen nach dem Unterricht noch einmal gesehen? Er schlug den Kalender wieder auf.

»Von halb vier bis Viertel nach war Christian Schröder an der Reihe, anschließend hab ich zwei Blagen bis kurz vor sechs unterrichtet. Danach bin ich in meine Kiste gesprungen und nach Hause gefahren. Und wenn ich nicht Samstagabend ein Konzert im Schloßgarten hätte, säße ich jetzt auf der Wiese am Aasee und würde hier nicht üben.« Er schielte wieder zu seiner Geige und den Notenblättern auf dem Ständer.

Wahrscheinlich hätten wir hartnäckiger nach Einzelheiten geforscht, wenn wir nicht im stillen damit gerechnet hätten, daß sich der ganze Fall unspektakulär aufklärte. Ohne Ende mit Schrecken, nur mit einem heftigeren Familienkrach, der die Hainsbachs dem wahren Leben näherbrächte.

Als ich schließlich darum bat, das Klo aufsuchen zu dürfen, wies mir Julius mit einer eleganten Handbewegung den Weg, Patrick stand schon ungeduldig an der Tür.

Das Badezimmer strahlte eine kühle, antikangehauchte Eleganz aus, die man nur in renovierten Altbauten findet. Über der ausladenden Badewanne auf Klauenfüßen hing das großformatige Schwarzweiß-Foto eines nackten, fast knabenhaft schlanken Mädchens. Es saß auf dem Boden und schöpfte mit beiden

Händen Wasser aus einer Emailschüssel, die zwischen seinen Schenkeln stand. Wahrscheinlich handelte es sich um Kunst, um Erotik allemal. Nachdenklich kam ich aus dem Badezimmer.

»Sie leben hier allein?« fragte ich möglichst beiläufig.

»Nee.« Julius grinste freundlich. »Meine Freundin ist gerade auf Ibiza, Urlaub machen.«

Ich überlegte, ob wir es mit einer klaren Falschaussage zu tun hätten und ob ich nicht besser zusätzlich die Fächer im Spiegelschrank überprüft und nicht nur die Ablage über dem Waschbecken inspiziert hätte, denn ich konnte mir nicht vorstellen, daß eine Frau, selbst bei zweiwöchiger Abwesenheit, im Badezimmer gar nichts hinterließ.

Der zweite Name auf der Klingel lautete P. Sutthoff, Wohnung und Telefon liefen wahrscheinlich auf Sutthoff, es war aber fraglich, für was das P stand.

»Ich hätte bei dem mehr auf Freund als auf Freundin getippt«, teilte ich Patrick als Resümee unserer Recherche auf der Rückfahrt mit. Mein Kollege lachte herzlich und klopfte mir aufs Knie.

»Falsche Indizienauswertung, kann passieren. Goldkettchen tragen auch Machos.«

Flüchtig dachte ich daran, daß Patrick unseren Teamkollegen Harry noch vor ein paar Monaten für schwul gehalten hatte, weil er sich zu Hause in Seidenkimonos hüllte.

»Würdest du Julius deinen Sohn anvertrauen?«

»Kann er Windeln wechseln?«

Rohleff hatte gleich drei Kerle dingfest gemacht. Bei allen dreien handelte es sich um nachweislich echt deutsches Gewächs mit Glatze und Tätowierungen am Unterarm. Die ethnische Zugehörigkeit ergab sich bereits aus den Namen, wurde uns aber extra von einem Kollegen erläutert, den es vielleicht verwunderte, daß die Bösen in Steinfurt nicht die anderen waren, die Zugewanderten oder Zugewiesenen.

Patrick und ich schauten durch die Trennscheibe in den Verhörraum, in dem sich Rohleff gerade mit den dreien abmühte, ein Mikrofon übertrug die etwas schleppende Konversation zu uns in den Nebenraum.

Die Glatzen gaben zwar halbwegs bereitwillig Auskunft über die Tätigkeit, bei der sie unterbrochen worden waren, schwiegen aber zu ihrem garantiert knasttauglichen Vorleben. Patrick kribbelte es sichtlich in den Fingern, sie sich vorzunehmen. Unentwegt schlug er die linke Faust in die offene rechte.

Rohleff registrierte uns mit einem Nicken und wechselte ein paar Minuten später zu uns herüber, ein anderer hatte seinen Part übernommen. Patrick versuchte, sich an Rohleff vorbei ins Nebenzimmer zu drängen, aber Karl hielt ihn am Arm fest.

»Der Kollege kommt ohne dich aus, der macht das sehr schön. Was ist mit dem Mädchen?«

»Kein Anruf von den Eltern?« fragte ich zurück.

»Drei, der letzte vor zehn Minuten.«

Hoffnungsvoll schaute ich Rohleff an, er schüttelte den Kopf. »Wie war's bei euch?«

Ungeduldig gab Patrick eine kommentierte Zusammenfassung unseres Gesprächs mit dem schönen Julius, er vergaß auch nicht, das Foto im Badezimmer zu erwähnen, um damit die sexuellen Präferenzen des Geigers glasklar herauszustellen. Ich beharrte im stillen auf meinen Zweifeln, mußte mich aber fragen, ob Schwule zur Not mit unausgereiften, sehr jungen Mädchen vorliebnehmen. So oder so paßte da wohl was nicht zusammen.

»Höchstwahrscheinlich läuft gerade in Köln oder Dortmund ein irre geiles Popkonzert für Teenies, und die Kleine ist mit dem Bummelzug bis Münster und dort in den Interregio gestiegen. Mit zwölf ist die doch kein Baby mehr«, schloß Patrick.

Groß unterbrach uns, indem er mit schwerer Tasche hereinschnaufte. Offensichtlich kam er gerade von der Untersuchung der letzten aufgebrochenen Wohnung wieder. Wir sahen zu, wie er seine Tasche abstellte und sich vorsichtig auf einen abgewetzten Bürostuhl niederließ, dem er vielleicht nicht zutraute, sein Gewicht auszuhalten. Wie gar nicht anders bei Harry denkbar, ließ sein silbergraues T-Shirt keinen Schwitzfleck erkennen, und die Designerjeans saßen tadellos, ohne Beulen an den Knien. Naturgemäß kam ich mir bei seinem Anblick noch etwas weniger frisch vor. Harry wedelte mit der Hand um die Aufmerksamkeit, die er sowieso schon hatte.

»Haste dich bereits in unserem neuen Bahnhofsservicecenter umgehört?«

Patrick quittierte den Einwurf mit einem giftigen Blick und schielte wieder durch die Trennscheibe.

»Mach du deine Arbeit«, fuhr Rohleff den Kollegen von der Spurensicherung an und deutete auf Harrys Tasche. »Mit ein paar passenden Fingerabdrücken kämen wir bei den drei Knilchen weiter und bräuchten ihnen nicht so umständlich das Maul aufzustemmen. Kleine Mädchen sind nicht dein Fachgebiet.«

Harry hat sehr schöne Augen mit langen gebogenen Wimpern, nicht schweinchenrosafarbene wie Patrick, sondern dunkle, die zusammen mit den eher dunklen Brauen einen frappierenden Kontrast zu den Karottenhaaren ergeben, die sich üppiger locken als bei Knolle. Meine jüngeren Teamkollegen waren ein ansehnliches Duo, mir fiel wohl mehr die Rolle der häßlichen Ente zu. Harry starrte Rohleff sehr gerade in die Augen, und ich dachte wieder an das Bürogetratsche über den Seidenkimono. Gerüchte halten sich manchmal hartnäckiger als Tatsachen.

Mit einer Hand angelte Harry nach der Tasche und erhob sich sehr langsam. In der Tür wandte er sich noch mal um.

»Dann braucht ihr mich ja nicht.« Es klang nur halb beleidigt.

Ich hatte die Fotos aus der Tasche gezogen und legte sie vor Rohleff auf einen Tisch. »Nach allem, was ich bisher über Caroline weiß, kann ich mir nicht denken, daß sie zu einem Rock- oder Heulkonzert ausgebüxt ist. Schau sie dir doch mal an.«

Auf einem der Fotos trug Caroline ein altmodisch braves Kleid. Allerdings hatten auch meine Töchter im letzten Jahr kurzzeitig eine Vorliebe für diesen Stil entwickelt, nur hatten sie trotzdem nie so artig gewirkt. Der allzu ernste Gesichtsausdruck auf dem Foto machte mir zu schaffen, er ließ das Kleid wie ein Kommunionkleid wirken. Hainsbach hatte die Aufnahme aus seiner Brieftasche hervorgezogen. Gab es keine fröhlichen Bilder von seiner Tochter? Auf dem anderen Foto sah sie ebensowenig glücklich aus, nur zutiefst nachdenklich.

Ganz in die Betrachtung vertieft, hatte ich auf nichts anderes mehr geachtet und wurde erst wieder aufmerksam, als auf einmal die Stimmen aus dem Nebenraum lauter wurden: eine schrie, eine andere schnauzte. Polternd fielen zwei Stühle um. Patrick raste nach nebenan. Durch die Trennscheibe sah ich, wie er einen der Kerle gerade noch zu fassen bekam, ein anderer witschte durch die Tür in den Flur.

»Also Großfahndung«, sagte Rohleff mit Grabesstimme. Ich staunte unverhohlen, er deutete mit einem flüchtigen Grinsen zum Flur. »Nicht nach dem da, der kommt nicht an der Wache vorbei, nach der Kleinen.«

Unser hochmodernes Bahnhofsservicecenter ist nachts geschlossen, wie es sich für eine Kleinstadt gehört. Es kostete vermutlich dreimal soviel Zeit wie in Münster, einen Angestellten zu finden, der eventuell etwas gesehen haben könnte. Als er Rohleff und mich dann endlich aus verschlafenen Augen anstarrte, verließ uns beinahe der Mut, ihn nach Caroline zu fragen. Das Kind auf diesem Foto, beschworen wir ihn, aber er schüttelte trübsinnig und halb benommen den Kopf. Keine Blondgelockte im hellen Kleid, die schüchtern eine Fahrkarte nach Münster, Rheine oder sonstwohin verlangt hatte? legten wir vergeblich nach. Von Bettina Hainsbach wußten wir, daß Caroline das Kleid vom Foto getragen hatte, als sie zur Geigenstunde ging. Vielleicht wollte sie in der engelhaften Aufmachung außer ihrem Vater auch Julius eine Freude bereiten. Ich mußte an das andere Foto denken, das einer Nackten an einer Badezimmerwand. Wenn man die Ästhetik wegließ, blieb ein Mädchen ohne ausgeprägte Geschlechtsmerkmale, ohne Arsch und Titten, hätte Patrick gesagt, wenn er das Kunstwerk gesehen hätte und sich nicht allein auf meine Beschreibung hätte verlassen müssen.

Anschließend haben wir den Leiter der Musikschule ein weiteres Mal belästigt, und eine Auskunft von ihm ersparte es uns, einen Zehnjährigen aus dem Schlaf zu reißen. Der Musikschulleiter, der trotz nächtlicher Stunde reichlich munter klang, hatte Christian Schröder, der nach Caroline mit Geigespielen an der Reihe war, nach dem Unterricht gesehen, diese Stunde hatte also stattgefunden.

»Warum fragen wir den Kurzen nicht trotzdem, der guckt doch bestimmt auch Fußball«, fragte Patrick, als wir im Büro unser Material zusammentrugen. Der kurze Spurt, den er erfolgreich hingelegt hatte, zeigte eine nachhaltige Wirkung, er war jetzt für Kinderkram offen.

»Weil«, antwortete Rohleff bedächtig, »wir jetzt wissen, daß mit Christians Unterricht auszuschließen ist, daß Steiner das Gebäude mit der Kleinen verlassen haben könnte.«

»Seh ich das richtig«, hakte Harry ein, der kurz wieder zu uns gestoßen war, um auf dem laufenden zu bleiben, »du siehst keine Möglichkeit, daß dieser Steiner das Mädchen schnell mal irgendwohin transportiert und mit dem Versprechen auf eine große Portion Eis und Aufklärungsspielchen vom restlichen Geigengekratze befreit hat?«

»Vielleicht hat er sie in die Besenkammer gesperrt«, schloß Patrick düster.

Noch in der Nacht haben wir die Hohe Schule von der letzten Dachkammer bis zum hintersten Keller durchsucht. In dem weitläufigen Gebäude ist nicht nur die Musik-, sondern auch die

Volkshochschule und eine Abteilung der Gemeindeverwaltung untergebracht. Wie stießen auf eine Menge Papier, zwei vergessene Jacken an Haken, schöne neue Rechner, die wir auch gern gehabt hätten, aber weder auf ein lebendes noch ein totes Mädchen, während uns ein verdrossener Hausmeister mit dem Schlüsselbund vorauslief.

Rohleff hatte Verstärkung aus Rheine und Münster angefordert, die erste Hundestaffel war im Einsatz. Dadurch wurde Steinfurt hier und da lange nach der letzten Fußballrunde wieder ziemlich munter, denn es ist ja nicht das übliche, wenn dir eine Hundemeute den Vorgarten durchwühlt. Das Haus der Hainsbachs bildete neben der Musikschule die Ausgangsbasis für die verschiedenen Suchunternehmen.

Hinter dem altehrwürdigen Gebäude, das vor ein paar hundert Jahren eine komplette evangelische Universität beherbergt hatte, woran der Name »Hohe Schule« erinnert, erstreckt sich ein abgeschiedener, halb verwilderter Garten, von einer hohen Mauer umzogen, die keinen Einblick zuläßt. Dicht an der Mauer wurden tatsächlich ein paar Knochen ausgegraben. Wir gingen davon aus, daß sie zu den Resten einer heimlichen Grillparty gehörten. Harry wog den größten abschätzend in der Hand.

»Sag nicht, eine Kalbshaxe, die vor der BSE-Krise verbuddelt worden sein muß«, kam ich ihm zuvor.

Gegen fünf Uhr morgens habe ich mich dann mit Rohleffs Erlaubnis für ein Nickerchen aus der Fahndung verabschiedet, die nächste Besprechung war für acht Uhr angesetzt.

Ich drängte mich an Detlevs Rücken und legte einen Arm um ihn. Als das nichts nützte, schlang ich noch ein Bein um seine Hüfte. Endlich regte er sich und grunzte.

»Warum hast du den Rasen wieder nicht gemäht?« fragte ich freundschaftlich, ich brauchte noch etwas Unterhaltung vor dem Einschlafen.

Detlev drehte sich zu mir um. »Ich war bis nach sieben auf einer Sonderkonferenz, wie du gewußt hättest, wenn wir uns heute mittag gesehen hätten. Da sich deine häuslichen Abwesenheiten zur Zeit ausweiten und ich nicht gleichzeitig den Hausmann spielen und deinen Anteil an der Erziehungsarbeit mit übernehmen kann, habe ich mich danach um unsere Töchter gekümmert.«

Wohl nur ein Lehrer bringt morgens kurz nach fünf halbwach solche Schachtelsätze fehlerfrei heraus, ich war aber zu müde, um das voll zu würdigen, räkelte mich statt dessen und legte den Kopf an seine Schulter.

»Katia hat eine Eins in Mathe nach Hause gebracht, aber deine Tochter Laura nur eine Vier«, fuhr er fort, »mit mir üben will sie nicht, aber da sollte was passieren, bevor sie weiter abrutscht ...«

Mir bewies das Genörgel über unsere Ältere, das noch etwas anhielt, daß bei uns alles in Ordnung war. Beruhigt schlief ich ein.

17. Juni

Detlev rüttelte mich wach und hielt mir eine Tasse vors Gesicht. Mit geschlossenen Augen ließ ich mich vom Kaffeeduft in eine halbwegs aufrechte Lage locken und wartete, bis mir mein Mann mit der freien Hand fürsorglich ein Kissen ins Kreuz gestopft hatte, erst dann griff ich nach der Tasse.

»Halb acht durch, wir hauen jetzt ab, denk dran, daß du heute mit Kochen dran bist, sei endlich mal wieder pünktlich«, knurrte er.

Die nächtliche Suchaktion hatte nichts eingebracht außer ein paar Anrufe irritierter Bürger. Im Garten hinter der Hohen Schule war neben anderem Müll eine Plastikhaarspange aufgelesen worden, ein glitzerndes, grellbuntes Ding. Bei seinem Anblick stellte ich mir das Heim der Hainsbachs vor, all das Glas, den Chrom und das schwarze Leder in ihrem Wohnzimmer, das die Mutmaßung, das Glitzerding könnte Caroline gehören, gleich absurd erscheinen ließ. Fragen würde ich trotzdem.

Harry fehlte in der Runde. Leicht verlegen erklärte Rohleff, daß er ihn gebeten hatte, auf dem Weg ins Büro bei ihm zu Hause vorbeizufahren, er selbst sei pausenlos im Einsatz gewesen – eine unnötige Erklärung, wir sahen es ihm an.

Wenig später traf Harry ein, äußerst gut gelaunt, den Duft von »cool water« verbreitend. Eine Plastiktüte wanderte von Hand zu Hand, Rohleff verzog sich damit für eine Viertelstunde und tauchte dann ohne Bartstoppeln in einem frischen Hemd wieder auf.

Mittags waren wir kaum vorangekommen. Allerdings flog jetzt ein Hubschrauber methodisch Kreisbahnen ab, das Gedröhn des Motors und der Rotorblätter würde uns den Tag über und vielleicht den folgenden begleiten.

Steinfurt besteht aus zwei ehemals selbständigen Städten. Zwischen beiden Ortsteilen erstrecken sich auf der einen Seite der fünf Kilometer langen Verbindungsstraße Wiesen und waldbestandene Hügelchen und auf der anderen Seite der »Bagno«, der nun öffentliche Schloßpark der Bentheimer Fürsten. Den Schloßpark hatte ein Suchtrupp bereits in der Nacht durchkämmt, über den Buchenbergen kreiste der Hubschrauber.

Ich war wieder zur Musikschule nach Burgsteinfurt gefahren und mußte eine Weile warten, bis der Leiter Zeit für mich hatte, daher schaute ich mich im Gebäude noch einmal um, auf der Suche nach einer Eingebung. Von zwei Treppenhäusern endet eins bereits im Hochparterre, wo an einem kurzen Flur die Räume der »Anlaufstelle« liegen, die als Ableger der Stadtverwaltung in Borghorst dient.

Das zweite Treppenhaus führt zu den Räumen der Volkshochschule, die sich über zwei Stockwerke verteilen, und ins oberste Geschoß, zur Musikschule. Auf dem zweiten Treppenabsatz kam mir jemand, die Stufen herabspringend, entgegen, er hielt inne, als er mich sah.

»Suchen Sie jemanden?« Eine freundliche Stimme mit einem mitfühlenden Unterton, wer weiß, was der Mann mir vom Gesicht abgelesen hatte.

»Ich bin mit dem Leiter der Musikschule verabredet, ich warte darauf, daß er Zeit für mich hat«, antwortete ich steif.

Der andere streckte mir mit einem Lächeln die Hand entgegen. »Raphael Lemmers, ich bin der Stellvertreter. Kommen Sie wegen der kleinen Caro?«

So genau ist mir die Polizistin sonst nicht anzusehen, vielleicht hatte Lemmers auch einen besonders scharfen Blick. Bescheid wußte er offensichtlich.

»Ich habe mir den Verteilungsplan der Stunden schon mal angeschaut und überlegt, was ich selbst gestern nachmittag gehört und gesehen habe. Kommen Sie doch in mein Büro.«

Im Zimmer lagen Notenstapel auf der Erde, ein paar zusammenfaltbare Notenständer lehnten an einer Wand.

»Unterrichten Sie selbst?«

»Ja, sicher, verschiedene Flöten, Klarinette und Oboe, und ich leite das Schülerorchester. Da fällt mir was ein. Gesehen habe ich Caro gestern nicht, aber gerade, als sie Unterricht hatte, bin ich an der Tür vorbeigekommen und hab mich über das Stück gewundert, das Steiner mit ihr übte.«

»Wieso?« Ich selbst bin ausgesprochen unmusikalisch, und Bachsche Orgelmusik betrachte ich als Zumutung, Lemmers hat mich wohl sofort durchschaut. Er grinste.

»Wissen Sie, daß ein Kind hier Unterricht erhält, heißt nicht unbedingt, daß es eine besondere Begabung hat. Den genauen Ausbildungsstand der kleinen Hainsbach kenne ich nicht, ich weiß aber, sie kommt seit zwei Jahren her, ich hab nachgesehen. Wenn sie so hochbegabt wäre, daß sie das erste Violinkonzert von Max Bruch bewältigt, hätte sich das herumgesprochen.«

»Vielleicht hat ihr Julius Steiner etwas vorgespielt, um sie zu ermutigen oder Lust auf mehr Üben zu machen.«

»Schon möglich.«

Ich erhob mich, da ich mich beim Direktor nicht verspäten wollte. »Könnten Sie mir eine Liste aller Schüler und Lehrer geben, die sich etwa von halb drei bis nach halb vier im Gebäude aufgehalten haben? Wir müssen überprüfen, ob jemand bemerkt hat, wie Caroline das Gebäude betrat oder verließ und wohin sie nach der Stunde gegangen ist.«

»Ich habe damit schon angefangen.«

Leute wie er sind in einer schwierigen Ermittlung wie dieser eine Wohltat, ich erwiderte halbwegs entspannt sein aufmunterndes Lächeln.

»Dann ist ja alles klar«, schloß er, »offengestanden bin ich vom Leiter gebeten worden, mit Ihnen zu reden, die Stundenpläne für den Unterricht mach nämlich meistens ich.« Er grinste breit.

Drauf und dran, mich zu erkundigen, ob er früher den Klassenkasper abgegeben hatte – bei manchen wuchs sich diese Neigung nie ganz aus –, fiel mir etwas anderes ein. »Wenn Sie das Kinderorchester leiten, müssen Sie doch genau wissen, wie gut Caroline spielt.«

Als ich wieder zum Ermittlungsteam stieß, feierten meine Kollegen gerade einen Teilerfolg in der Einbruchserie. Harry summte vergnügt eine Melodie, die mich irgendwie an ein altes Kinderspiel erinnerte und mir auf jeden Fall auf die Nerven ging. Seine Untersuchung der Fingerabdrücke wies einem der drei Glatzköpfe eine Beteiligung an dem Einbruch bei dem Siebzigjährigen recht eindeutig nach. Dumm war nur, daß uns dämmerte, zu der Bande mußten noch mehr als die drei Gefaßten gehören. Also weitere zähe Verhöre. Neben diesem, wenn auch bescheidenen Fortschritt und allen daraus abzuleitenden Konsequenzen wogen meine neuen Erkenntnisse im Fall Hainsbach nicht viel.

»Caroline«, warf ich versuchsweise ein, »hat gar nicht im Orchester mitgespielt.«

Meine Kollegen ließen sich nicht so leicht ablenken.

»Drei haben wir eingelocht, und der Rest der Bande macht weiter«, sagte Patrick düster.

»Ihr solltet die Stellenanzeigen im Auge behalten«, meinte Harry.

»Kräftige, agile Kerle gesucht für lukrative Nebeneinkünfte in den Abend- und Nachtstunden während lautstarker Fußballübertragungen. Etwas in der Art?« erkundigte sich Patrick.

»Wiederhol das mal, Lilli«, sagte Rohleff, bevor die Jungs weiteralbern konnten.

Meine Töchter mögen es nicht, wenn ich mich darauf beschränke, Spaghetti in heißes Wasser zu werfen und Tomatensauce aus dem Tetrapack aufzuwärmen.

»Warum machst du nicht wenigstens etwas Salat dazu, damit wir auch was Frisches mit Vitaminen drin kriegen?« nörgelte Katia beim Tischdecken.

Meine Haare waren ziemlich feucht von der kalten Blitzdusche, die ich mir gegönnt hatte, und doch lief mir der Schweiß bereits wieder den Rücken herunter. Flüchtig quälte mich der Gedanke an ein vorzeitiges Klimakterium mit Hitzeschüben, mit siebenunddreißig fühlte ich mich aber noch nicht reif dafür.

Laura rollte ewig lange eine einzige Nudel auf die Gabel und schabte mit dem Messer die Sauce ab.

»Caroline Hainsbach ist heute nicht in die Schule gekommen.«

»Iß weiter, und matsch nicht mit dem Essen rum«, wies ich sie zurecht.

»Ich matsch nicht, die Sauce schmeckt ekelhaft. Bestimmt ist Caroline zu ihrer Tante nach Bayern gefahren.«

Ich verschluckte mich und hustete. Katia klopfte mir auf den Rücken.

»Schling nicht so, Mama.«

Nach einem Schluck Wasser war meine Kehle wieder klar. »Caroline hat eine Tante in Bayern?«

»Von der erzählt sie, wenn ihr was gegen den Strich geht. In Bayern ist es viel schöner als hier, auch das Wetter, jedenfalls meistens.«

Ich fuhr vom Stuhl hoch, langte nach dem Telefon, das neben der Spüle lag, und rannte damit zu meinem Schreibtisch in einer Wohnzimmerecke. Hastig wühlte ich in meinen Notizen nach der Nummer der Hainsbachs und schlug schließlich das Telefonbuch auf. Im Hintergrund schimpfte Detlev über die Störung beim Essen.

Gerd Hainsbach meldete sich.

»Haben Sie bei ihrer Tante in Bayern nachgeforscht?«

»Meiner Tante?«

Ich sah ein, daß ich die Frage anders formulieren mußte, und wollte noch einmal ansetzen, da sprach Hainsbach schon weiter. »Sie meinen vermutlich die Schwester meiner Frau, warum sollte Caroline dort sein? Wenn sie es wäre, hätte sich meine Schwägerin längst gemeldet.«

Hainsbach war also Logiker, das hatte ich mir gleich gedacht. Wenn es um Kinder geht, treffen Logiker meist zielgenau daneben, weil sie von doppelter Logik nichts verstehen, in der Kinder und angeblich Frauen ebenso wahre Meister sind.

»Würden Sie die Tante, pardon, die Schwägerin doch anrufen und fragen, ob sie etwas von Caroline gehört hat?«

»Ich versteh aber nicht, was Caroline dort zu suchen haben sollte.«

»Herr Hainsbach …«

Er ließ mich nicht ausreden. »Schon gut, wenn Ihnen sonst nichts einfällt.«

»Geben Sie mir gleich Bescheid, sobald Sie etwas erfahren haben. Übrigens möchten Kommissar Rohleff und ich Ihre Frau

nmittag noch sprechen, es ist da was zu klären, eine
migkeit in den Aussagen, die wir bisher haben.«

f dem Rückweg zum Eßtisch griff ich nach einem Geirrtuch und rubbelte mir damit durchs Haar.

»Pfui, Mama«, schrien die Gören auf.

»Warum sollte Caroline plötzlich nach Bayern fahren?« fragte ich meine ältere Tochter. »Sie hätte ja wohl die eine Woche bis zu den Ferien warten können.«

»Sie hat die Mathearbeit verhauen, und wenn du dich so aufführen würdest wie Caros Mutter, hätte ich auch Lust, nach Bayern zu fahren.«

Es war sicher nicht der günstigste Moment, mich an meine Mutterpflichten zu erinnern. »Über deine letzte Mathearbeit wollten wir auch noch reden.«

Laura schob den Teller von sich und stand abrupt auf. »Wollten wir nicht, du willst.« Sie rannte die Treppe hinauf.

»Gespräche über verhauene Arbeiten am Mittagstisch …«, hob mein Gatte an.

»… sind unpädagogisch und stören den Familienfrieden«, fiel Katia ein.

Ich gab ihr recht, für Mathearbeiten war ohnehin allein Detlev zuständig.

Rohleff beredete gerade in seinem Büro mit Redakteuren die erste Suchmeldung, die mit Bild in der nächsten Ausgabe erscheinen sollte, als ich nach der Mittagspause zum Dienst erschien. Wie üblich verlangten die Zeitungsleute viel mehr zu wissen, als wir beim gegenwärtigen Stand der Ermittlungen preisgeben konnten. Deshalb machten wir uns etwas verspätet zu Hainsbachs auf. Im Eingang der Dienststelle begegnete uns Harry, der von einem weiteren Außeneinsatz kam.

»Schicke Frisur.« Er nickte mir zu. »Bißchen Gel, und die Stacheln kämen besser raus.«

Rohleff grinste.

Unterwegs klappte ich den Spiegel auf der Beifahrerseite herunter und fand, daß Harry gar nicht so unrecht hatte. Während ich mich musterte, erzählte ich Rohleff von der Tante in Bayern.

»Wär zu schön, um wahr zu sein«, sagte er nur.

Die bayrische Tante wußte von nichts, wie uns Hainsbach bereits an der Tür mitteilte, er ging uns ins Wohnzimmer voran. Bettina Hainsbach erhob sich nicht mal andeutungsweise zur Begrüßung aus ihrem Sessel, so als hätte das Unglück sie bereits gelähmt. Sie schüttelte nur abwehrend den Kopf bei meiner Versicherung, daß Caroline nie im Schülerorchester gespielt und daher vor zwei Wochen bei dem Versuch, ihre Verspätung zu erklären, geschwindelt hatte. Hainsbach klinkte sich in das Kopfschütteln ein, offenkundig war es auch für ihn nicht faßbar, daß die folgsame Tochter etwas getan hatte, das sich der elterlichen Kontrolle entzog.

»Der alte Geigenlehrer hat mir selbst erzählt, daß Caroline probeweise mit den andern spielen sollte«, erklärte Frau Hainsbach.

»Vielleicht war es wirklich nur eine Art Eignungsprüfung. Wann war das?« fragte ich und wunderte mich, daß Raphael Lemmers mir nichts davon erzählt hatte. Sehr bestimmt hatte er dagegen erklärt, von Carolines Geigenspielfertigkeiten keinen Schimmer zu haben oder so gut wie keinen.

Bettina Hainsbach fuhr sich mit beiden Händen über das Gesicht und hielt es eine Weile verdeckt, als wollte sie uns nicht Zeuge sein lassen von dem, was in ihr vorging.

»Bettina«, mahnte Hainsbach.

Sie nahm die Hände herunter und schaute mich kurz mit großen, glänzenden Augen an, blanke Angst stand in ihrem Gesicht, bevor sie sich abwandte und zum Fenster hinausstarrte. »Vor etwa zwei Monaten, ich hab's in meinem Taschenkalender notiert. Es war doch schön zu erfahren, daß Caroline vorankam, da sah sie doch den Erfolg des ganzen Übens. Es hat mich so gefreut.« Ihre Stimme war immer leiser geworden, das letzte flüsterte sie.

»Ich habe mich mit dem Geigenlehrer in Verbindung gesetzt. Genaugenommen hat er nur eine kleine Probe mit zwei weiteren Geigen und einem Cello abgehalten, und schon dabei zeigte sich Caroline überfordert. Er hat dann beschlossen, Ihre Tochter vorerst keinen weiteren Prüfungen dieser Art zu unterziehen. Sie hat Ihnen nichts erzählt?« schaltete sich Rohleff ein.

»Spielte sie überhaupt gern?« fuhr ich dazwischen, es ärgerte mich, daß ich von diesem Gespräch erst jetzt erfuhr.

Hainsbachs zuckten zusammen, sie saßen diesmal nicht nebeneinander, sondern über Eck, ihre Blicke trafen sich kaum. Wahrscheinlich hatte bereits die übliche Aufrechnerei begonnen, die Fragen, die alle mit »Warum hast du nicht ...?« begannen und die zu nichts führten außer in die Verzweiflung.

Als wir aufbrachen, hatte sich Hainsbach neben seine Frau gestellt, die wieder sitzen blieb, und sich kurz zu ihr hinabgebeugt, bevor er uns zur Tür begleitete. Dabei hatten wir uns die üblichen Vorwürfe anzuhören. Schleppende Ermittlung, nicht genug Nachdruck in der Fahndung und so weiter.

Wir hätten ihm sagen können, daß mittlerweile eine Gruppe der Feuerwehr Rheine in der Gräfte rund ums Burgsteinfurter Schloß tauchte. Sie würde sich auch den Tiggelsee in einem der Wohngebiete vornehmen, obwohl der ein ganzes Stück von der Hohen Schule entfernt lag, im Gegensatz zum Schloßteich. Etwas taten wir schon.

Patrick meldete sich von unterwegs. Er arbeitete zusammen mit zwei Kollegen die Liste ab, die mir Raphael Lemmers mitgegeben hatte.

»Wir treffen ihn im Büro, er hat mit Christian Schröder, dem Geigenschüler, gesprochen«, sagte Rohleff knapp.

»Steht dir gut«, sagte Knolle statt einer Einleitung zu seinen Ermittlungsergebnissen nach einem Blick auf mein Haar, »du solltest …«

»Hat mir Harry schon erklärt, ich steh nicht auf Pomade. Was hat Christian ausgesagt?«

»Er hat Caroline nicht mehr angetroffen, sie war weg, als er kam, und Julius hat allein gegeigt. Allerdings scheint es Christian mit der Pünktlichkeit nicht so zu haben wie Caroline.«

»Hat denn überhaupt eins der Kinder oder ein Lehrer außer Steiner das Mädchen gesehen?« fragte Rohleff.

»Zwei. Fest steht, sie ist um Viertel vor drei zur Geigenstunde gekommen, danach hat sie keiner mehr erblickt, weder drinnen noch draußen, sie ist – husch –, wie von der bösen Fee verhext, aus Steinfurt verschwunden.«

»Sollte wohl eher Rübezahl gewesen sein«, sagte ich lahm.

Patricks Blick streifte ostentativ mein Stachelhaar. »Immer die Kerle?«

»Da liegst du zu mehr als neunzig Prozent richtig.«

19. Juni

Der Anruf Hainsbachs kam als erster. Per Telefon hatte sich ein Erpresser mit einer Lösegeldforderung an ihn gewandt. Patrick und Harry überschlugen sofort, was eine gutgehende Apotheke im Jahr abwerfen mußte, dabei war ihnen ebenso wie mir klar, daß wir es mit einem Trittbrettfahrer zu tun haben konnten, der von der vermißten Caroline in der Zeitung gelesen hatte. Nicht, daß der Nachname unter dem Foto gestanden hatte, aber in einer Kleinstadt verbreiten sich Neuigkeiten schnell. Trotzdem nährte Hainsbachs Nachricht unsere eigentlich schizophrene Hoffnung, der Lösung des Falles etwas näherzukommen.

Dann traf die zweite Nachricht ein: Jemand hatte eine Leiche gefunden. Rohleff entschied, daß wir drei, Patrick, Harry und ich, mit der üblichen Begleitmannschaft zum Fundort fahren sollten, er würde mit Hainsbach sprechen und dann nachkommen, falls sich möglicherweise unsere schlimmsten Befürchtungen bestätigten.

»Du übernimmst, Lilli«, sagte er, und diesmal war's mir recht.

Patrick tippte an eine imaginäre Mütze. »Frau Chef«, schnurrte er anzüglich. Unübersehbar blitzte Neid in seinen Augen auf, ich kannte das, aber es ist nun einmal so, daß ich ein paar Jahre länger im Geschäft bin.

Kurz hinter Burgsteinfurt, rechter Hand der Straße nach Leer, beginnt ein ausgedehntes Waldgebiet mit kleinen Schonungen, Tannendickichten, alten Buchen-, Eichen- und Kiefernbeständen: die Haltener Mark und die Drosten Tannen. Gut ausgebaute Wege sollen die Spaziergänger davon abhalten, querdurch zu stapfen, dabei in Sumpflöcher zu fallen oder über im Unkraut verborgene Baumstümpfe zu stolpern. Für die, die pure Natur mögen, ist es sehr schön und ausreichend einsam hier. Detlev geht im Herbst hin und wieder in diesem Wald mit unseren Töchtern Pilze suchen, ich begnüge mich damit, den Kinder nachher die Zecken abzulesen und die Pilze in der Pfanne zu braten.

Weder die Hubschrauberbesatzung noch sonst ein Suchtrupp war auf die Leiche gestoßen, sondern ein Mann, dem der Hund davongelaufen war. Ein braun-weißer Spaniel, der mit traurig herabhängenden Schlappohren neben seinem Herrn hockte, der ihn an der kurzen Leine hielt. Die beiden erwarteten uns am Ende einer Schotterpiste, um uns den Fundort zu zeigen.

Zu dem Tümpel, an dem die Leiche lag, führte lediglich ein Trampelpfad, von Brombeeren gesäumt. Schon nach ein paar Metern auf dem schmalen Weg versuchte die erste Zecke, sich in meine Haut zu bohren.

Wir sprachen wenig unterwegs, jeder wappnete sich still gegen die Begegnung mit dem Tod. Eine Kinderleiche, so viel wußten wir bereits. Vor mir trampelte die Einsatzbrigade mit Knolle an der Spitze, ich brauchte nur zu folgen, geriet aber doch in die zurückschnellenden Brombeeren, die mir die nackten Beine zerkratzten. Harry half mir heraus.

Zunächst sah ich nur das helle Kleid. Es war nicht beige oder sandfarben, wie das leicht gelbstichige Foto von Caroline glauben machte, sondern strahlendweiß, schwanenweiß, es blendete in dem tiefen Grün ringsum. Ein voll belaubter Baum breitete seine Krone über dem Weiß aus, daher war es wohl von oben nicht zu sehen gewesen, falls der Hubschrauber seine Kreise bereits bis hierher ausgedehnt hatte. Harry ging neben der Leiche in die Hocke, tastete mit einer Hand nach seiner Tasche, machte sie auf und zog Gummihandschuhe heraus. Ohne sich umzudrehen, reichte er mir ein Paar. Knolle regelte die Absperrung des Orts und wies die Leute ein. Kurz schaute er zu mir, ich gab ihm ein Zeichen, daß er weitermachen sollte. Routine, jedem von uns geläufig, wir brauchten keine Absprachen.

Das blonde Haar verdeckte halb das Gesicht, das Kind lag auf dem Rücken, die Hände seitlich im Gras, ein Bein leicht angewinkelt über dem anderen, ausgestreckten. Der Mann, der die Leiche gefunden hatte, war besonnen genug gewesen, sie nicht anzurühren. Er hatte ein bißchen medizinische Erfahrung, wie er mir später erzählen sollte, denn er war mal Altenpfleger gewesen, und hatte lediglich mit zwei Fingern nach dem Puls getastet. Nur am Handgelenk, erklärte er pedantisch mit belegter Stimme und räusperte sich mehrmals. Nach dem Bild in der Zeitung habe er das Mädchen erkannt.

Ich nahm die ersten Angaben zu Zeitpunkt, genauem Fundort und Wetter auf. Immer noch schwül warm, schrieb ich. Die Gewitter waren zwar ausgeblieben, aber es zuckten Blitze am Himmel, ich sah ihre Zackenkurven die grauen Wolken zerteilen.

»Wir brauchen eine Überdachung, und zwar so schnell und so groß wie möglich, der Fundort muß trocken bleiben«, sagte ich zu einem Kollegen von der Bereitschaft.

Eine halbe Stunde später spannten sich ein paar Plastikplanen unter dem Baum. Systematisch wurde bereits die Umgebung des Tümpels abgesucht, Harry dirigierte die Spurensucher.

Auf den ersten Blick war die Todesursache nicht erkennbar. Der Körper lag nicht erst seit gestern hier, das sah man an den Verfärbungen, die an den nackten Beinen und Armen und im Gesicht auftraten. Ein Gerichtsmediziner aus Münster war unterwegs für eine vorläufige Untersuchung, ich hatte das Institut verständigt.

Nach der ersten Fotoserie hatte Harry ganz vorsichtig die blonden Haare mit einem Metallstift beiseite geschoben. Es war eigenartig, ihn dabei zu beobachten, wie er es vermied, die Haut zu berühren, was wegen möglicher Spuren natürlich vollkommen berechtigt war. Er hob etwas auf, was neben dem Kind gelegen hatte, etwas Weißes, eine Hühnerfeder vielleicht. Als mich jemand an der Schulter faßte, zuckte ich zusammen.

»Na, na«, meinte Rohleff plötzlich neben mir leise, »werd bloß nicht weich.«

»Es ist Caroline«, sagte ich überflüssigerweise.

Dr. Lamash von der Gerichtsmedizin starrte auf die Leiche hinab, und das auch schon ein Weilchen. Patrick und Harry hatten unisono aufgeseufzt, als sie ihn heranstapfen sahen, den kleinen quittegelben Doktor, der sich pedantisch Schritt für Schritt auf uns zubewegte, als gäbe ihm dieser Weg bereits Hinweise, die wir mit unserem ungestümen erzwestfälischen Temperament übersehen hatten.

Rohleff zuckte bloß resigniert die Schultern, es enttäuschte ihn wohl, daß nicht seine heimliche Flamme Dr. Sybille Overesch aufgekreuzt war.

Dr. Lamash hatte uns noch nicht zur Kenntnis genommen, hob aber jetzt den Kopf.

»Schwieriger Fall«, sagte er und nickte phlegmatisch zur Begrüßung, »das wird dauern.«

Harry stieß einen weiteren Seufzer aus. »Ich dachte, der bewegt sich heute nicht mehr«, zischte er.

»Macht die feuchte Luft, da schlägt der Rost schneller an«, konterte Patrick.

Dr. Lamash breitete ein blütenweißes Taschentuch aus und ging in die Knie.

Um etwas Produktives zu tun, während der Arzt mit seinen Vorbereitungen für die Untersuchung beschäftigt war, rief ich in Rheine bei der Feuerwehr an, wir brauchten wieder die Taucher, diesmal um den Tümpel abzusuchen, irgendwo mußte ja die Geige sein.

Immer mehr Beamte trafen ein, Rohleff schickte sie truppweise aus, um großräumig das ganze Waldgelände bis zu den Straßen, die in die nächsten Orte führten, durchzukämmen. Als ich zu ihm trat und dabei den Platz unter dem Zeltdach verließ, traf mich ein erster dicker Regentropfen, er platschte mir auf die Nase und lief wie eine Träne am Mundwinkel vorbei. Auf einmal war mir zum Heulen zumute. Etwas Braunes, Wuscheliges fuhr mir an die Beine, automatisch griff ich zu und bekam den Spaniel am Halsband zu fassen.

»Können Sie Ihren Hund denn nicht festhalten?« fuhr ich den Besitzer des Tieres an. Eine Portion Grobheit ist manchmal gut gegen zuviel Betroffenheit, aber nicht unbedingt sozialverträglich. Ich ging daher mit dem Mann ein Stück beiseite und ließ ihn ein weiteres Mal erzählen, wie er das Mädchen gefunden hatte. Caroline, zwölf Jahre alt, zwölf, wie meine Tochter Laura, gleiche Schule, gleiche Klasse. Wie ein Rad rotierten diese Gedanken in meinem Kopf, während ich eine scheinbar sachliche

Unterhaltung führte und penibel nach Details fragte, Dr. Lamash gar nicht so unähnlich. Vielleicht wehrte der sich auch auf diese Weise; er hatte Kinder, soweit ich wußte.

Nach zwanzig Minuten konnte ich den Mann nach Hause schicken, ich sah ihn davongehen, ganz dicht hielt er den Hund bei Fuß, dessen lange Ohren den Weg fegten. Der Mann lief gebeugt, ein Bild des Jammers.

Rohleff hatte eine Karte der Gegend mitgebracht und Linien eingekritzelt, die den Wald in Quadrate zerlegten, als würde sich seine Wildnis damit zur Ordnung zwingen lassen. Ich schielte zu der Gruppe um Lamash, auch dort behielt Methode die Oberhand. Der Pathologe sprach in ein kleines Aufnahmegerät, ich ging näher heran, um zu lauschen.

»Keine äußeren Verletzungen an Kopf, Gliedern und Torso zu erkennen, Todesursache somit vorerst unklar, aber Verdacht auf ...«

Er hatte den Rock des Kleides, der bis dahin glatt über den Knien gelegen hatte, weit heraufgeschoben. Die Schenkel lagen jetzt bloß und leicht geöffnet, und da sah ich es: Blut an der Innenseite, rostrote Spuren. Ob sie sich gewehrt hatte?

Wie eine Welle spülte die Übelkeit hoch, mir wurde schwindlig, und ich spürte, wie ein Schweißfilm über Rücken und Brust kroch und mir die Hitze ins Gesicht stieg.

Mit ein paar Schritten rannte ich ins Freie, unter den Planen stand die Luft ja auch förmlich. Kalte, schwere Tropfen kühlten mir die Haut. Den Himmel bedeckten tiefdunkle Wolken, aus der Ferne grollte der Donner.

Harry und ich gehörten zu den letzten, die am Fundort blieben, ich hatte die Protokollführung übernommen. Knolle und Rohleff waren bereits im Wald verschwunden, als Dr. Lamash mit der Leiche nach Münster fuhr. Neben uns im Teich gurgelte es von Zeit zu Zeit, wenn einer der Taucher den Kopf aus dem

Tümpel streckte. Am Uferrand lag etwas durchgerostetes Altmetall, ein kaputter Reifen, Fundstücke aus der Tiefe.

Harry schob mit einer Pinzette das Gras hin und her und klaubte Maden auf, sie wanden sich, wenn die kleine Stahlzange sie behutsam, ohne sie zu quetschen, ergriff. Lebendes Beweismaterial, das seine Rolle erst noch spielen mußte. Sorgfältig wurden sie in Plastikröhrchen gesteckt, ich etikettierte nach Harrys Angaben.

»Bei dem Regen und dem Wind weiß man nie«, er schaute flüchtig auf, »wie lange diese Wackelkonstruktion hält, das klatscht uns alles bald runter.«

Böenartig fuhr der Wind unter die Plastikbahnen und ließ sie wie schwache Böllerschüsse knallen. Die Böen brachten Kühle mit, ich fröstelte auf einmal.

»Ziehst du die selbst groß?« fragte ich und hielt ein Madenröhrchen hoch.

»Nö, ich bin kein Insektenkundler, das machen die Kollegen von der Gerichtsmedizin in Münster, wahrscheinlich schicken die jemanden extra her, aber auch so kann ich dir sagen: Die Kleine lag seit Dienstag hier, seit sie abgängig ist – da wett ich meinen Arsch drauf.«

Ich schielte seitlich zu meinem Kollegen, betrachtete das Körperprofil, für die Wette bot die Wampe mehr Substanz.

Wir waren soeben fertig, als sich die Planen plötzlich einseitig neigten. Harry faßte nach meiner Hand, griff mit der anderen nach der Tasche, und mit einem Spurt hatten wir den Platz gerade verlassen, als die Schnüre rissen. Eine der Bahnen flog in den Teich.

Wir haben erst gar nicht angehalten, sind gleich weitergerannt, vom Regen und vom Wind verfolgt. In den Bäumen über uns rauschte und knackte es bedrohlich, ich fragte mich, ob uns ein Ast auf den Kopf kommen würde. Bevor wir in den Hauptweg einbogen, hingen uns die Sachen klatschnaß an den Gliedern, trotzdem machte die Rennerei irgendwie Spaß, Harry ist für seinen Umfang erstaunlich wendig. Er schubste mich ungalant ins Auto und ließ sich neben mir in den Sitz fallen. Wir lachten, als wir uns ansahen, das Wasser tropfte uns in die Augen.

»Du siehst aus wie eine nasse Ratte. Ich setz dich zu Hause ab, damit du in trockene Klamotten springen kannst, und hol dich wieder ab.« Er startete den Motor, und ich war direkt froh, daß wir nicht seinen gepflegten alten Mercedes genommen hatten, dessen champagnerfarbene Ledersitze jetzt Flecken bekommen hätten.

Erst als das Auto vor der Tür hielt, fiel mir ein, wie spät es war, vier Uhr durch, an Essen und Kinder hatte ich nicht einmal gedacht, ohnehin war heute Detlev an der Reihe. Er saß an seinem Schreibtisch, ich legte ihm einen nassen Arm um die Schulter.

»Caroline Hainsbach ist tot, wir haben sie gefunden. Ich sag's den Kindern heute abend. Ich muß mich beeilen.«

Detlevs Reaktion wartete ich nicht ab, weil mir die Knie unversehens weich zu werden drohten, ich flüchtete ins Badezimmer. Er kam mir nach und schob die Tür der Duschkabine halb auf, ging auch nicht weg, als das kalte Wasser herausspritzte.

Kalt zu duschen ist gut gegen zuviel Emotionen, außerdem muß man gegen das Geräusch des Wassers anschreien, das hilft, Festigkeit zu demonstrieren.

»Ich hab dir schon alles gesagt, laß uns später reden.«

Unbeeindruckt hielt er mir das Handtuch hin, dabei konnte er selbst eins brauchen. »Wann ist das, später? Drei Uhr, vier Uhr nachts oder fünf Uhr morgens?«

Einen Moment hörte ich mit dem Rubbeln auf und merkte sofort, wie die Kratzer an den Beinen brannten. Detlev zog das Handtuch um mich und hielt mich darin fest.

»Was ist passiert? Unfall? Mord?«

»Das wissen wir noch nicht«, sagte ich, »wo sind die Kinder?«

»Um die kümmere ich mich, wie immer, wenn du beschäftigt bist.«

»Das ist unfair«, schrie ich, aber die Tür klappte bereits hinter ihm zu, von unten war die Klingel zu hören gewesen, Harry war wieder da.

Auf dem Weg zum Büro pfiff er diese Kinderliedmelodie und machte für meinen Geschmack einen zu aufgeräumten Eindruck. Allerdings hatte er keine Kinder, er war der einzige Single in unserem Team.

Rohleff hielt uns im Eingangsbereich der Wache auf.

»Lilli, du kommst mit zu Hainsbachs, wir müssen die Todesnachricht überbringen, bevor sie es von anderer Seite erfahren, einer von den Notfallseelsorgern wird uns begleiten, er muß gleich da sein.«

Ich nickte tapfer und blickte mich doch um, ob ich nicht eine Möglichkeit finden konnte, mich vor der Aufgabe zu drücken, eine der unbeliebtesten in unserem Beruf.

Durch den Regenvorhang draußen preschte eine schwere BMW auf den Eingang zu. Einen Augenblick dachte ich, der Pastor säße darauf, es war aber Patrick, der jetzt erst vom Einsatz zurückkehrte. Trotz des Regens nahm er den Helm ab, langte seelenruhig nach hinten, um ein in Plastikfolie eingewickeltes Bündel aufzunehmen, und kam mit federnden Schritten auf uns zu. Er schien unsere Aufmerksamkeit zu genießen. Seine Schuhe quietschten auf den Stufen. Im Trockenen schüttelte er sich das Wasser aus den Haaren.

Harry schob mich sacht beiseite und pflanzte sich vor dem Kollegen auf.

»Ich hoffe, du hast die Geige mit deinen Pottfingern nicht angefaßt.«

Jetzt drängte sich auch noch Rohleff vor, ich mußte bis zur Wand zurückweichen und lehnte mich dagegen.

»Ist sie das, die Geige?« fragte Rohleff eifrig.

Patricks Augen blitzten auf, es war klar, er wollte gelobt werden wie ein apportierender Hund, und Rohleff schnurrte ein, zwei wohlwollende Bemerkungen herunter, strapazierte damit aber Harrys Geduld.

»Gib schon her, und spring zurück in den Urwald, bevor du hier alles vollgesuppt hast.«

Patrick hielt die Geige fest. »Wollt ihr denn nicht mal wissen, wo wir sie gefunden haben?«

Ich hatte meinen Notizblock schon aufgeklappt. »Spuck's aus, Patrick.«

Der Fundort überraschte nicht sonderlich.

Ein Pastor begleitete uns. Er gehörte zu einer Gruppe evangelischer und katholischer Geistlicher, die es uns erleichterte, Nachrichten von Mord, Selbstmord oder tödlichem Unfall zu überbringen und mit anzusehen, wie aus Betroffenen Hinterbliebene werden, Opfer in der zweiten Reihe, von denen meist wenig gesprochen wird.

Die Reaktionen auf Schreckensmeldungen können erfahrungsgemäß sehr unterschiedlich sein, manche Leute fallen in Weinkrämpfe und beginnen zu schreien, einige glauben nicht, was sie hören. Für extreme Situationen steht immer ein vorher verständigter Notarzt auf Abruf bereit.

An einer leichten Erstarrung der Gesichter, als sich der Pastor vorstellte, erkannte ich, daß die Hainsbachs bereits den Anlaß unseres Besuchs ahnten. Auch die Art, wie wir uns alle gegenseitig musterten, eine Spur zu lange, zu bedachtsam, nahm einiges der schlechten Nachricht vorweg. Sehr leise sprach der Pastor den Einleitungssatz.

»Wir haben Ihnen eine traurige Mitteilung zu machen.« Er konnte nichts dafür, daß es sich wie eine Verurteilung anhörte.

Ich konzentrierte mich auf methodische Beobachtung, um nicht wieder in den Fehler zu verfallen, zuviel persönliche Betroffenheit aufkommen zu lassen, die mich daran hindern würde, unabhängig zu ermitteln.

Hainsbach wandte sich nicht sofort seiner Frau zu. Die beiden saßen getrennt, Bettina Hainsbach in demselben Sessel wie schon die beiden Male zuvor, als hätte sie sich seitdem nicht weggerührt. Ihre Hände verkrampften sich, sie sagte nichts, weinte auch nicht, aber das Gesicht erschien wie ausgelöscht. Zugleich nahm ich zwei Linien wahr, die von der Nase zum Mund führten und wie ins Fleisch eingetrocknet wirkten.

Hainsbach schluckte mehrmals, bis er sehr zögernd anfing, Fragen zu stellen.

Eine quälende Stunde lang versuchten wir gemeinsam, die beiden Stück für Stück an die Wirklichkeit heranzuführen, an alles, was den Tod der Tochter betraf. Ohne dabei allzu drastisch zu werden, mußten wir eindeutig sein, Eltern haben ein Recht darauf. Ich hatte nicht den Eindruck, daß Bettina Hainsbach uns zuhörte, und erwog, den Arzt kommen zu lassen, ließ den Gedanken aber zunächst fallen, als sie zu sprechen begann.

»Haben Sie die Geige gefunden?«

Als wir vor Verblüffung nicht gleich antworteten, fuhr sie fort: »Das Instrument ist sehr wertvoll, wir wollten Caroline von Anfang an nicht auf einem Übungsinstrument spielen lassen, um sie an reine und vollkommene Töne zu gewöhnen. Wir haben uns viel Mühe gegeben.«

»Bettina«, sagte Hainsbach entsetzt.

»Aber das stimmt doch, Gerd«, sagte sie und wandte sich ihrem Mann zu, nahm ihn aber kaum wahr. Ich saß ihr direkt gegenüber und konnte den wie blinden Ausdruck ihrer Augen erkennen. Sie sprach seltsam präzise, jeder Laut wurde sorgfältig artikuliert, sie wirkte auf mich wie eine Sprechpuppe, ohne wirkliches Leben.

Hainsbach erhob sich, lief ein paar Schritte hin und her, blieb stehen und verschanzte sich schließlich hinter dem Sofa. Kannte dieser Mann keine normalen Regungen, sah er nicht, was mit seiner Frau los war?

»Wir müssen diese Nachrichten erst verarbeiten, das ist Ihnen sicher klar, ich danke Ihnen jedenfalls, daß Sie gekommen sind und sich«, er schielte auf seine Armbanduhr, »Zeit genommen haben.«

Er wollte uns wirklich raussetzen?

Der Pastor legte die Hände auf die Armstützen und schloß die Finger um die Enden, als ob er sich gleich erheben würde, tatsächlich aber rückte er sich zurecht und blieb sitzen. Auf der Fahrt hatte er uns erklärt, er rechne mit einem mehrstündigen Aufenthalt und werde dafür sorgen, daß die Hainsbachs in den ersten Tagen nicht allein wären. Er begann, ohne auf Hainsbachs letzte Bemerkung einzugehen, nach Verwandten und Freunden zu fragen, nach eventuellem Beistand. Während er sich erkundigte, sackte Frau Hainsbach in ihrem Sessel zusammen, ihr Kopf fiel an die Rücklehne. Hainsbach trat hinter sie und legte ihr so vorsichtig eine Hand aufs Haar, als fiele ihm selbst diese Berührung schwer.

»Meine Frau braucht jetzt dringend Ruhe, ich kann alles Nötige selbst regeln.«

»Wir werden einen Arzt rufen«, sagte ich bestimmt.

»Falls es Ihnen entfallen ist, ich bin Apotheker, Frau Gärtner.« Seine Stimme klang völlig emotionslos. Er ging nun um den Sessel herum, faßte seine Frau an den Armen und versuchte, sie hochzuziehen. »Ich bring dich nach oben, Bettina.«

Auf einmal schlang sie die Arme um ihren Mann, die Bewegung erfolgte so plötzlich, daß Hainsbach in die Knie ging. Was sich da abspielte, sah wie ein Ringkampf aus, aber dann hörten wir den erlösenden Ton, auf den wir gewartet hatten.

»Caroline«, schluchzte Bettina Hainsbach, »Caroline, Caroline ...«

Hainsbach gab keinen Laut von sich, sein Kopf lag an ihrem.

Rohleff und der Pastor tauschten einen Blick. »Wenn Sie möchten, können Sie jetzt gehen, die Nummer des Arztes habe ich. Bevor ich das Haus verlasse, verständige ich Ihr Büro. Viel ausrichten können Sie hier heute nicht mehr«, sagte der Pfarrer.

Hainsbach brachte uns zur Tür, ich betrachtete genau sein Gesicht, seine Augen waren vollkommen trocken. Er verzichtete darauf, uns mit den üblichen Sprüchen zu kommen wie etwa: »Finden Sie den Mörder unserer Tochter.« Es war auch erstaunlich, daß er uns höflich, beinahe servil die Hand gab. Sie fühlte sich warm an, und eine Winzigkeit hielt er meine länger als nötig, und etwas wie Verzweiflung oder Angst schien in seinem Blick auf, ganz sicher war ich mir aber nicht.

Reichlich fahrig startete Rohleff den Wagen und würgte den Motor ab. Erstarrt verharrte er, die Hand am Schlüssel, ohne es gleich ein weiteres Mal zu versuchen. Dann wandte er den Kopf und musterte mich, ich trug diesmal T-Shirt, Jeans und Sportschuhe.

»Aha«, sagte er befriedigt, »was ich an dir schätze, Lilli, ist dein klarer Blick.« Der Motor heulte auf. »Gegen ein bißchen Dreck hast du ja nichts.«

Wenig später bog er in die Straße nach Leer ein, der Regen hatte endlich aufgehört, der Himmel blieb dagegen dunkel.

»Lies vor, wo Patrick die Geige gefunden hat. Ich schätze, wir werden auf ein paar von unseren Leuten treffen, das soll uns weiter nicht kümmern.«

Mir war schleierhaft, was er vorhatte. Ich gehöre nicht zu den ausgesprochenen Naturfreunden, die Aussicht, in einem triefenden Wald herumzustolpern, trübte meine nicht gerade glänzende Laune weiter ein. Möglicherweise wollte sich Rohleff durch einen Spurt ein wenig abreagieren, ich konnte mir gar nichts anderes denken, als daß ihm das Schicksal dieses Kindes naheging. Seine eigenen familiären Erfahrungen zählten allerdings bislang nicht viel, denn er war erst vor einem halben Jahr im überreifen Alter von vierundfünfzig Vater geworden, vermochte sich aber gut in andere hineinzudenken. Auch in Hainsbach?

Er stoppte, der Wagen rutschte an den Straßenrand, vor uns stand ein winkender Kollege, Rohleff ließ das Fenster herunter.

»Gibt's was Neues?« fragte er.

»Ja und nein. Wir haben säckeweise Zeug aufgesammelt, der Wald ist ja die reinste Müllhalde.«

»Laßt Harry das Zeug durchgehen. Wo genau ist die Geige gefunden worden?«

Der Kollege fuhr ein Stück mit, deutete, als er ausgestiegen war, auf ein Gebüsch, um das großräumig unsere rotweißen Absperrungsbänder flatterten, und gesellte sich zu den zwei Leuten, die dort nach Spuren suchten.

»Und was sollen wir hier?« fragte ich.

Statt zu antworten, starrte Rohleff in beiden Richtungen die Straße entlang, dann stieg er wieder in den Wagen. Ich saß kaum neben ihm, da drückte er mir eine Karte in die Hand.

»Markier den Fundort der Geige, dann schau dir an, wo der Tümpel liegt, an dem die Leiche gefunden wurde.«

Ich hatte immer noch nichts verstanden, sollte die Karte aber jetzt zusammenfalten. Es war ein Meßtischblatt, keine gewöhnliche Autokarte.

»Kann sein, der Mann kannte sich aus, kann sein, er suchte nur aufs Geratewohl einen geeigneten Fleck«, sagte Rohleff.

»So weit von der Straße?« fragte ich verwundert.

»Wie weit läuft man durch den Wald, wenn man etwas Bestimmtes vorhat?«

Die Wege durch das Waldgebiet sind selbst für die Trecker der Forstarbeiter und die Geländewagen der Förster nach einem sintflutartigen Regen kaum befahrbar, denn die geteerten Wirtschaftswege münden in Schotterpisten, die sich dann im Wald verlieren. Es gibt aber auch schmale Anliegerstraßen, die die verstreut in diesem Gebiet angesiedelten Bauernhöfe mit der Straße nach Leer verbinden. Die Karte wies neben den Höfen überraschenderweise auch eine Reithalle auf, die mir derart abgelegen vorkam, daß ich mich fragte, wer hier herauskam, um zu reiten.

An einer der im nirgendwo endenden Straßen hielt Rohleff wieder an und hieß mich aussteigen. Wir kamen zwar an ein paar ordentlich geschichteten Holzstapeln vorbei, im übrigen umgab uns aber bald echte Wildnis, von Rinnsalen durchzogen, deren rostroter oder sandiger Untergrund durch das Wasser zu uns heraufdämmerte, manche waren allerdings modrig dunkel. Wir hatten nämlich die schnurgeraden Wanderwege verlassen und stapften querdurch, Rohleff hatte meine Hand gefaßt, nachdem ich gestolpert war.

»Ist es nicht schön hier? Hör mal die Vögel, und wenn mich nicht alles täuscht, klopft da ein Specht.«

Rohleff als Vogelkundler hatte mir noch gefehlt. Außerdem glaubte ich nicht, daß er eine Meise von einem Spatz unterscheiden konnte. Ich versuchte erst gar nicht zu lauschen, sondern war nur darauf bedacht, den tropfenden Zweigen auszuweichen und meine Schuhe aus dem Gestrüpp am Boden zu zerren. Gab es hier Schlangen? Ich erkannte kaum, in oder auf was ich trat, und klammerte mich an Rohleffs Hand. Irgendwann blieb ich stehen.

»Also mir reicht's jetzt. Was soll das Ganze?«

Rohleff betrachtete mich nachdenklich und sah auf die Uhr. »Nicht schlecht, eine halbe Stunde. Du bist eine Erwachsene und läßt für gewöhnlich nicht so leicht über dich bestimmen, ohne genau zu wissen, um was es geht. Wie geduldig sind Kinder, wie lange läßt sich ein Mädchen von jemandem durch den Wald führen und von wem?«

Ich kam mir noch nicht direkt veralbert vor, war aber kurz davor und schaute an mir herab. Die Hose schlotterte feucht um meine Beine, und allerhand klebriges Zeug hatte sich an den Stoff geheftet.

»Hast du Carolines Kleid gesehen? Nicht ein Fleck, die

Schuhe sahen ebenfalls ziemlich sauber aus, nicht wie meine.« Ich hob einen Fuß. »Putzt du die freiwillig?«

Rohleff hockte sich auf einen Baumstamm und wies neben sich, ich hatte aber keine Lust, mir einen nassen Hintern zu holen, und blieb stehen.

»Am Dienstag war der Wald staubtrocken.«

»Auch dann wäre ein weißes Kleid in so einem Wald nicht blütenrein geblieben.«

»Das mußt du besser wissen als ich.«

»Ich lauf nicht im Wald herum, nur meine Töchter, aber die ziehen bei solchen Gelegenheiten ganz gern Drecksachen an. Karl, ich weiß immer noch nicht, was für ein Experiment du hier durchführst.«

»Ich versuche, Licht auf zwei Schatten zu werfen. Eine Zwölfjährige und wer außerdem? Du hast gesagt, das Kind ist von den Eltern an der kurzen Leine gehalten worden. Restriktive Erziehung, ständige Kontrolle. Wie verhält sie sich also anderen gegenüber?«

»Eigentlich willst du eine andere Frage stellen. Kannte sie ihren Mörder?«

»Ja«, Rohleff seufzte. »Ich fürchte, den kannte sie nur zu gut, sonst wär sie in ihrem schönen weißen Kleid nicht so folgsam in den Wald mitgegangen. Komm, laß uns zurückgehen.«

Wir haben eine Stunde gebraucht, um das Auto wiederzufinden, dabei half uns ein Suchtrupp, auf den wir unversehens stießen. Danach hatte ich vom Wald mehr als genug, aber Rohleff fuhr eigensinnig einige Male die befahrbaren Wege ab, die von der Leerer Straße so dicht wie möglich an den Tümpel heranführten, alles in allem kamen wir auf wenigstens zehn Minuten Fußweg, die Caroline mit ihrem Mörder zurückgelegt haben mußte. Quer durch den Wald waren sie sicherlich nicht gegangen. Offen blieb, ob der Täter sich auskannte, klar dagegen war, daß er hinter Burgsteinfurt zur Haltener Mark abgebogen und nach der Tat in Richtung Leer weitergefahren war, denn die erste Abzweigung in das Waldgebiet erreichte man vor dem Fundort der Geige im Straßengebüsch.

Als müßte er auf eine nicht gestellte Forderung reagieren, sagte Rohleff sehr bestimmt, während er auf den Parkplatz bei der Kreispolizei zusteuerte: »Wir kriegen ihn, darauf verwette ich meinen Arsch, wie Patrick sagen würde.« Er grinste schief, seine Augen blieben traurig. »Wir werden damit rechnen müssen, daß sich das LKA und das BKA einschalten.«

»Trauen die uns nicht zu, daß wir unsere Sachen allein machen?«

»Der Fall in Bayern wird sie uns auf den Hals hetzen.«

Gegen neun Uhr abends fand sich die Sonderkommission »Caroline« zu einer Besprechung zusammen. Außer meinen drei Teamkollegen gehörten sechs weitere Beamte dazu. Ich hatte mich zwischen Harry und Patrick gesetzt.

Rohleff hantierte mit einer großen Gebietskarte, die Steinfurt und Umgebung zeigte, also ebenso die Straße nach Leer und den Wald. Ich sah weder die Karte, noch hörte ich die Erklärungen über Fundorte, Straßen und Wege, sondern ich hatte immer noch das Ehepaar Hainsbach vor mir. Detlev und ich hätten uns aneinandergeklammert, hätten nicht anders gekonnt, als uns gegenseitig festzuhalten, auf einmal wünschte ich, mein Mann säße neben mir.

Harry summte, und Patrick tappte nervös mit der Schuhspitze auf den Boden. Rohleff hielt sich akribisch an Details fest. Einmal traf uns ein unwirscher Blick, bevor er auf die Lösegeldforderung einging. Hainsbach hatte selbst Zweifel geäußert, ob der Anruf ernst zu nehmen sei. Die Stimme habe sehr jugendlich geklungen. Wir waren uns schnell einig, diese Spur vorerst nicht weiterzuverfolgen, denn Vergewaltigung in Tateinheit mit Mord paßte nicht zu einer Lösegeldforderung. Ganz gewiß ließ ein Täter in diesem Fall die Leiche nicht sichtbar herumliegen.

Als nächstes nahmen wir uns die Reaktionen auf unseren Aufruf in der Zeitung vor. Jemand wollte Caroline, eine Straße von der Hohen Schule entfernt, am Markt gesehen haben, ohne Geige, jemand anderes mit Geige in Münster am Bahnhof. Eine Anruferin erinnerte sich, daß das Mädchen auf dem Parkplatz neben der Hohen Schule gestanden hatte. Es sei in einen Wagen gestiegen, zu einem Mann zwischen vierzig und fünfzig. Die Geige hatte die Frau nicht gesehen. War das Kleid weiß? Hell zumindest, frühlingsfarben. Die Aussage verwischte sich zusehends. Wann war Caroline auf dem Parkplatz gesehen worden: am Dienstag, dem 16. Juni, oder an einem anderen Dienstag?

Die jüngeren Kollegen begannen, auf den Stühlen herumzurutschen. Die Auswertung der ersten Spuren schloß sich an, Harry berichtete über den Müll im Wald und summte dann weiter. Einer aus der Reihe hinter uns tippte ihn auf die Schulter.

»Wer hat Angst vorm schwarzen Mann?« Er hatte ziemlich laut gefragt. Ich erkannte endlich die Melodie wieder und wußte, was wir früher zu dem Lied gespielt hatten.

»Wie wär's mit dem bösen Wolf?« fiel Knolle ein.

»Den Wald hätten wir ja schon gefunden, das paßt«, schaltete sich der Kollege hinter uns wieder ein.

»Fragt sich, wie sich der Wolf getarnt hat.« Der Einwurf kam von gegenüber.

»Mit der Mütze der Großmutter.«

»Ach was, mit Kreide.«

»Wieso Kreide?«

»Mit der Kreide hat er die Stimme getunt, um sich besser einschleimen zu können.«

»Du bist im falschen Film, bei ›Der Wolf und die sieben Geißlein‹.«

»Na und? Wolf bleibt Wolf.«

»Kinder«, brüllte Rohleff, »die Märchenstunde ist für heute aus, morgen um acht geht's weiter.«

Fast augenblicklich setzte hinter mir Stühlerücken ein, bevor wir uns aber alle davonmachen konnten, bestimmte Rohleff, wer von uns bleiben sollte. Ich schüttelte den Kopf, als sein Blick auf mich fiel. Kurz nach zehn war ich zu Hause.

Detlev saß auf der Terrasse, Hefte vor sich. Der Himmel hatte sich zu einem blassen Blau aufgeklärt, im Juni bleibt es fast bis elf Uhr abends hell.

»Detlev …«, begann ich.

Er winkte ab. »Ich hab's den Mädchen gesagt, sie wissen Bescheid.«

Wenn er weiterredete, würde er mich aus dem Konzept bringen. »Detlev, fahr mit mir in den Wald, jetzt gleich, wenn's dir recht ist.«

Er musterte mich so, daß es mir schwerfiel, auf meiner Bitte zu beharren. Wie bei Rohleff lagen eine Menge Forderungen in diesem Blick; auch solche, die sich auf ihn selbst bezogen.

»Wir jagen einen Wolf, einen Wolf im Schafspelz, und …«

»Wird er wieder ein Lamm reißen?« sagte er zu meinem Erstaunen und klappte das letzte Heft zu.

Meine Beschreibung war sicher etwas umständlich und unpräzise, das lag an meinem katastrophalen Orientierungssinn, aber Detlev wußte dank langjähriger Übung meine Angaben richtig zu deuten und verfuhr sich in dem Gewirr der Wege und Sträßchen rund um und durch die Haltener Mark und die Drosten Tannen nur ein einziges Mal. Knirschend hielt der Wagen auf Schotter, und eine knappe Viertelstunde später standen wir am Teich. Mir kam alles ein wenig fremd vor, bis mir aufging, daß wir am anderen Ende herausgekommen waren. Für mich sahen die Wege alle gleich aus, aber mir fiel ein, daß sich Detlev in diesem Waldgebiet vom Pilzesuchen her ja recht gut auskannte.

An dieser Seite des Tümpels flatterten keine Absperrbänder. Eigentlich war es kein Tümpel, sondern ein größeres Gewässer, aber noch kein See. Die pedantische Bestandsaufnahme gab ich auf, als Detlev meine Hand faßte und mich wortlos durch Ufergestrüpp bis an eine freie Stelle führte, an der ein bißchen Gras wuchs. Über uns klang ein merkwürdiges Schreien auf, wir hörten schwere Flügel in der Luft schlagen und ein weiteres Kreischen, dem ein Aufplatschen folgte. Das Wasser schlug Wellen, Kreise breiteten sich bis zu uns aus, die Vögel selbst waren, durch Bäume und Buschwerk gedeckt, ungesehen irgendwo am Ufer verschwunden.

Ich sträubte mich nicht sonderlich, als mich Detlev ins Gras herunterzog. Wie schon gesagt, mag ich Natur nicht so besonders, aber vor fünfzehn Jahren hatten wir nackt in den Baggerlöchern gebadet, wenn sich der Himmel wie jetzt violett färbte. Verliebt, wie ich war, hatte ich die Abendstimmung genossen und mich nicht an den Mücken gestört.

Es war jetzt so still, daß man das Laub der Bäume leise im Wind rascheln hörte, und ich sank mit dem Rücken an Detlevs Brust, der seine Arme um mich schlang.

»Gute Idee, hierher zu fahren«, murmelte er in mein Haar und begann, an meinem Ohr zu knabbern. Eine Weile hatten wir etwas Besseres zu tun, als an Mord zu denken. Aber dann fuhr ich bei einem seltsamen Laut auf, griff hastig nach meinem T-Shirt und versuchte, es mir wieder über den Kopf zu ziehen.

»Was ist los?« fragte Detlev irritiert.

»Ich hab unsere Leute vergessen, es müssen noch welche im Wald sein, und wenn einer plötzlich am See auftaucht …«

Ich spähte in das Ufergebüsch, mir war so, als raschelte es nicht weit von uns stärker. Tatsächlich blitzte etwas Weißes auf. Detlev schaute über meine Schulter und drückte mich zurück ins Gras.

»Das sind nur brütende Schwäne.«

»Und das kannst du im fast Dusteren sehen?«

Der Himmel wird in manchen Juninächten nicht ganz dunkel, und dies war so eine Nacht, außerdem hatten wir beinahe Vollmond. Erst viel später schien es mir seltsam, daß ich so ganz und gar alles vergessen konnte, was mich seit dem Morgen, seit der schrecklichen Nachricht, angetrieben hatte.

Zum Schluß sind wir noch um den See herumgegangen. Ich nutzte die Gelegenheit, mich am Fundort ohne die Kollegen noch einmal umzuschauen, Detlev folgte mir geduldig, stellte sogar Fragen, normalerweise interessiert er sich nicht allzusehr für meine Fälle, aber dieser ließ ihn natürlich nicht unberührt. Obwohl wir damit doch auf Mord kamen, blieb uns etwas von der Gelöstheit erhalten, so daß wir entspannt und schweigend nach Hause fuhren. Erst vor unserer Garage erkundigte er sich: »Und was hast du da gewollt?«

Einen Augenblick war ich verwirrt, die Müdigkeit machte sich bemerkbar, auf einmal fühlte ich nur noch Blei in den Knochen.

»Ich weiß es nicht mehr, es war so ein flüchtiger Gedanke.«

Auf der Treppe fiel es mir ein. Ich hatte genau gesehen, was ich sehen wollte. Diesen stillen See, das schimmernde Wasser, hatte die unwirkliche, beinahe entrückte Stimmung gespürt, die über allem lag, wenn man nicht an Mord dachte. Hatte der Mörder diesen Ort mit Vorsatz gewählt?

Bevor ich mich ins Bett fallen ließ, schaute ich in die Zimmer der Mädchen. Seit einem halben Jahr hatte jede ihr eigenes, weil Laura das Geplauder der Schwester vor dem Einschlafen auf einmal zu kindisch gefunden hatte. Meine jüngere Tochter schlief fest, die Bettdecke lag heruntergestrampelt halb auf dem Boden, Katia umarmte ihr Kopfkissen. Ich strich ihr das wirre Haar aus dem Gesicht und betrachtete ihren Körper, der so sehr dem meinen glich. Nicht dick, wie sie einmal richtig bemerkt hatte, sondern kompakt, handfest, sie liebte Sport, sie war gut in Leichtathletik wie ihr Vater früher.

Laura dagegen schaute mich aus umflorten Augen an. »Wo wart ihr?« Ihre Stimme klang weinerlich, trotz meiner Müdigkeit wollte ich mich zu ihr ans Bett setzen.

»Darf ich zu euch?« fuhr sie fort.

Ich nickte benommen. »Aber bring dein Kissen mit.«

Unsere Matratze mißt quer ein Meter achtzig, das reicht für zwei, die nicht dick sind, für drei wird es eng, auch wenn der dritte nur ein zwölfjähriger Hering ist. Wenn wir die sperrige Matratze wenden, fluchen wir für gewöhnlich dabei, aber unsere Töchter lieben das Bett, weil in der Mitte die Ritze fehlt.

Detlev und ich schlangen jeder einen Arm um Laura. Nach einer Weile wurde ihr soviel Geborgenheit lästig, sie rückte zuerst von ihrem Vater ab, blieb aber noch einen Moment in meinen Arm eingedreht, der langsam taub wurde. Durch den Nebel meiner Schläfrigkeit hörte ich sie flüstern.

»Ich will nicht mehr zum Ballett gehen.«

Ich war froh, daß es nicht um Caroline ging, so konnte ich sachlich, bestimmt und mit letzter Kraft sprechen. »Das bereden wir morgen.«

Detlev ließ längst ein paar Schnarchtöne hören.

20. Juni

Laura schubste mich aus dem Bett, als der Wecker schellte, und schlief danach weiter. Ich fühlte ein Ziehen im Kreuz und ein Kratzen im Hals, die mir signalisierten, daß es ungesund ist, sich stundenlang in feuchtem Gras zu wälzen, selbst in lauen Sommernächten.

Patrick und Harry begegneten mir im Flur, sie schauten mehr oder minder übernächtigt aus, Harry machte noch den frischeren Eindruck, zumindest strahlte er wieder eine gute Laune aus, die mir auf den Geist ging.

»Keine Stacheln heute?« neckte er fröhlich. Automatisch fuhr ich mir durch die Haare.

Rohleff kam gleich zur Sache. »Harry, ich möchte etwas zum Tatort hören. Eine Spurenauswertung bitte.«

Harry blätterte eine dünne Akte auf. »Definitiv keine Kampfspuren. Aber«, er hob, Aufmerksamkeit heischend, den Finger, »im Bewuchs ist so ein Röhrengras enthalten, das sich nicht wieder aufrichtet, wenn es geknickt wird.« Er schaute von seinen Notizen auf. »Das Gras war auf einer Fläche von einem Meter achtzig mal siebzig Zentimeter ziemlich flachgelegt.«

»Flachgelegt ist gut«, schnurrte Patrick. Eine kleine Pause entstand.

»Weiter«, sagte Rohleff.

»Kleiner Trampelpfad bis zum Wasser, ich war heute morgen wieder da, im Frühlicht. Das ist kein ausgetretener Pfad, die Spur hat nur einer gelegt.«

»Versteh ich nicht, der Pfad, den der Täter mit dem Mädchen genommen hat …«, hakte Rohleff nach.

»Den meine ich nicht, der führt nicht bis ans Ufer, sondern weiter um den See herum.«

Detlev und ich waren diesen Pfad entlanggegangen bis zum Fundort.

»Also?«

»Der Fundort könnte der Tatort sein.«

»Der hat die Kleine umgebracht und ist dann zum See spaziert, um die Stimmung zu genießen? Gibt's das? Und was ist mit dem Kleid?« fragte ich.

»Weiß steht Blonden nicht. Das Kommunionkleid hat er ihr ausgezogen und nachher wieder angezogen. Nicht ein Grasfleck.«

»Und das soll sie alles so mitgemacht haben?« fuhr ich auf.

»Warten wir ab, was die Gerichtsmedizin sagt«, warf Rohleff ein.

»Bis der Lahmarsch mal in die Gänge kommt!« Harry hob die Akte. »Das war das Wesentliche von meiner Seite, Details könnt ihr am PC nachlesen, Kennwort ›Caroline‹, oder sollen wir ›Böser Wolf‹ nehmen?«

»Wie wär's mit Bonbononkel?« fragte Knolle.

»Pädophiler«, konterte Harry.

»Sexualstraftäter«, sagte ich hart, »ich nehme es so einem nicht ab, daß er Kinder ausgesprochen liebt.«

»Wen haben wir denn bisher zur Auswahl?« fragte Rohleff. »Patrick, du bist dran.«

Patrick schwenkte eine Liste und las anschließend eine Reihe von Namen vor, einige waren mir unbekannt, ich nahm an, daß es sich um Nachbarn oder Lehrer handelte. Raphael Lemmers wurde erwähnt, der alte Geigenlehrer, der Student Julius Steiner, als letzter stand Hainsbach auf dem Papier.

Obwohl in neunzig Prozent aller Fälle dieser Art, auch der ohne Todesfolge, die Täter aus der Umgebung des Kindes stammen, spukt immer noch in den Köpfen der Leute die Vorstellung, daß es der Unbekannte sein müsse, der mit Bonbons oder der Eistüte lockt, möglicherweise ein debiler Triebtäter. Es mag sich um den Pfarrer handeln, der an seinen Meßdienern herumfingert, oder um den Jugendwart, der die Mädchen in der Duschkabine besucht. Wer dabei vom »Wolf im Schafspelz« spricht, trifft die Sachlage ganz genau. Daher stand vorerst jeder auf der Liste im Visier unserer Ermittlung, bis wir ihn streichen konnten. Rohleff verteilte Aufgaben.

Ich sollte den Kontakt zu Hainsbachs halten, vor allem mehr darüber herausfinden, inwieweit Caroline als Risikokind zu gelten hatte, ein paar Hinweise darauf gab es ja bereits. Manchmal führt das Opfer zum Täter. Es fiel jede Menge Routinekram an, laufend kamen neue Meldungen von Bürgern, die Caroline gesehen haben wollten.

Nicht zur Routine gehörte, daß ich mich später mit Harry für das Schloßgartenkonzert in Münster verabredete. Aber bis dahin war der Tag noch lang.

Gegen Mittag waren Leute vom Landes- und vom Bundeskriminalamt eingetroffen, es ging um einen ersten Spurenvergleich mit dem Fall in Bayern, Rohleff zog sich zu einer Konferenz zurück. Ich fuhr über Mittag nach Hause und blieb beim Essen ziemlich abwesend.

»Das mit Caroline geht ihr nahe«, sagt Katia zu Detlev, als ich das Messer fallen ließ und auf dem Fußboden danach angelte.

»Euch nicht?« fragte ich, den Kopf wieder über der Tischkante.

Katia schob den Teller beiseite, legte den Kopf auf die Arme und begann zu schluchzen, Laura sprang auf und rannte die Treppe hinauf, es wurde langsam zur Gewohnheit.

»Volltreffer«, sagte Detlev.

Lemmers und den Leiter der Musikschule strich ich aufgrund einwandfreier Alibis am Nachmittag von der Liste, auch den alten Geigenlehrer, der mir an Krücken entgegengehumpelt kam. Als ich bei ihm geschellt hatte, öffnete seine Frau.

Es sei kein einfacher Knochenbruch gewesen, erklärte er, zweimal hatte das Bein nachgerichtet werden müssen, das bedeutete zwei weitere Krankenhausaufenthalte, zwischendurch, wenn das Bein nicht so schmerzte, hatte er Geigenstunden gegeben. Ende März hatte ihn Steiner zum ersten Mal vertreten, dann im Mai und jetzt wieder.

Es war nur logisch, daß ich mir als nächstes Julius vornahm und meine Notizen durchsah, als erstes die Eintragungen über das Gespräch mit ihm. Julius hatte ein Konzert erwähnt. Ein Blick in den Kalender machte mir klar, daß es heute stattfand. Ich brauchte nur einen Moment, um mich zu entscheiden. Der Fall hatte Vorrang vor meinem Bedürfnis, für den Rest des Tages abzuschalten. Außerdem bot sich die Gelegenheit, die Familie nicht ganz außen vor zu lassen.

Bei einem vorsichtigen Vorfühlen stieß ich bei Detlev leider auf massive Ablehnung. Das Familienklima hatte sich zwar wieder aufgeheitert, mein Mann blieb aber stur. Ein Blick in die

Fernsehzeitung verriet, daß sein Wunsch, unbedingt den Abend zu Hause zu verbringen, nur teilweise der Sorge um unsere Töchter entsprang, die, wie er meinte, nicht allein bleiben sollten. Daß sie mitkommen könnten, zog er nicht mal in Erwägung. Knolle war wegen einer weiteren Fußballrunde ebenfalls unabkömmlich.

Harry hatte Zeit. Staunend erfuhr ich, daß er gar nicht an Fußball interessiert war, er las die Ergebnisse am nächsten Morgen in der Zeitung nach, um nicht als dummer August dazustehen. Klassische Musik lag eher auf seiner Linie. Harry zu Gefallen zwängte ich mich in ein Schlauchkleid und zog hochhackige Sandalen an, die ich vor fünf Jahren das letzte Mal getragen hatte.

Wie ich die Musik zu hören und zu empfinden hatte, teilte mir Harry in gedämpftem Plauderton mit, er ließ die Banausin an seiner Seite nicht im unklaren. Es wurde weniger gefiedelt, als ich befürchtet hatte, es kamen auch andere Schüler der Musikhochschule zum Zuge. Ein Pummelchen mit Doppelkinn sang in so erstaunlich hohen Tönen, daß ich erwartete, das Glas in meinen Händen zerspringen zu sehen. Harry und ich nippten trockenen Weißwein, das Glas für 3,50 Euro. Mein Kollege hatte sich durch den Pulk gedrängt, der den Ausschank belagerte, und war zu schnell entschwunden, als daß ich ihm meinen Wunsch hätte mitteilen können. Ein Rolinck-Pilsener, eventuell auch ein Jever, aber keinen '98er Chablis, der eine Spur nach Essig schmeckte. Mit dem Glas in der Hand bemühte ich mich aber, so auszusehen, wie es die Situation erforderte: andächtig, angeregt, geziemend beglückt, tatsächlich unterdrückte ich nur angestrengt einen ständigen Hustenreiz.

Endlich trat Julius auf, züchtig im Pinguinfrack. Vielleicht bin ich doch nicht so unmusikalisch. Die kurze Stille vor dem ersten Geigenton bewirkte, daß sich mir die Haare im Nacken erwartungsvoll aufstellten. Alles in allem spielte bei meiner Ergriffenheit die Erinnerung an den letzten Abend mit – die gleiche laue Luft und der blaue, klare Himmel. Der Geiger fiedelte so vertieft, das sein Körper vor- und zurückschwang, die Haare flogen. Geigengeschluchze klang auf, wie ich es mir schöner nicht vorstellen konnte, ich schmolz dahin.

»Nein, nein, nein«, raunte mir Harry zu, »mehr presto, Junge, presto, nicht soviel kitschiges Legato.« Ich ließ ihn schwatzen.

Julius verbeugte sich, die junge Geigerin links von ihm aus dem Studentenorchester stand auf, küßte ihn, auch das Pummelchen war wieder da. Sie waren sehr fidel gestimmt auf der Bühne.

»Der hat es doch gar nicht nötig, auf kleine Mädchen abzufahren«, sagte Harry. Hörte ich da etwa Neid aus der Stimme?

Um den Beifall einzuheimsen, ließ Julius den Blick schweifen, er blieb an mir hängen, wanderte weiter, kehrte zu mir zurück. Sollte ich winken? Ich lupfte den Popo von meinem Klappstühlchen, da zog mich Harry wieder herunter. »Jetzt kommen die Zugaben.«

Ein paar Unklarheiten in Steiners Aussage wollte ich möglichst noch an diesem Abend ausräumen, für ein Gespräch vor dem Konzert waren wir aber zu spät gekommen. Gleich nach Schluß, die Leute klatschten weiter, sah ich ihn elegant von der Bühne hüpfen und unvermutet seitlich verschwinden.

Die Bühne, eine Art muschelförmige, vorn offene Halle, bot dem Orchester eine nicht gerade große, einen Meter über dem Erdboden liegende Plattform. Vor der Muschel saßen die Zuhörer im Freien auf Stühlen, die ihre Beine in den sauber getrimmten Schloßgartenrasen bohrten. Hinter der Muschel dehnte sich der botanische Garten von Münster aus, ein Zaun trennte ihn vom übrigen Schloßpark, eine Pforte führte hinein, und auf diese Pforte sah ich Julius zueilen. Ich blieb mit einem Absatz im Rasen stecken, bückte mich und klaubte den Schuh auf, den anderen riß ich mir vom Fuß. Ich spurtete los, im Rennen den Rock hochzerrend.

Der botanische Garten ist nicht auf einen Blick zu übersehen, aber, wenn man ihn kennt, relativ leicht zu durchforschen, weil sich alles um den Teich in der Mitte der Anlage gruppiert. Harry holte zu mir auf, und bevor er ganz heran war, deutete ich zur Seite.

»Du rennst da rum, ich hier, wär ja gelacht, wenn wir den Kerl nicht kriegen.«

Genau auf der anderen Seite des Teichs traf ich auf Harry, und nur auf ihn, er atmete etwas heftiger als sonst.

»Dir geht's aber gut?« fragte er.

»Harry«, fuhr ich ihn an, »ist doch seltsam, daß Julius in der Geigenstunde von Caroline das gleiche spielte wie heute abend, das gibt zu denken, nicht?« Ich wedelte mit dem Programm. Offengestanden hatte ich erst hineingeschaut, als Julius schon fiedelte, und dann hatte es noch bis zur Zugabe gedauert, bis der Groschen fiel. »Max Bruch, Konzert für Violine und Orchester, No. 1, op. 26, 2. Satz, Adagio« stand im Programm. Nicht, daß mir alle diese Angaben etwas sagten, aber an den Komponisten erinnerte ich mich. Bruch und nicht Bach. Ich war sicher, das Lemmers genau dieses Stück erwähnt hatte.

»Und wenn er nun gar nicht gespielt hat, sondern ein Tonband lief?« fragte Harry.

Fünfundvierzig Minuten plus fünf Minuten Verspätung von Christian Schröder machte fünfzig. Langte die Zeit, um bis zum See im Wald zu fahren, eine Vergewaltigung mit anschließendem Mord zu begehen und zur nächsten Geigenstunde zurückzuhetzen? Was die reine Fahrtzeit betraf, allemal.

»Der müßte aber sofort einen stehen gehabt haben, als er das Mädchen aus dem Auto zerrte, kann ich mir nicht denken bei dem Tempo, das er an der Geige vorlegt«, schloß Harry skeptisch.

Wir hatten uns auf das Tor zubewegt und kamen an einem netten kleinen Gebäude mit säulengestütztem Vordach vorbei, an dem ich achtlos vorbeigeprescht war. Wir starrten es gleichzeitig an. Die Konzertmuschel enthielt keine für öffentliche Veranstaltungen unentbehrlichen Nebenräume, Harry ging daher nachschauen durch die für ihn reservierte Tür. Julius war längst wieder weg.

»Weißt du«, sagte Harry, als er endlich wieder auftauchte und den Hosengürtel schloß, »der Schmalzbubi will mir als Täter sowieso nicht einleuchten. Künstler sind Egoisten, müssen sie sogar sein, und daß er die Geigenstunde für seine Zwecke mißbraucht hat, stempelt ihn nicht gleich zum Mörder. Halt dich an Hainsbach, wenn dir sonst keiner einfällt.«

Aus irgendeinem Grund hatte ich was dagegen, in Hainsbach den Täter zu sehen, ich hätte es Harry aber nicht erklären können. Er versprach mir noch, mich in ein richtiges Konzert mitzunehmen, nicht zu so einer Schrummelmusik. Auf dem Weg zum Auto machte er mir ein Kompliment wegen meiner straffen Schenkel, ich faßte seine Bemerkung jedenfalls so auf, dachte aber, daß ich mir den Rock wieder herunterziehen könnte. Es hatte den Anschein, als wollte mir mein Kavalier dabei helfen, wo ich doch in einer Hand die Schuhe hielt und mir die Handtasche unter den Arm klemmen mußte, um wenigstens eine Hand frei zu haben. Harry, dachte ich nicht ohne Rührung, als ich ihm auf die Finger schlug, ist aber ein ganz besonders Lieber.

Gleich nach meiner Heimkehr gab es einen durchaus handfesten, aber leisen Krach mit Detlev. Ich fand es sehr anstrengend, daß wir uns wie zwei Verschwörer anzischen mußten, um die Kinder nicht aufzuwecken, mein Hals wurde immer rauher dabei. Es ging um Pflichten und familiäre Interessen, um so etwas Altmodisches wie Verantwortungsgefühl. Er zog alle Register, die ihm seit der Lehrerausbildung geläufig waren, und ich setzte Flexibilität, Freiräume, Vertrauen und gegenseitige Unterstützung bei besonderer Belastung als Schlagwörter dagegen, alles, was bei mir aus der einschlägigen feministischen Lektüre früherer Jahre hängengeblieben war. Der Streit endete mit meinem Versprechen, am nächsten Tag mit der Familie ins Schwimmbad zu fahren.

Am Sonntagmorgen jedoch saß ich erst noch zwei Stunden mit Rohleff im Büro zusammen, Karl wies mich an, für zwei Tage die Stellung zu halten, da er im Begriff sei, nach Bayern zu reisen, um den dortigen Tatort zu besichtigen. Fotos vermittelten ihm kein genaues Bild.

Detlev war mit den Mädchen ins Bad vorausgefahren.

Vom Rand spähte ich über das Gewimmel im Wasser, um meine Lieben auszumachen, mein Blick schweifte dabei von der Rutsche zur Riesenrutsche, erfaßte flüchtig das Kinderbecken, wo sich meine Töchter kaum aufhalten würden, dafür schwammen sie längst zu gut. Lieber als der Trubel hier wäre mir eine Stunde im Liegestuhl zu Hause gewesen, ein Buch vor der Nase, denn zum Lesen kam ich so gut wie nie.

Ein Kind schrie gellend in meiner Nähe. »Nein, Papa, nein.«

Einfach nur dösen wäre auch wunderbar, etwas Zeit für mich haben.

Wieder schrie das Kind und übertönte das Gekreische ringsum. »Laß mich, Papa!«

Den Fall einmal gründlich durchdenken, es war ja nicht so, daß sich mit der Fülle von Fakten, die sich nach und nach ansammelte, Klarheit einstellte. Die Details muteten oft genug wie Fundstücke eines Lumpensammlers an, kaum etwas paßte zusammen, wir klaubten alles wahllos auf wie diese bunte Haarspange aus dem Garten hinter der Hohen Schule, ich würde danach noch fragen müssen.

Neben mir heulte ein etwa Fünfjähriger auf, der von einem anderen Knirps naßgespritz wurde, und das Geschrei des anderen Kindes setzte wieder ein. War dieser Vater blöd?

»Laß mich doch, neiin!«

Flüchtig nahm ich etwa vier Meter von mir entfernt einen Mann wahr, der ein Kind in einem Bereich festhielt, in dem es nicht mehr stehen konnte. Das Mädchen strampelte, prustete, der Mann lockerte den Griff, packte dann erneut zu. Ringsum nahm keiner davon Notiz, daß das Mädchen unter Wasser geriet und beim Auftauchen gleich kreischte. Es klang Aufregung und Spaß durch, da spornten sich zwei gegenseitig an, trotzdem ging mir das Gebrüll gegen den Strich, weil die beiden vor mir meinen Blick wieder anzogen und mich von meiner Suche ablenkten, schließlich war ich spät dran.

Nasse Haare und Badeanzüge haben einen verfremdenden Effekt, dazu irritiert das Gewusel sich schlängelnder Körper, es ist, als wenn man in ein Kaleidoskop schaut. Schnell wechselnde Bilder gleiten vorüber, keins kann man festhalten, es ist alles etwas unwirklich.

Detlevs hellbraune Haare krausen sich bei feuchtem Wetter, im Wasser dagegen erscheinen sie dunkel und glatt, hängen ihm in die Stirn, das gibt seinem Gesicht etwas Grobschlächtiges, der Unterkiefer tritt stärker hervor, und ganz automatisch fällt der Blick auf die durchtrainierten Muskeln von Schultern und Armen. Außer Mathe gibt er Sport an der Realschule.

Wir hatten uns darauf verständigt, ein klares »Nein« unserer Töchter zu akzeptieren, um ihre Persönlichkeit zu stärken, ihr Selbstbewußtsein. Beim Gerangel im Wasser galt ein »Nein« nur bedingt. Wieder griffen seine Arme wie die einer Zange zu, es war natürlich idiotisch, sich in die Kabbelei einzumischen, nachdem ich die beiden endlich erkannt hatte, vielleicht aber wollte ich Detlev nur zeigen, womit er bei einer Erwachsenen zu rechnen hatte. Mit einem Kopfsprung tauchte ich ins Becken und riß ihm die Beine hoch.

Später ist Katia gegen ihren Vater bei einem Wettschwimmen angetreten. Laura stand neben dem Absprungpflock und feuerte die Schwester an, ich schaute als Unparteiische zu. Meine Ältere sah aus, als wäre sie zu schnell gewachsen, ich erschrak ein bißchen über ihre Magerkeit. Mir fiel ein, daß sie etwas über das Ballett gesagt hatte, vielleicht bekam sie etwas mehr Speck auf die Rippen, wenn sie mit dem Tanzen aufhörte. Ich konnte mir aber nur schwer vorstellen, daß sie auf die schicken Trikots und ihre Tanzkleidchen verzichten wollte, auf den weißen Tüll vor allem, in dem Katia wie eine Walze wirkte und Laura wie ein Elfe.

Vom gegenüberliegenden Rand des Beckens winkte Katia stürmisch herüber und ließ sich von Detlev auf die Schulter heben.

Am Nachmittag kehrte ich ins Büro zurück, um die eingegangenen Meldungen durchzusehen. Kaum saß ich, da kam Harry hereingeschlendert, knallte eine weitere Akte auf meinen Tisch und ließ sich auf einen Stuhl fallen.

»Ich mach gleich Schluß.«

Ich schielte auf die Uhr. »Um sechs schon?«

»Wenn du gütigst erlaubst, will ich mir noch ein bißchen die Beine vertreten, ist doch nicht zuviel verlangt für einen Sonntagabend.«

In der Akte steckte eine weitere, ich schaute kurz hinein und schob sie Harry wieder zu. »Ist nicht mehr mein Bier.«

»Hatte ich vergessen«, er grinste süffisant, »die schweren Jungs macht Patrick jetzt allein, dafür ist er auch besser disponiert.«

Ich lehnte mich im Stuhl zurück. »Harry, erstens sagst du mir jetzt in Kurzform, was bei dir an neuen Erkenntnissen vorliegt, und da du gerade da bist und an beiden Fällen beteiligt bist, will ich zweitens wissen, was mit den Glatzen ist.«

Klipp und klar einzugestehen, daß ich in den letzten drei Tagen keinen Gedanken mehr an die Einbruchserie verschwendet und ein bißchen den Überblick verloren hatte, kam bei dem üblichen Gerangel um die Hackordnung unter Kollegen nicht in Frage, obwohl mich Rohleff offiziell ganz aus der anderen Ermittlung genommen hatte. Am Morgen hatte ich nicht einmal daran gedacht, nach dem anderen Fall zu fragen.

Harry ließ sich nicht täuschen, er grinste eine Spur anzüglicher. »Daß Patrick gestern abend während des Fußballs auf einen neuen Einbruch spekuliert hat und die Rechnung aufging, ist dir bei deiner vollen Konzentration auf den schönen Julius eventuell entgangen. Wann krieg ich übrigens seine Fingerabdrücke? Willst du das machen, oder soll ich jemanden schicken?«

»Möchtest du ihm nicht selbst die zarten Fingerchen halten?«

Die Frage war eine Spur unfair und verschaffte mir auch nicht die kleinste Genugtuung, weil Harry glatt darüber hinwegging, aber danach konnten wir endlich vernünftig miteinander reden. Mich beschlich keineswegs Neid oder Ärger, daß die Aufklärung der Einbruchserie ohne mich vorangekommen war. Knolle hatte prompt zwei neue Täter gefaßt, zu denen ein paar Exemplare aus Harrys Fingerabdrucksammlung paßten. Es mußte ein schöner Ausgleich für das Fußballspiel sein, das Patrick entgangen war. Allerdings wollte ich ihm gelegentlich sagen, was ich davon hielt, daß er mich in seine Unternehmung nicht wenigstens eingeweiht hatte, als wir miteinander telefonierten.

Harry legte mir eine neue Kollektion Fingerabdrücke vor, die auf den ersten Blick alle mehr oder weniger gleich aussahen, bis auf eine Reihe kleinerer. Es waren die von Caroline, die Gerichtsmedizin hatte sie herübergeschickt. Ich wehrte mich dagegen, mir die Hände dazu vorzustellen, und klappte die Akte wieder zu.

»Harry, noch mal, sag's in drei Sätzen, was hast du herausgefunden?«

»Daß ich ohne die Finger von Julius auf der Stelle trete.«

Julius Steiner war den ganzen Tag nicht zu erreichen gewesen, ich hatte mehrfach versucht, mich mit ihm telefonisch in Verbindung zu setzen, und mittlerweile eine Wut auf den Kerl, der mir seit dem Abend im Schloßgarten aalglatt vorkam.

»Ich habe mir die Geige, den Bogen und den Geigenkasten vorgenommen. Zwei Leute waren bei Hainsbachs und haben mir ihre Abdrücke besorgt, von beiden finden sich welche auf der Fiedel und dem Zubehör. Auch einer vom alten Geigenlehrer. Auf dem Kasten sind ein paar, die ich nicht zuordnen kann, und ebenso auf der Geige«, fuhr Harry fort.

»Von derselben Person?«

»Nee, von zwei verschiedenen. Unter anderem zwei rechte Daumen.«

»Also eventuell der von Julius und der von jemand anderem, dem wir noch auf die Spur kommen müssen.«

Die Hoffnung auf den »schwarzen Mann« als unbekannten Täter lebte unversehens auf, es mochte ebenso der Wolf sein, der ohne den Pelz eines vertrauten Schafs ausgekommen war.

Für den Abend gaben uns die beiden Mädchen frei, wir durften nach Münster in einen Biergarten fahren, Detlev war nach einer geographischen Abwechslung zumute. Die Großzügigkeit hatten wir vor allem Katia zu verdanken, die sich über ihren Sieg beim Wettschwimmen freute.

»Ist aber nett, daß du sie hast gewinnen lassen«, sagte ich, als wir nicht weit vom Stadtzentrum in einem verwinkelten Hof saßen. Ganz am Rand, an einen sperrigen Blumenkübel gedrängt, hatten wir zwei unbesetzte Stühle gefunden. Etwas Stachliges kratzte mich am Rücken.

»Wird aber von Mal zu Mal schwieriger.«

»Macht sie so große Fortschritte?«

»Mehr im logischen Bereich, sie wird mißtrauischer, was den Vorsprung, den ich ihr lasse, und mein Schwimmtempo betrifft.«

Ich versuchte, mit einer Hand die Stacheln in meinem Rücken beiseite zu schieben, unwillkürlich schaute ich mich dabei im Hof um, erfaßte einen Ausgang am gegenüberliegenden Ende und sah verblüfft einem Paar nach, das gerade hastig aus dem Hofgarten um die nächste Ecke verschwand.

»Schau an, da ist ja Harry.«

»Na und?« Detlev zuckte desinteressiert mit der Schulter.

»Der Schelm hat mir gestern noch am Rock herumgefummelt, und heute schiebt er mit einer Brünetten ab.«

»Der ist nicht so festgelegt wie ich.«

Harry hatte ich zweifelsfrei am roten Haar, am Bauch und am Gang erkannt, obendrein trug er die gleiche helle Leinenjacke mit passender Hose wie beim Konzert, die Frau dagegen hatte ich nur von hinten gesehen und ziemlich dunkles, schulterlanges Haar wahrgenommen und sehr flüchtig eine schlanke Figur in einem schmalen, eleganten Hängerkleid, Harry stand auf Eleganz.

»Warum rennt er denn so eilig weg?«

»Wie war das mit dem Fummeln? War es nur eine freundschaftliche Anwandlung oder ein sexistischer Übergriff unter Kollegen?«

Ich hob mein Bierglas und lachte. »Harry inszeniert alles perfekt, auch das Fummeln, und zwar so, daß sich nichts Eindeutiges nachweisen läßt.«

Leider brachte der unverhoffte Anblick meines Kollegen mich auf den Fall zurück. Hastig nahm ich einen tiefen Zug aus dem Glas und wischte mir den Schaum vom Mund. »Da fällt mir ein, daß bei unserer Ermittlung etwas bisher überhaupt nicht zur Sprache gekommen ist. Wie ich das sehe, ist uns ein verdammter Fehler unterlaufen, eine Schlampigkeit, das muß ich Rohleff morgen abend gleich sagen.«

»Laß uns gehen«, sagte Detlev resigniert.

22. Juni

Wenn ich eine gläserne Doppelflügeltür aufreiße und mir der säuerlich-dumpfe Geruch nach Reinigungsmitteln entgegenschlägt, der in allen Schulen mehr oder minder gleich ist, drängt sich mir augenblicklich eine leise Erinnerung an die Beklemmung auf, die sich früher nach schlechten Arbeiten und einem Tadel der Lehrer einstellte. Ich hatte mich mit Carolines Klassenlehrerin verabredet, die bereit war, eine Freistunde für mich zu opfern, wie sie mir atemlos am Telefon erklärte, womit sie zugleich ein unterschwelliges Schuldgefühl auslöste.

Frau Schimmel trat mir auf dem Flur entgegen, selbst ihre Schritte waren von dieser merkwürdigen Atemlosigkeit geprägt, die sich auch in der Sprache ausdrückte, sie holte hörbar Luft bei jedem Satz. Ihre blaßblauen Basedowaugen hefteten sich mit einem Ausdruck des Leidens und Mitfühlens auf mich, bei dem mir noch flauer zumute wurde, es fehlte nur, daß sie die Hände rang und »die arme Caroline« seufzte.

»Lassen Sie uns ins Lehrerzimmer gehen, dort ist es jetzt ruhig.«

Das stimmte nicht so ganz. Zwei Lehrer schwatzten, während ein anderer Kaffee trank und dabei Hefte sortierte, alle drei starrten uns unverhohlen neugierig an, als wir eintraten.

»Vielleicht sollten wir doch besser ins Besprechungszimmer gehen.«

Ich erwischte Frau Schimmel am Ärmel, bevor sie wieder auf den Flur hasten konnte.

»Mir ist es hier so recht wie anderswo, Ihre Kollegen sind ja bestimmt mit ihren eigenen Angelegenheiten beschäftigt«, sagte ich nicht eben leise.

Daraufhin setzten die drei die gedämpfte Unterhaltung fort, so daß sie nicht jedes Wort mitbekamen. Mir brannte ein bißchen die Zeit auf den Nägeln, weil sich auf dem Weg zur Schule

Patrick bei mir gemeldet hatte. Bettina Hainsbach war in der Nacht ins Krankenhaus eingeliefert worden.

»Ist das alles?« hatte ich zurückgefragt.

»Ich dachte nur, daß du das wissen müßtest, der evangelische Notfallpastor hat eine Nachricht hinterlassen, sie lag auf Rohleffs Schreibtisch.«

Die Wahrscheinlichkeit sprach dagegen, daß Bettina Hainsbach an einer plötzlichen Blinddarmentzündung litt. Wenn ich nicht die Verabredung mit Frau Schimmel gehabt hätte, wäre ich sofort nach Borghorst ins Krankenhaus gefahren.

»Patrick«, bat ich, »wenn dir die Glatzen Zeit lassen, ruf im Krankenhaus an und frag, auf welcher Station sie liegt, in welchem Zimmer und ob sie ansprechbar ist.«

Frau Schimmel hatte ihren Lehrerkalender auf einer Seite aufgeblättert, die Namen und Noteneintragungen enthielt, bereitwillig ging ich mit der ersten Frage darauf ein.

»Wie sahen Carolines Schulnoten aus, hat sich in den letzten Wochen an ihren Leistungen etwas verändert?«

Sie schüttelte den Kopf.

»Und die verhauene Mathearbeit?«

Überrascht musterte sie mich. »Ja, das war eher ein Ausrutscher, aber davon abgesehen kam Caroline gut im Unterricht mit, nur ...« Sie holte qualvoll Atem.

»Was war sie für ein Kind? Fröhlich, lebhaft?« fiel ich ein und erntete jedesmal ein Kopfschütteln.

»Aufsässig?« hakte ich nach, um Frau Schimmel zu einer ausführlicheren Charakterdarstellung zu stimulieren.

Sie schnappte nach Luft. »Sie haben ein völlig falsches Bild. Wer hat Ihnen das erzählt? Caroline war ruhig, unauffällig, leicht zu übersehen in der Klasse.«

»Eine Duckmäuserin«, warf ich schnell noch ein.

»Nein, auch das nicht. Aber es schien ihr ein Bedürfnis, immer alles recht zu machen. Eigentlich bekam ich sie gar nicht richtig zu fassen, und das war wirklich ein Grund zur Besorgnis, wenn ich mir das jetzt durch den Kopf gehen lasse. Die Kollegen sagen das gleiche. Ich könnte höchstens hinzufügen, sie war in letzter Zeit etwas abwesend, wo sie sonst doch aufmerksam dem Unterricht folgte.«

»Wie lange ging das so?«

»So schnell fallen einem Veränderungen nicht auf, und so eine schon gar nicht, Caroline war ja ein stilles Kind. Fünf, sechs Wochen würde ich sagen, vielleicht nur vier.« Sie zog ihren Kalender zu Rate.

»Wie stand sie zu ihren Mitschülern? Hatte sie Freundinnen oder Freunde, mochten welche sie nicht?«

»Richtig eng befreundet war sie mit niemandem, soweit ich das beobachtet habe und von den Kollegen weiß. Ist allerdings kein Wunder bei der Mutter. Sie gluckte zu sehr auf dem Kind. Anfangs brachte sie das Mädchen täglich zur Schule. Das machen auch andere Mütter von Schulanfängern, aber sie ließ das erst nach einem halben Jahr sein, als die Mitschüler Caroline längst deswegen hänselten. Einmal hat sie sogar vor der Klasse geweint, dann habe ich mit Frau Hainsbach geredet.«

Überraschendes hatte Frau Schimmel nicht mitzuteilen, sie vervollständigte lediglich das Bild, das meine bisherigen Recherchen ergeben hatten und das mir herzlich wenig gefiel. Ein Kind wie aus dem Lehrbuch über Opferverhalten: unsicher, mit geringem Selbstbewußtsein, wehrlos bei Angriffen, ein typisches Einzelkind, die Eltern besitzergreifend. Den Herrn Apotheker kannte Frau Schimmel zwar, aber er kam nicht in die Schulsprechstunde, Frau Hainsbach dagegen jedesmal.

»Mit dem Lars Entrop gab es wohl Probleme, er hat Caroline bereits früher geneckt, und ich meine, es hat letztens zugenommen. Einmal habe ich beobachtet, wie er sie auf dem Schulhof in eine Ecke drängte, sie war hinterher etwas verstört.«

»Da haben Sie nicht eingegriffen?« sagte ich scharf.

»Aber«, keuchte Frau Schimmel, »was glauben Sie, was in jeder Pause auf unserem Schulhof los ist?«

»Lars Entrop?« Einer der drei Lehrer stand plötzlich neben uns, ein langer Kerl in ausgebleichten Jeans und T-Shirt, eine Allerweltskleidung, die jedoch gegen seine Falten und grauen Haare zu jugendlich wirkte.

»Lars«, der Sprecher setzte einen Fuß auf die seitliche Querstange meines Stuhls, »ist ein Arsch. Der würde diesmal fliegen und nicht nur sitzenbleiben, wenn's nach mir ginge.«

»Also Heinrich, du solltest …«, sagte Frau Schimmel.

Ich kenne solche Einleitungen zur Genüge, in gebotener Eile fuhr ich dazwischen. »Der interessiert mich aber, der Lars, erzählen Sie ruhig mehr von ihm.«

Dreizehnjährige bilden nicht gerade das Gros der Täter, manche fangen ihre kriminelle Laufbahn aber früh an, meist sind sie zuvor selbst Opfer von Übergriffen gewesen. Ein Dreizehnjähriger, der eine Schulkameradin vergewaltigt und umbringt, ist nichts Unvorstellbares. Ich hatte möglicherweise einen neuen Verdächtigen, einen Rüpel und Klassenrowdy, mehrfach verwarnt, weil er nicht nur aufsässig und grob, sondern obendrein erzfaul war, seine Noten zeigten ein entsprechendes Leistungsbild. Einmal hatte er bereits eine Klasse wiederholt.

»Ich seh ihn nicht so negativ, wirklich nicht, er hat auch gute Ansätze«, unterbrach Frau Schimmel den Kollegen.

»Und die wären?«

Ich erhob mich, um einem weitschweifigen Lehrerdisput zu entgehen, Frau Schimmel folgte mir.

»Und was nun Ihre Tochter Laura betrifft …«

Sprachlos schaute ich Frau Schimmel an, die wieder bekümmert dreinblickte. Es wurde mir unangenehm bewußt, daß ich zwischen der Lehrerin von Caroline und der von Laura eine sonderbare Trennung vorgenommen hatte, obwohl beide in einer Person zusammenfielen.

»Was ist mit Laura?« fragte ich lahm und fast ein bißchen ängstlich, weil ich in den blaßblauen Augen vorab schon Unangenehmes las.

»Sie hat in der letzten Mathearbeit eine kaum ausreichende Leistung erbracht.«

»Ein Ausrutscher.«

»Keineswegs, wir müssen uns einmal in Ruhe zusammensetzen und über Laura reden.«

»Pubertätsprobleme?« fragte ich halb entschuldigend.

»Sie ist nicht erst seit ein paar Wochen in der Pubertät.«

»Das geht schubweise bei ihr. Die Adresse von Lars Entrop hätte ich gern, ich möchte mich mit dem Jungen unterhalten.«

Mit dieser Nachfrage wollte ich ein bißchen ablenken. Es war jetzt nicht die Zeit, mich mit Laura zu befassen, ihrer erschreckenden Magerkeit zum Beispiel, die natürlich vom Ballett herrühren konnte und dem Ideal einer zu knochigen Schönheit entsprach, für das pubertierende Mädchen besonders anfällig sind. Laura gehört nicht zu den Kindern, die in innerer oder äußerer Verwahrlosung aufwachsen oder gegen zuviel Druck ankämpfen müßten.

Ich fuhr zurück ins Büro. Frau Hainsbach lag auf der Intensivstation, hatte Patrick für mich notiert.

Sie sei ansprechbar, erklärte mir eine Schwester, wolle aber mit niemandem reden. Trotzdem wickelte ich mich in einen der knöchellangen grünen Kittel, auf denen das Krankenhaus bei Besuchern auf der Intensivstation bestand, und trat an ihr Bett, das letzte in einer Reihe von dreien. Neben ihr röchelte ein Mann, ich lauschte unwillkürlich und wartete mit zunehmender Spannung, daß ihm auch der nächste Atemzug gelang. Über allen drei Betten flimmerten Monitore. Bettina Hainsbach lag zum Fenster gewandt.

Ich rückte mir einen Hocker heran und betrachtete erst einmal stumm ihren Rücken. Die Auskünfte der Schwester waren etwas unbestimmt ausgefallen. Erschöpfung, plötzlicher Zusammenbruch, hatte sie so zögernd angegeben, daß ich den Eindruck gewann, sie hätte mehr sagen können oder anderes. Der Herr Apotheker unterhielt möglicherweise gute Verbindungen zum Krankenhaus, da ließen sich unangenehme Fragen umgehen, auch solche nach Medikamenten, die er zu Hause hatte, nach Barbituraten zum Beispiel.

»Ich habe doch gesagt, ich will mit niemandem sprechen.«

Bettina Hainsbach hatte sich umgedreht. Ich erschrak nicht bei ihrem Anblick, auf die Blässe, die dunklen Ringe unter den Augen hatte ich mich eingestellt. Nur der Ausdruck ihrer Augen machte mir zu schaffen. Dumpf, nicht mal leidend.

»Gehen Sie.« Sie wandte den Kopf ab. Ich wartete.

»Gerd sagt, wir haben nichts falsch gemacht, sie war so ein liebes Kind.«

Ich hätte ihr sagen können, daß gerade darin der Fehler lag, die weniger angepaßten Kinder, die aufmüpfigen, unbequemen, stehen auf der sichereren Seite. Ich hätte sie auch fragen können, warum sie ihrer Tochter so wenig eigenen Willen zugestanden hatte.

»Keiner vermag ein Kind auf alles vorzubereiten. Sicherheit gibt es nie und nirgends. Kinder handeln spontan, und selbst die vernünftigen sind mal unvernünftig.«

»Caroline war nicht so.« Sie bewegte den Kopf wie unter Schmerzen. »Sie wollen mich einlullen, mir etwas Nettes sagen, das versucht jetzt jeder, auch Gerd, dabei denken alle das gleiche, Sie, die Leute von der Presse, die bei uns von morgens bis abends angerufen haben. Ich bin jedesmal zusammengeschreckt, wenn es schellte. Ich will das alles nicht mehr. Nicht noch einmal dieses Leiden. Gehen Sie jetzt, es hat keinen Zweck, zu reden.«

Sie drehte mir erneut den Rücken zu. Plötzlich wurde mir bewußt, daß das Röcheln neben mir aufgehört hatte, ich fuhr herum, starrte auf den Monitor, die Zackenlinie des Herzschlags lief weiter. Eine Hand hatte ich schon nach der Klingel ausgestreckt, um die Schwester zu alarmieren, da hob der nächste Atemzug die Brust des Mannes.

Als ich mich Frau Hainsbach erneut zuwandte, schaute sie mir direkt in die Augen. »Vielleicht interessiert Sie das alles nicht«, sagte ich mit leichter Schärfe, »wir betreiben nicht nur ein Puzzlespiel, um einen Mord aufzuklären. Kommissar Rohleff ist nach Bayern gefahren, um sich nach dem dortigen Fall zu erkundigen und zu prüfen, ob es Parallelen zu Carolines Tod gibt. Sexualstraftäter begehen meist nicht nur eine Tat, es besteht durchaus die Gefahr, daß er es wieder tut.«

Bettina Hainsbach hatte mich genau verstanden, reagierte aber nicht, wie ich es gehofft hatte, statt dessen verschloß sich ihr Gesicht noch mehr. »Ich kann Ihnen nicht helfen.«

Bevor sie mich ein weiteres Mal zum Gehen auffordern konnte, stand ich auf, wütend auf mich selbst, weil ich überhaupt versucht hatte, diese Frau aus ihrer Lethargie zu reißen, aus der tödlichen Trauer, in der sie so tief versunken war. Ich gestand mir ein, daß sie mir nach dem, was Frau Schimmel über die manische Mutter erzählt hatte, nicht sympathisch war.

Von der zuständigen Stationsschwester erfuhr ich, daß Hainsbach selbst seine Frau mitten in der Nacht eingeliefert hatte und bisher nicht vorbeigekommen war. Ob er angerufen hatte, wußte sie nicht.

Gegen Mittag hatte ich mich beeilt, nach Hause zu kommen, denn Detlev würde bis zum Nachmittag in der Schule bleiben, weil im Anschluß an den Unterricht eine Konferenz stattfinden sollte. Mit dem Essen gab ich mir allerhand Mühe, und obwohl das meiste aus der Tiefkühltruhe stammte, sah es frisch und appetitlich aus. Meine Töchter äußerten verhaltenes Wohlgefallen.

»Du kennst doch Lars Entrop?« fragte ich Laura beiläufig.

»Der ist doof«, antwortete Katia prompt.

»Wieso?«

»Der hat Walze zu mir gesagt, dabei bin ich gar nicht dick. Wenn er nicht so groß wäre, hätte ich ihn getreten.«

»Schade, daß du's nicht getan hast, war aber vielleicht klüger so.«

»Ihr seid blöd«, sagte Laura und legte das Besteck hin.

»Moment mal«, fuhr ich sie an. »Komm ja nicht auf die Idee, wieder das Essen stehenzulassen, daran gibt es heute nichts zu mäkeln.«

»Haben sie Lars auch aufgeschlitzt?« erkundigte sich Katia.

Etwas spät fragte ich mich, was Detlev unseren Töchtern zum Tod von Caroline gesagt hatte, offensichtlich bestand noch ein Erklärungsbedarf. Mit den Kindern über Vergewaltigung zu sprechen fiel mir erheblich schwerer als sonst, da es ja um einen realen Fall und nicht nur um potentielle Gefahren ging. Meine Mädchen wissen sehr gut über Sexualität Bescheid, wir reden offen und normal darüber, Verklemmtheit ist mir zuwider. Ich fragte mich, wie es die Hainsbachs damit gehalten hatten. Kinder, die Bescheid wissen, sind eher in der Lage, Angriffe abzuwehren. Andererseits können sie in etwas verwickelt sein, ehe sie sich's versehen, und dann kommt es darauf an, daß sie den Mut haben, über Unangenehmes und Peinigendes zu sprechen. Ich überlegte, ob unsere beiden das wirklich gelernt hatten.

Beim folgenden Gespräch hatte ich mehr als sonst damit zu tun, die Mutter von der Polizistin zu trennen und nicht in Sorgen und Ängste zu verfallen, die gar nicht angebracht waren. An den Ausführungen der Polizistin waren meine Töchter mehr interessiert, die der Mutter kannten sie bereits zur Genüge. Nur wenn die Kinder reden, kann die Polizei zugreifen und Schlimmeres verhüten, wiederholte Katia meine früheren Vorträge. Es werden, belehrte sie weiter, ja auch nicht gleich alle umgebracht oder vergewaltigt, es gab ja noch andere Sachen, wie überall begrapscht werden. Demonstrativ faßte sie sich an die Brust und sah dabei ihre Schwester an. Laura stand angewidert auf.

Inzwischen war das Essen kalt geworden, wir hatten nur darin herumgepickt, und jetzt hatte keiner mehr Appetit. Ich würde es am Abend aufwärmen.

Hainsbachs Apotheke ist eine von fünf im Stadtzentrum, es ist normal, daß am Montagnachmittag Betrieb herrscht, vor allem kurz vor den Ferien, wenn alle noch Mittel gegen Kopfschmerzen und Husten für die Reiseapotheke brauchen. Mein eigener Kopf brummte schon seit dem Morgen, das Kratzen im Hals hatte auch wieder eingesetzt, die Aussichten für eine Sommergrippe standen günstig.

Vor dem Verkaufstresen drängten sich die Leute drei Reihen tief, ich stellte mich ganz hinten an. Nach einer Weile merkte ich, daß die vor mir Stehenden nicht nach den beiden Frauen hinter dem Tresen ausspähten, die in einiger Hektik die Kunden bedienten, sondern ihre Blicke über sie hinweg in den Raum dahinter schweifen ließen, in den ein offener Durchgang führte. Aus dem Gemurmel um mich erreichten mich Unterhaltungsfetzen wie »schrecklich«, »ganz unfaßbar«, »wie wird man denn damit fertig?«, und ich verstand, warum sich Hainsbach nicht sehen ließ.

Als ich an der Reihe war, gab ich meine Beschwerden an, im Handumdrehen war ich mit Aspirin und Lutschpillen versehen.

»Einen Moment«, sagte ich leise, als die Frau, die mich bediente, sich dem nächsten Kunden zuwenden wollte, »ist der Apotheker zu sprechen?«

Die Frau blitzte mich aus dunklen Augen an. »Ich bin approbierte Apothekerin, und ich habe Ihnen die richtigen Medikamente gegeben.«

»Es geht nicht um die Medikamente, ist Herr Hainsbach nicht da?«

Es sprach für eine schnelle Auffassungsgabe, daß sie mich hinter den Tresen winkte und ein paar Schritte mit mir zurücktrat, während sich das Gemurmel im Raum steigerte.

»Wie ich Ihnen bereits sagte, bin ich approbiert.«

Ich sparte mir weitere Versuche, ein Mißverständnis aufzuklären, und zog so unauffällig wie möglich meinen Dienstausweis. Noch während ich damit beschäftigt war, hatte ich beschlossen, statt Hainsbach sein Personal zu befragen. Darauf hätte ich auch früher kommen können.

»Erinnern Sie sich an den letzten Dienstagnachmittag, den 16. Juni?«

Sie zögerte. »In welcher Hinsicht?«

»Haben Sie Caroline vor der Geigenstunde gesehen?«

»Sie kommt oft vorher oder nachher, an Dienstag erinnere ich mich, weil der Pharmavertreter gerade da war, Herr Hainsbach hatte keine Zeit für sie.«

»Und nachher ist sie nicht mehr gekommen, Herr Hainsbach hat vergeblich gewartet?«

Die zweite Helferin mußte Ohren wie ein Luchs haben. Sie trat zu uns und zog einen der hohen Wandauszüge auf. »Der war doch gar nicht da.«

Der Blick der Frau vor mir flackerte. »Ja, stimmt, er mußte kurz weg.«

»Wie kurz?«

»Also, es war nicht sehr lange.«

Mir war klargeworden, daß die zweite Helferin eine ergiebigere Auskunftsquelle darstellte. Ich überlegte noch, ob es Zweck hätte, der Sache sofort nachzugehen, als Hainsbach im Durchgang erschien. Er nickte mir knapp zu.

»Sie wollten mich sprechen?« Ich folgte ihm in eine Ecke des Nebenraums, die von vorn nicht einsehbar war, und fragte mich, ob er gelauscht hatte.

»Finden Sie es angemessen, meine Frau im Krankenhaus zu belästigen?«

»Haben Sie sie inzwischen besucht?«

Er sah an mir vorbei. »Ich habe mit ihr telefoniert. Sie sehen doch, was hier los ist, wie kann ich denn da weg?« Er stockte. »Ich fahre heute abend zu ihr.«

»Herr Hainsbach, ich habe gerade erfahren, daß Sie am Dienstagnachmittag, als Caroline aus der Geigenstunde kommen sollte, nicht hier waren.«

Er fuhr sich mit einer Hand über die Wange und starrte ein Foto an, das auf einem schmalen Schreibtisch stand, ein Bild Carolines.

»Ach was, ich habe auf sie gewartet.«

»Ihre Apothekerin sagte aus, Sie wären nicht hier gewesen.«

»Das hat sie sicher mit einem anderen Tag verwechselt.«

»Hat sie nicht, ihre Helferin sagt nämlich genau das gleiche, beide erinnern sich sehr gut.«

Hainsbach nahm den Blick nicht vom Foto, wir hörten beide das Geschnatter aus dem Verkaufsraum, ich wartete ab.

»Richtig, ich habe mein Auto abgeholt, die Zündung mußte nachgestellt werden.« Er ließ sich am Schreibtisch nieder und legte die Hände flach auf die Platte, die, vollkommen frei von Papieren, kein Anzeichen von Arbeit zeigte. Ich hätte geschworen, daß er die ganze Zeit schon so dagesessen hatte, das Bild seiner Tochter vor Augen, mit dem unaufhörlichen Geschwätz Neugieriger im Ohr. Einen Moment wirkte sein Gesicht aschgrau und eingefallen. »Ich habe auf sie gewartet, hier, wie immer.«

Ich machte mir eine Notiz, um nicht zu vergessen, die Helferin genau zu befragen.

»Lassen Sie meine Frau in Ruhe, ja? Sie haben gar keine Ahnung, was sie durchmacht.« Plötzlich wandte er sich mir zu. »Und was es mit Ihrer Fragerei nach meinen An- oder Abwesenheiten auf sich hat, versteh ich nicht.«

Ich schenkte es mir, ihn darüber aufzuklären, wem alles wir derartige Fragen stellten.

»Hat Caroline Ihnen von Lars Entrop erzählt?«
»Wer soll das sein?«
»Ein Klassenkamerad, hat sie …?«
»Ich kenne ihre Klassenkameraden nicht, sie erzählte nie von ihnen.« Wahrscheinlich hatte er nie nach ihnen gefragt. »Verdächtigen Sie den jetzt? Ein anderes Kind?«
Es war nur zu ahnen, wie er sich langsam in eine Rage steigerte, denn seine Stimme blieb gedämpft und beherrscht. »Ich dachte, daß Sie professionelle Aufklärung betrieben, statt dessen passiert tagelang nichts, außer daß wir pausenlos mit Anrufen und dummen Fragen belästigt werden. Ich weiß nicht einmal, wie meine Tochter gestorben ist. Was ist mit Spuren an der Kleidung, mit …«, er stockte, schaute verlegen an mir vorbei und stieß dann hervor: »… mit Sperma für eine DNA-Analyse des Täters?«
Ich war mir ziemlich sicher, daß das Wort Sperma nicht zu seinem üblichen Sprachgebrauch gehörte, sogar eine leichte Röte überzog seine Haut, es war jetzt bestimmt davon auszugehen, daß Sexualität kein Gesprächsthema bei den Hainsbachs war, zumindest nicht in Gegenwart des Hausherrn.
»Wir müssen die Untersuchungsergebnisse aus der Gerichtsmedizin abwarten. An der Geige haben wir Fingerabdrücke gefunden, Ihre, aber auch die von zwei Personen, nach denen wir augenblicklich fahnden.«

Von der Apotheke fuhr ich direkt zur Autowerkstatt. Die Reparatur an Hainsbachs Auto sei eine Sache von zehn Minuten gewesen, sagte der Monteur und zeigte mir zur Bestätigung das elektronisch erstellte Reparaturprotokoll mit Datum und Kosten, die entsprechend der benötigten Arbeitszeit genauestens berechnet worden waren, es blieb kein Zweifel.
Damit hätte ich mich zufriedengeben können, ich paßte aber die Helferin ab, als sie nach Dienstschluß aus der Apotheke trat.

Eigentlich hätte ich längst im Büro sein müssen. Wahrscheinlich war Rohleff bereits aus Bayern zurück, er hatte sich von unterwegs gemeldet.

Die Helferin strebte an mir vorbei, ich hielt sie auf. »Tut mir leid, aber ein paar Minuten müssen Sie für mich erübrigen.« Ich zog einen Taschenkalender heraus. »Ich wollte noch einmal auf Dienstag, den 16., zurückkommen. Wie lange war Herr Hainsbach an diesem Nachmittag nicht in der Apotheke?«

»Das wissen Sie doch längst.«

»Nicht so genau, wie ich gern möchte. Also?«

»Ach, nur ein paar Minuten.«

»Und an diese Minuten erinnern sie sich so lebhaft, daß Sie das heute nachmittag für erwähnenswert gehalten haben?«

»Kommt es denn darauf an? Meinetwegen waren es zehn Minuten, höchstens.« Sie ließ mich stehen.

An seinem Stuhl lehnte eine Reisetasche, Rohleff konnte erst kurz vor mir eingetroffen sein. Er wirkte grauer als sonst, sichtbar abgespannt. Ich lächelte ihn zur Aufmunterung an.

»Schön, daß du wieder da bist. Übrigens ist mir aufgegangen, daß wir dringend über die Art reden müssen, wie die Tote dalag, der Täter hat ja nicht mal den Versuch gemacht, sie zu verstecken.«

Das Schweigen der anderen war nicht das, was ich erwartet hatte, Harry guckte nachsichtig, und Patrick grinste süffisant.

»Setz dich erst mal«, forderte Rohleff.

Ich stieg über Knolles lange Beine. »Aber es stimmt doch«, legte ich nach.

»Guck dir die Fotos an.« Harry reichte mir ein paar Aufnahmen.

Die erste zeigte ein Bild, das braun in braun war. Bei genauerem Hinsehen ordneten sich die Einzelheiten zu aufgetürmtem Laub, von Aststücken durchsetzt. Unter einem ragte etwas Helles hervor, Finger, eine Hand. Ich hielt mir das Bild nahe vor die Augen: eine kleine Hand, ich kenne Kinderhände. »Aha«, sagte ich bloß.

Die weiteren Aufnahmen waren so hintereinander sortiert, daß sie wie ein Spiel wirkten, ein makabres allerdings. Zug um Zug kam aus dem Laubhaufen etwas mehr hervor: ein Arm, die Schulter, ein nackter Körper, ein erschlagenes und verscharrtes Kind, keine schlafende Elfe im weißen Kleid.

Bevor ich zu der Teamrunde stieß, hatte sich gerade sacht Hunger gemeldet, jetzt war ich ganz froh, nichts im Magen zu haben.

»Keine Übereinstimmung mit unserem Fall, ist klar«, sagte ich kühl.

Rohleff musterte mich abschätzend. »So klar war mir das nicht, bevor ich nach Bayern fuhr. Dieser Holzhaufen mit dem Laub liegt in einer engen, dunklen Schlucht, in der sich nicht einmal die Füchse gute Nacht sagen. Die Atmosphäre dieses Fundorts ist eine ganz andere als die an unserem Waldsee.«

»Womit wir wieder beim Thema sind. Der eine verbuddelt sein Opfer, während der andere seins schön sauber präsentiert, obwohl er es doch mit ein bißchen Mühe und einem ordentlichen Stein an den Füßen hätte im Teich verschwinden lassen können«, erklärte Patrick.

»Vielleicht war er in Eile«, sagte ich und dachte an den Stundenplan von Julius.

»Ich war heute morgen noch mal am See. Hab die Stimmung auf mich wirken lassen. Da hat einer was inszeniert«, warf Harry langsam ein.

»Große Oper in einem finalen Akt?« fragte Patrick.

Mir waren diese Mutmaßungen auf einmal zu sehr im Theatralischen angesiedelt, obwohl sich meine Gedanken bis vor kurzem in die gleiche Richtung bewegt hatten. »Wenn nun feststeht, daß die beiden Fälle nichts miteinander zu tun haben, ist es doch möglich, daß es sich um eine zufällige Tat handelt, ein spontanes, ungeplantes Verbrechen, das unsere bisherigen Vermutungen über den Haufen wirft, bevor wir sie zu Ende gedacht haben. Da hat jemand nicht damit gerechnet, daß überhaupt einer an den See kommt, vielleicht wollte er zurückkehren, aber dann waren wir schon da. Kein Serienkiller, kein Lustmörder, möglicherweise ja nur ein durchgedrehter Jugendlicher.«

»Hat der einen Namen?« fragte Harry.

»Lars Entrop«, antwortete ich prompt.

Rohleff ließ sich nicht von seiner Auswertung des Bayerntrips abbringen. Reichlich umständlich erläuterte er uns die dortige Spurenanalyse, Harry mußte seinen Senf dazugeben, diese Detailfuchserei schrammte mir mehr über die Nerven als jede andere Ermittlungsarbeit, da nur immer das gleiche bestätigt wurde: kein Zusammenhang. Auch die beiden noch nicht identifizierten Fingerabdrücke an der Geige stimmten nicht mit denen überein, die in Bayern gesichert worden waren. Harry hatte das bereits flüchtig überprüft.

Von Lars Entrop als Täter hielt Rohleff nicht viel, Harry klammerte Julius aus logistischen und charakterlichen Gründen aus und fand bei Patrick Unterstützung. Ich mochte nicht von Hainsbach anfangen, von einem vermutlich etwas dürftigen Alibi.

Wir hatten im Augenblick niemanden, dem wir den Mord an Caroline mit gutem Grund anhängen konnten.

»Ich hör immer, der Täter«, maulte Harry.

»Was ist daran falsch? Dreiundneunzig Prozent aller Sexualstraftaten werden von Männern begangen«, fuhr ich ihn an.

»Nur der aufgeklärten. Nachweislich sind aber Frauen die besseren Lügner, die lassen sich schwerer erwischen. Mehr Heimtücke, mehr Verstellung, außerdem glaubt man einer Frau, die einem Baby den Po pudert, nicht den sexistischen Hintergrund, wenn sie dem Kleinen anschließend einen Klaps gibt.«

»Also was nun, Gentest für alle Steinfurter Männer ab zwölf Jahren?« fragte Patrick.

23. Juni

Gestern spätabends hatte ich Julius endlich erwischt. Er sei ein paar Tage verreist gewesen, hatte er mir erklärt und erstaunt getan, daß ich ihn noch einmal sprechen wollte. Bei der Verabredung für diesen Morgen hatte er darauf bestanden, daß ich nicht vor zwölf käme, er müsse ausschlafen, um seinen Energiefluß zu optimieren.

Rohleff war amüsiert gewesen, als ich ihm das sofort, trotz vorgerückter Stunde, mitteilte, und hatte einen Vorschlag, vielmehr eine Anordnung, parat: Er beabsichtigte, mit dem Pathologen in Münster zu sprechen, ich sollte dabeisein, und danach würde er mich zu Julius begleiten, um sich selbst ein Bild von einem unserer Verdächtigen zu machen. Ich versuchte, die Pathologiekonferenz auf Knolle abzuwälzen, weil ich morgens als erstes ins Krankenhaus fahren wollte. Knolle, sagte Rohleff schon etwas ungnädig, würde am Computer zu tun haben.

Wir befanden uns auf dem Weg nach Münster, ich saß am Steuer, denn Rohleff läßt sich gern chauffieren, vor allem morgens um acht, vor allem in den letzten sechs Monaten, seit ihn sein kleiner Sohn nachts aus dem Schlaf quengelt.

Der Kleine hatte einen kreuzfidelen Eindruck auf dem Arm seiner Mutter gemacht, die öffnete, als ich geläutet hatte. Ein süßes Baby, ein Wonneproppen, dessen blaue Augen sich gerade dunkel färbten. Klein-Thomas schlug die Fäustchen aneinander, als wollte er sich selbst für die letzte gelungene Ruhestörung Beifall klatschen, und freute sich, daß ihm der Papa nichts krummnahm, denn der strich ihm mit einer behutsamen, müden Geste über das Flaumköpfchen.

Sabine sah ebenfalls sehr gut aus, in ihrem Alter, also meinem, steckt man manche Anstrengung noch besser weg als Rohleff mit seinen vierundfünfzig. Trotzdem verblüffte es mich, daß sie sich mit Lidschatten und Wimperntusche zurechtgemacht hatte, sie mußte ja nicht zwischen acht und neun in einem Büro aufkreuzen. Das dunkle, schulterlange Haar trug sie mit einem Band im Nacken zusammengefaßt, eine Frisur, die schlecht zu meinem breiten Gesicht passen würde. Bei ihr kamen dadurch die aparten Konturen zur Geltung, die hohen Wangenknochen, das runde Kinn, die vollen roten Lippen. An Rohleffs Seite hätte man etwas anderes erwartet als diese Schönheit, wenn auch nicht gerade eine in die Breite gegangene Endvierzigerin im geblümten Hausfrauenkittel.

Sabine drehte sich in der Tür um, und da blitzte etwas in meiner Erinnerung auf, was sich leider nicht ganz fassen ließ, zumal Rohleff an mir vorbei aufs Auto zustrebte und nörgelte: »Was ist, kommst du, Lilli?«

Ich dachte, er sei eingeschlafen. Als sich das Handy meldete, griff er aber so rasch zu, daß mir klar wurde, er hatte nur wie ich seinen Gedanken nachgehangen.

Rohleff stöhnte auf und setzte sich gerader, das Handy am Ohr.

»Langsam, Knolle, ganz langsam, und wenn's geht, von vorn«, nuschelte er in den Apparat und sagte dann zu mir: »Wir haben einen anderen Mordfall.«

Ich hatte die Bremse nur angetippt, Rohleff flog trotzdem nach vorn. Der Wagen schlingerte auf den Randstreifen zu, und weil ich gerade dabei war, trat ich die Bremse jetzt ganz durch.

Rohleff sagte zunächst gar nichts und angelte nach dem Handy, das ihm aus der Hand gefallen war. Bis er es zwischen seinen Füßen aufgeklaubt hatte, hatte ich mich von meinem eigenen Schreck erholt.

»Bei Mord hört ja wohl alles auf«, sagte ich kühl. »Und was jetzt? Zurück nach Steinfurt?«

Rohleff starrte durch die Windschutzscheibe. »Gib Gas, wir fahren in die Gerichtsmedizin.« Dann wandte er langsam den

Kopf, seine Augenlider sahen ein wenig gerötet aus, ein deutliches Zeichen von Schlafmangel. »Du mußt den Fall nicht mit zu Ende führen, Lilli.«

»Ich dachte«, sagte ich forsch, »solche Fragen hätten wir bereits vor Jahren ausreichend diskutiert.« Und wahrscheinlich würden wir in den nächsten Jahren bei jeder passenden Gelegenheit darauf zurückkommen.

Rohleff schenkte sich die Floskel »Ich dachte ja nur« und schaute intensiv aus dem Fenster, augenscheinlich war er nicht zum Reden aufgelegt.

»Du kannst es mir als SMS-Nachricht durchgeben, es ginge aber schneller, wenn du mir sagst ...«

»Knolle hat etwas gefunden, was ganz aussichtsreich klingt.«

Ich schlich hinter einem Lastwagen her und hätte gern geschrien: »Hat er was unter einem Busch gefunden, eine Leiche vielleicht, eine in jugendlichem Alter, oder hat er nur so einen prophylaktischen Verdacht geäußert, weil wieder irgendwo ein Kind fehlt?«

Rohleff zog ein Notizbuch aus der Tasche und kritzelte etwas hinein. Ich sah ihn schreiben, den grauen Kopf leicht gebeugt, und plötzlich war da eine Eingebung.

Wieso saß Harry am Samstagabend mit Sabine in einem Biergarten, während sich Rohleff in Bayern um Mordaufklärung bemühte? Hatte Harry einen Nebenjob als amtlich bestellter Strohwitwentröster, oder handelte es sich um eine freiwillige, rein karitative Betätigung? Ich hatte jetzt nichts mehr dagegen, daß wir uns schweigend auf Münster zubewegten, da jeder für sich mit interessanten Indizien und Rückschlüssen beschäftigt war. Als ich zum zweiten Mal nachdrücklich bremste, waren wir angekommen.

Dr. B. Lamash hatte die Untersuchung von Caroline Hainsbachs Leiche an Dr. Sybille Overesch abgetreten. Ich konnte sehen, wie sehr das Rohleff freute, wobei diese Freude erheblich über berufliche Interessen hinausging.

Dr. Overesch galt als schnell arbeitende Pathologin; mir war trotzdem der langsame, aber äußerst gründliche Lahmarsch lieber, an seinen Schlußfolgerungen war bisher nie zu rütteln. Ich fragte mich, wie es dem spröden Rohleff gelang, so leicht wesentlich jüngere und bildhübsche Frauen zu becircen, denn auch Sybille Overesch bedachte ihn mit einem charmanten Lächeln. Sybille stellte sozusagen Sabine in Blond dar.

Keiner von uns mag diese langen, sterilen Flure mit dem Geruch nach Desinfektionsmitteln und anderen Chemikalien, noch gewöhnt man sich jemals an den Anblick von Leichen. Je jünger die Toten waren, desto mehr legt sich mir ein Alpdruck aufs Herz. Mit einer Leiche, die mindestens eine Woche alt ist, selbst wenn sie in den letzten Tagen gekühlt wurde, geht nur ein Pathologe so gelassen um wie Dr. Overesch. Sie holte ihr Klemmbrett mit Notizen, steckte sich einen Stift zwischen die Zähne und deckte routiniert die Leiche auf, alles mit fließenden Bewegungen, ohne zu zögern, während ich das Gefühl hatte, daß sich ein Schraubstock in meinen Rücken eindrehte, so daß ich wie ein Holzpuppe stakste. Vorsichtshalber hielt ich mich an der Stahlbahre fest, als ich sie erreicht hatte.

Rohleff trat an die andere Seite und blickte gesammelt und konzentriert auf das, was von Caroline übrig war.

Die Haare lockten sich über die Schultern, hell, matt glänzend, der Rest würde dem Leichenbestatter eine Menge Arbeit bescheren, wenn Hainsbachs darauf bestanden, ihre Tochter vor der Bestattung noch einmal zu sehen. Die Identifizierung hatten beide am Samstag, vor der Obduktion, hinter sich gebracht. Ich bemühte mich, mehr zu hören, als optisch wahrzunehmen.

»Wie genau sie zu Tode kam, kann ich nur vermuten«, sagte Dr. Overesch. »Ganz eindeutig ist sie erstickt.«

»Erwürgt?« fragte ich und spähte nun doch hinunter. Keine Würgemale am Hals.

»Erstickt durch Schluß der Atemwege, keine Quetschungen innen wie außen.«

»Aber sie muß sich gewehrt haben«, protestierte Rohleff.

Dünne Arme auf der Stahlbahre, lange, gerade Beine, die Schenkel kindlich schmal, ein Mädchen, bei dem der körperliche Reifeprozess nicht sehr weit gediehen war. Einen Augenblick verschwamm mir das Bild vor Augen, dann aber sah ich wieder klar. Vielleicht habe ich ein bißchen geschwankt.

»Lilli?« fragte Rohleff besorgt.

Ich deutete mit einem Latexfinger – wir trugen Handschuhe und grüne Kittel – auf die Arme der Toten. »An ihr ist gar nichts, was auf einen Kampf hindeutet. War sie betäubt?«

Dr. Overesch nickte mit einem unmerklichen Lächeln, einen Moment begegneten sich unsere Blicke. »Barbiturate, in Fruchtsaft gelöst.«

»Hat sie geschlafen, als sie vergewaltigt wurde?«

Diesmal lächelte sie nicht, aber sie schaute mich an, nicht Rohleff, der unwillkürlich einen Schritt von der Bahre zurücktrat.

»Ich fürchte, daß sie nicht geschlafen hat, sich aber nicht mehr wehren konnte, nicht gegen die Vergewaltigung, auch nicht gegen das Ersticken.«

»Sie lag da, wie ein Objekt in der Landschaft.«

»Ich habe die Fotos gesehen. Da hat sich jemand dieses Mädchen verfügbar gemacht, um etwas zu zelebrieren, zu inszenieren.«

Sybille Overesch stützte sich mit einer Hand auf die andere Seite der Bahre, wir sahen wohl beide das gleiche Bild vor uns, ein Foto vom Waldsee mit der Toten.

»Ein Ästhet, dem das Weiß der Unschuld etwas bedeutet, der mit der Vorstellung von Unberührtheit spielt, bevor er die Unberührtheit oder das, was er dafür hält, zerstört«, fuhr sie fort.

Rohleff taumelte plötzlich rückwärts und ging bis zur Tür, wir sahen ihm nachsichtig hinterher.

»Spermaspuren?« fragte ich.

»Er hat ein Kondom benutzt. Es wird Sie nicht freuen, daß wir nicht eine einzige Spur sichern konnten, die auf den Täter hinweist, nichts für eine DNA-Analyse.«

»Keine spontane Tat?«

Rohleff trat wieder näher, ich schaute nur kurz von den Protokollnotizen auf.

»Das Barbiturat ist Bestandteil eines gängigen Schlafmittels, nicht schwer zu besorgen, Fruchtsaft auch nicht, aber wer führt so was im Handschuhfach mit sich?«

»Kondome schon«, hakte Rohleff ein. »Was wissen Sie inzwischen über den Todeszeitpunkt?«

»Fragen Sie bei unserem Insektenkundler nach, der sich um Ihre Maden gekümmert hat, die Fliegen müßten geschlüpft sein. Aber Ihre erste Annahme, daß sie am Tag des Verschwindens getötet worden ist, dürfte richtig sein.«

Sie begleitete uns noch ins Labor und ließ uns aus einem Rechner umfangreiche Analysen ausdrucken, die keine echte Spur enthielten, dafür aber sehr viel über Fliegen.

Es amüsierte mich, wie Rohleff sich verabschiedete, ihre Hand hielt und ihr dabei nachdrücklich in die Augen blickte. Sie machte das sehr liebenswürdig mit, ich konnte Rohleff durchaus verstehen.

Alles in allem beschlich uns Enttäuschung, meine spiegelte sich in Rohleffs Gesicht, das wieder grau wirkte, nachdem sich Sybille Overesch entfernt hatte. Je mehr wir uns anstrengten, desto mehr geriet uns der Täter zu einem ungreifbaren Schatten, der mich frösteln ließ. Ich dachte daran, daß wir einen besonders geschickten Wolf jagten, der eventuell mehr als einen Pelz zum Wenden hatte.

Wir sind direkt nach Steinfurt zurückgefahren, denn Knolle

hatte noch mal angerufen, und Rohleff wollte alles, was wir von der Pathologin erfahren hatten, mit dem anderen Fall, auf den Patrick gestoßen war, vergleichen, und zwar sofort, ohne Aufschub, er schien auf einmal sehr aufgeregt und trommelte die Rückfahrt über mit den Fingern unablässig auf das Handschuhfach.

»Ich hab's geahnt, die Fahrt nach Bayern hättest du dir sparen sollen. Die ganze Zeit war mir so, als hätten wir woanders auf die Spur des Täters stoßen müssen, ich hab praktisch eine Nachtschicht eingelegt ...«

Da ich damit rechnete, daß Patricks Geschwafel anhielt, ging ich mir einen Kaffee holen. Als ich zurückkehrte, lagen Fotos auf dem Tisch, grobkörnige Aufnahmen mit geringer Tiefenschärfe, per E-Mail übermittelt, sie wirkten beinahe etwas verfremdend künstlerisch, und eins mutete dadurch geradezu obszön an. Blonde Haare, staksige Beine, die aus einem weißen Röckchen hervorsahen, dieses war kurz und gerüscht, es erinnerte mich an Lauras Tanzkleidchen. Am Rand eines Bildes schimmerte eine dunkle Fläche, vermutlich Wasser.

Der Fall lag zwei Jahre zurück und gehörte nicht in unseren Amtsbereich. Nicht Bayern, sondern Niederrhein. Die Gegend kannte ich nicht, bei mir stellte sich aber sofort eine recht anschauliche Vorstellung ein, denn Detlev hatte mir davon vorgeschwärmt. »Schöne Gegend«, hatte er gesagt und die Altarme des Rheins gemeint, die zwischen Wesel, Bislich und Rees kleine Seen bildeten. Detlev war einmal für ein paar Tage dort gewesen.

Knolle deutete auf den Fundort, er hatte die Präsentation seiner Entdeckung sehr weitgehend vorbereitet. Die Akten, die auch eine kleine Karte enthielten, waren über das Internet gekommen, die Zeit hatte aber nicht gereicht, sie komplett durchzusehen, wir teilten uns die Arbeit. Punkt halb eins schaute ich auf.

»Karl, wir haben Julius Steiner vergessen.«

»Ruf ihn an, und mach einen neuen Termin aus, der läuft uns nicht weg.«

Ich wurde etwas pampig. »Und wenn er der Mörder ist?«

»Verrenn dich da mal nicht. Was hätte der vor zwei Jahren in Wesel zu tun gehabt?« Patrick grinste in ungebrochener Entdeckereuphorie. »Fakt ist jetzt allemal, daß wir es mit einem Serientäter zu tun haben.«

»Der keine Spuren hinterläßt«, Rohleff hob den Kopf von den Akten. »Eine schöne Scheiße ist das.«

Harry hatte sich die Seiten über die Fliegen vorgenommen, die wir aus dem Labor in Münster mitgebracht hatten.

»Ein bißchen geht's aber doch voran, da kann man nicht zu sehr meckern. Fleischfliegen, keine Schmeißfliegen, das bestätigt unseren angenommenen Tatzeitpunkt.« Harry wurde etwas ausführlicher, sprach aber ins Leere, denn keiner von uns anderen hatte Lust, sich in die Metamorphose von Fliegenlarven zu vertiefen. Auch so wußten wir Bescheid. Schmeißfliegen setzen sich auf eine frische Leiche und dringen in die natürlichen Körperöffnungen ein, um dort Eier abzulegen. Danach kommen die Fleischfliegen und fressen die Larven der anderen auf und so weiter, es gibt eine Wissenschaft darüber, die unter anderem das Wetter mit Luftfeuchtigkeit und Bodentemperatur einbezieht. Ich war nur an der Schlußfolgerung interessiert und glaubte den Fliegenforschern unbesehen. Caroline war am Tag ihres Verschwindens umgebracht worden.

Julius hatte das Warten aufgegeben, ich überlegte, ob ich ihn in der Musikhochschule in Münster aufstöbern sollte, nachdem ich ein paarmal vergeblich versucht hatte, ihn telefonisch zu erreichen. Rohleff wies mich aber an, wie geplant mit Bettina Hainsbach zu sprechen.

Vorher ging ich allerdings meine bisherigen Notizen durch und stieß auf Lars Entrop. Der kam jetzt wohl nicht mehr in

Frage. Bevor ich aufbrach, hatte Harry auf ein weiteres Indiz in den Akten der Gerichtsmedizin hingewiesen.

»Latexspuren an der Unterwäsche, nur ein paar Krümel, als wären die Handschuhe nicht mehr ganz neu gewesen.«

»Die lassen sich aber nicht einer bestimmten Marke zuordnen?« erkundigte sich Patrick.

»Ein Etikett war nicht dabei.«

Bettina Hainsbach lag noch im gleichen Bett, die Ärzte wollten sie weiter unter intensiver Beobachtung halten, obwohl ihr Gesicht eine frischere Farbe angenommen hatte. Ich sah es nur kurz, denn schon hatte sie mir ohne ein Wort den Rücken zugekehrt. Bevor ich diesen Rücken ansprechen konnte, trat Hainsbach ins Zimmer.

Er stutzte, als er mich bemerkte.

»Bettina, bitte.« Es hörte sich an, als würde er ein nur kurz unterbrochenes Gespräch fortführen. Vielleicht hatten sie vorher miteinander telefoniert. Er rüttelte sie an der Schulter. »Märtha muß kommen, ich seh keine andere Möglichkeit, ich kann nicht ständig zu Hause bleiben. Zu ihr nach Regensburg fahren willst du ja auch nicht.« Flüchtig wandte er sich mir zu. »Märtha ist die Schwester meiner Frau.«

Als wenn ich mir das nicht gedacht hätte. Es war interessant zu beobachten, daß Bettina Hainsbach nicht nur mir das Gespräch verweigerte, sie schien sich ganz auf stummes Abweisen eingestellt zu haben und ließ alle Beschwörungsversuche unbewegt über sich ergehen. Nach einem weiteren Seitenblick auf mich strich ihr Hainsbach ungeschickt durchs Haar, mit einer unwilligen Geste ordnete sie es wieder richtig.

Mir schwante, daß zwischen den beiden nicht erst seit dem gewaltsamen Tod ihres Kindes etwas schwelte. Wahrscheinlich waren sie so mit sich beschäftigt gewesen, daß ihnen eine Veränderung an der Tochter nicht aufgefallen war. Ich erinnerte mich an die Bemerkung der Lehrerin.

Auf einmal sprach mich Hainsbach an.

»Würden Sie bitte einen Augenblick auf dem Flur warten?«

Stur blieb ich sitzen. Er fixierte mich mit einem bohrenden Blick und zuckte, als er einsehen mußte, daß ihm das nichts einbrachte, die Achseln.

»Meine Mittagspause ist praktisch vorbei, und heute bin ich mit der Helferin allein.« Wie zum Beweis musterte er angelegentlich seine Armbanduhr. »Vielleicht können Sie sie überreden – Sie haben ja alles mitbekommen«, schloß er sarkastisch und erhob sich schwerfällig von der Bettkante.

Seine ganze Wichtigtuerei ließ mich kalt. Es war doch unglaublich, daß er erst in der letzten Minute hereinschneite, um den besorgten Ehemann zu spielen, und außerdem versuchte, mir die Schuld in die Schuhe zu schieben, daß die Kommunikation mit seiner Frau nicht in Gang kam. Immerhin verzichtete er auf rührende Abschiedsgesten, er wollte vor mir wohl keine weitere Abfuhr riskieren.

Ich wartete, bis er den Raum verlassen hatte. »Sie mögen Ihre Schwester nicht.«

Ein halbe Minute verstrich, mit einer Antwort rechnete ich nicht mehr.

»Ihr ist nie das passiert, was mir passiert ist.«

»Sie hat sich in der Schule nicht beim Schummeln erwischen lassen und hat immer die schickeren Freunde nach Hause mitgebracht?«

»Sie hat einen Schönheitschirurgen geheiratet.«

»Große weiße Villa und Finca auf Mallorca?«

»Und drei quicklebendige Kinder.« Bettina Hainsbach hatte sich umgedreht. Ihre letzte Bemerkung gefiel mir nicht.

»Warum überläßt Ihr Mann den Laden nicht der Helferin und bleibt noch ein bißchen?«

»Aber das geht nicht.«

»Pillen verkaufen ist doch nicht so schwer.«

Bettina Hainsbachs Augen glänzten jetzt ein wenig. »Sie kennen die Vorschriften nicht. In der Apotheke dürfen keine Medikamente verkauft werden, wenn kein approbierter Apotheker anwesend ist.«

»Und wen kümmert das?«

»Den Pharmazierat vom Gesundheitsamt. Man muß immer mit überraschenden Kontrollen rechnen.«

Mir wurde verschiedenes klar. »Deshalb muß jederzeit ein Approbierter in der Apotheke stehen?«

Sie setzte sich auf und stopfte das Kissen im Rücken zurecht. »Er kann auch hinten am Schreibtisch dösen, Hauptsache, er ist da.«

»Und hat alles mit einem Auge im Visier.«

»Vor allem die PTA vorne.«

»Die was?«

»Die pharmazeutisch-technische Assistentin.«

»Das waren Sie mal, die PTA?«

Sie nickte. Ich hoffte, jetzt so viel Schwung in die Unterhaltung gebracht zu haben, daß sie weiterredete. Aber schon wurde ihre Miene wieder abweisend, als ginge Bettina Hainsbach gerade auf, daß sie mit dem Reden Zugeständnisse machte, die sie nicht machen wollte, weder mir noch jemand anderem.

»Wieso trug Caroline dieses weiße Kleid?« fragte ich rasch.

Aus ihrem Gesicht wich die Farbe, sie wandte den Kopf dem Fenster zu, und ich war darauf gefaßt, daß sie sich ganz herumdrehen würde.

»Das habe ich mich auch schon gefragt. Es war ein Kleid, das sie mit ihrem Vater gekauft hatte und an dem sie sehr hing. Ich hätte ihr nie so eins gekauft, schon der Farbe wegen.«

»Weiß steht Blonden nicht.«

Sie drehte den Kopf zu mir. »Ich mochte es nicht, wenn meine Tochter wie ein Rauschgoldengel aussah. Sie hat sich umgezogen, kurz bevor sie ging. Warum ist das wichtig?«

Mir fiel das Foto ein, das auf Hainsbachs Schreibtisch in der Apotheke stand. Es mochte tatsächlich so gewesen sein, daß Caroline ihm zuliebe oder auf seinen Wunsch das Kleid getragen hatte. Das Foto war das gleiche wie jenes, das er seiner Brieftasche entnommen hatte.

»Die Farbe Weiß hat eine besondere Bedeutung. In Indien gilt Weiß als Trauerfarbe, bei uns verkörpert sie Unschuld.« Ich sprach schnell weiter, weil ich das Gefühl hatte, daß die Frau im Bett mir jeden Augenblick entgleiten konnte, ihr Blick wanderte bereits wieder zum Fenster. »Wir sind auf einen zweiten Fall gestoßen mit ganz ähnlichen Merkmalen. Ein blondes Kind im weißen Kleid.«

»Also kann es doch nicht so sehr unsere Schuld gewesen sein.«

»Hören Sie auf mit den Selbstbezichtigungen, Frau Hainsbach, die Schuld liegt allein beim Täter.«

Sie lächelte gequält. »Würden Sie das glauben?«

24. Juni

Meine Töchter knuspern morgens auf eigenen Wunsch Frühstücksflocken, die viele Vitamine und eine extra Portion Kalzium enthalten, lehnen aber Milch als Dreingabe ab, damit sich die Flocken nicht in eine Pampe verwandeln.

Katia beäugte kritisch meine Triefnase. »Mama, Marmeladebrötchen sind nicht gut fürs Immunsystem. In der Marmelade ist nichts drin.«

Ergeben lauschte ich, ob meine ältere Tochter dem beipflichten und mich etwa an meine Verantwortung erinnern würde, in die mich meine fünfzig Prozent als Versorger der Familie zwingen.

»Ich will in den Sommerferien reiten, Mama«, sagte sie statt dessen.

Hoffnungsvoll schaute ich in ihre Müslischale, die noch drei

Viertel ihres Frühstücks enthielt, obwohl sie in etwa fünf Minuten aufbrechen mußte.

»Versteh ich das richtig, du willst wirklich das Tanzen aufgeben und auf Reiten umsatteln? Für immer oder nur für die Ferien?«

Gespannt verfolgte ich, wie sie den vollen Löffel zum Mund führte und geräuschvoll zu kauen begann.

»Nur noch reiten, Mama, du kannst mich beim Ballett abmelden.« Es kam etwas undeutlich heraus, ich schenkte mir aber die sattsam bekannte Ermahnung, nicht mit vollem Mund zu sprechen, ich war viel zu froh, daß sie überhaupt etwas in den Magen bekam.

Detlev senkte die Zeitung. »Überleg dir das ganz genau, Spatz, keine Balletttröckchen mehr, deine Spitzentanzschuhe landen in der Mülltonne, keine Aufführungen in Zukunft.«

Ich warf meinem Gemahl einen unwirschen Blick zu und verwünschte seinen Hang zu penetranten pädagogischen Ermahnungen. Unsere Älteste ist eine eitle Gans, die sich gern in ihren Trikots vor dem Spiegel drehte und schon mal halbe Sonntage im Tutu herumrannte aus Freude an dem albernen Tüllzeug. Sah er denn nicht die einmalige Chance, daß aus unserer kleinen Bohnenstange ein nett gerundetes Frauenzimmer wurde wie die beiden anderen in der Familie?

»Klar darfst du reiten«, sagte ich schnell, »ihr fahrt dann zusammen mit dem Bus nach Borghorst.« Katia reitet nämlich schon seit einem Jahr.

»Ich geh nicht nach Borghorst, ich melde mich hier an.«

»Hier gibt es keine Reitschule.«

»Klar gibt es die, nach Friedenau raus, dahin muß sie aber mit dem Fahrrad, da fährt kein Bus«, erklärte Katia gelassen.

Mein Kopf summte ein bißchen wegen der Schniefnase. Ich wollte bereits zustimmen, als mir einfiel, wo die Reithalle lag. Ich war daran vorbeigekommen, als ich mit Rohleff das gesamte

Waldgebiet Haltener Mark und Drosten Tannen erkundet hatte, das bis zum Orsteil Friedenau reichte. Nicht weit von der Halle lag der See, an dem wir Caroline gefunden hatten.

»Kommt überhaupt nicht in Frage.« Das Kopfsummen ging ohne Vorwarnung in ein Brummen über. »Du radelst nicht allein durch die Gegend, womöglich noch im Dustern.«

»Aber Mama, es ist doch abends lange hell«, protestierte Laura.

»Sie will in Friedenau reiten, weil …«

Laura unterbrach sie mit einem Tritt vors Schienbein, den ich nur erahnte, der aber die Schwester zu einem Gekreisch veranlaßte und leicht die Einleitung zu einem längeren Gerangel bilden konnte.

»Entweder«, schnauzte ich unmißverständlich, »du reitest in Borghorst mit Katia oder gar nicht. Kein Reiten, und das Tanzen streich mal auch gleich.«

Schuldbewußt äugte ich in die halbvolle Müslischale, die Laura hinterlassen hatte, nachdem die Tür ziemlich laut hinter meinen Töchtern ins Schloß gefallen war. Detlev legte umständlich die Zeitung zusammen, er mußte erst zur zweiten Unterrichtsstunde antreten.

»Waren das jetzt deine fünf Minuten Erziehungsarbeit für diesen Tag?«

Ich hätte mich ja geschämt ohne diese Kopfschmerzen.

Rohleff und ich brausten nach Wesel, er hatte mir wieder das Fahren überlassen, das meine ganze Konzentration erforderte und mich daran hinderte, ihm mitzuteilen, was ich am Abend herausgefunden hatte.

Ich durfte es wohl als Akt freiwilliger Selbstbestrafung auffassen, daß ich vergessen hatte, zwei Aspirin zu nehmen, und als reine Dusseligkeit, daß ich die Schachtel nicht wenigstens eingesteckt hatte, um der Strafe für mein pädagogisches Unvermögen irgendwann ein Ende zu setzen. So blieb mir nur, verzweifelt gegen das Kratzen im Hals anzulutschen, mit einem Pfefferminzbonbon, das ich in meiner Hosentasche gefunden hatte.

Rohleff war ganz nach rechts im Beifahrersitz gerückt, obwohl ich ihn nicht direkt angehustet hatte.

Bevor wir losfuhren, hatte ich einen weiteren Blick auf Sabines Rückansicht geworfen und mir gedacht, daß sie jetzt mit dem Kleinen noch ein halbes Stündchen kuscheln ging und eventuell zärtliche Gedanken an Harry verschwendete – ich war mir nun sicher, daß ich sie zusammen im Biergarten gesehen hatte. Als sich mir zum ersten Mal dieser Eindruck aufdrängte, mochte eine leichte Verärgerung über Rohleff mitgespielt haben. Über diese war ich jetzt natürlich hinweg, und es lag wirklich an meinem kratzenden Hals, daß ich nicht einmal den Versuch machte, ihm vom gestrigen Abend zu berichten.

Nach dem Besuch bei Bettina Hainsbach war ich so lange im Büro geblieben, daß ich beinahe zu spät die Apotheke erreichte, um wieder die Helferin abzupassen. Sie wollte gerade auf ihr Fahrrad steigen.

»Sie sind PTA?« fragte ich freundlich.

»Ja und?« antwortete sie wenig kooperativ.

»Sie dürfen verkaufen, wenn Herr Hainsbach hinter Ihnen steht oder die zweite Fachkraft, eine approbierte Apothekerin.«

Wie zu erwarten, schielte sie mich mißtrauisch von der Seite an.

»Ich bin nicht der Pharmazierat und habe auch mit dem Gesundheitsamt nichts zu tun. Also, Ihr Chef hat am 16. Juni den Laden verlassen, um sein Auto abzuholen, und ist nicht, wie versprochen, nach zehn Minuten zurückgekommen, und Ihre approbierte Kollegin hat mal schnell Schampoo besorgt oder eine Sorte Tampons, die Sie selbst nicht vorrätig hatten, und kam zu spät zurück. Wer war zuerst wieder da? Sie oder er?«

»Sie.«

»Und wann?«

»Nach einer halben Stunde.«

Ich mußte ihr wirklich alles aus der Nase ziehen, während sich meine immer mehr verstopfte. »Und wann kreuzte er endlich auf?«

Sie blickte zunächst hilfesuchend die Straße entlang. »Eine Stunde nach ihr.«

»Er war also mindestens eineinhalb Stunden abwesend und hat sich die ganze Zeit nicht gemeldet?«

»Es muß halb vier durch gewesen sein, als er angerufen und nach Caroline gefragt hat. Wahrscheinlich hat er dann gedacht, daß sie direkt nach Hause gegangen ist.«

Vielleicht hatte er auch im Auto auf dem Parkplatz hinter der Hohen Schule auf sie gewartet. Den Wagen hatte er kurz vor halb vier abgeholt, das ging eindeutig aus dem Werkstattprotokoll hervor. Die eine Zeugin, die Caroline auf dem Parkplatz gesehen haben wollte, hatte sich möglicherweise nicht im Datum geirrt. Der kalte Fisch Hainsbach konnte sich also durchaus selbst an seiner Tochter vergriffen und sie umgebracht haben. Manche Väter neigen dazu, Töchter als Eigentum zu betrachten, als Gebrauchsobjekte, deren sie sich bedienen. In der Rechtsprechung werden die etwas harmloseren Vorkommnisse in der Regel als Mißbrauch bezeichnet, und ich fragte mich nicht zum ersten Mal, ob es denn einen statthaften Gebrauch von Töchtern oder Kindern gibt. Wir haben da schon ein paar Eigentümlichkeiten in der Sprache.

Die Abwesenheit Hainsbachs wollte ich mir von der zweiten Fachkraft bestätigen lassen, bevor ich etwas massiver mit einem noch nicht sonderlich konkreten Verdacht gegen Hainsbach vorging, denn ich mußte dabei die Verfassung Bettina Hainsbachs berücksichtigen. Das Ausmaß ihrer Familientragödie durfte nicht ohne zwingende Gründe vergrößert werden.

Wesel kannte ich sowenig wie Rohleff, ich hatte außerdem den Verdacht, daß er den Stadtplan falsch herum hielt und wir deshalb viel zuviel von der Stadt sahen, bevor wir die Polizeibehörde erreichten, bei der wir angemeldet waren. Wir kamen an beeindruckenden Mauern und alten Kasernen vorbei, die jede Menge dunkle und kalte Kasematten enthalten mußten, der Gedanke half mir, die angestaute Hitze im Auto weniger wahrzunehmen, wir hatten wohl einen Dienstwagen mit defekter Klimaanlage erwischt.

Rohleff und Knolle hatten mit den Kollegen in Wesel telefoniert, ich nicht, trotzdem trat der Beamte, der uns in Empfang nahm, zuerst auf mich zu, ergriff meine Hand und schüttelte sie lange.

»Oberkommissar Hauser, aber sag Wilfried zu mir, wir duzen uns hier alle.«

Rohleff grinste säuerlich, als er mit »Hallo Karl« begrüßt wurde, und vermied zunächst die direkte Anrede.

»Sag mal, Willi«, begann ich und wurde sofort unterbrochen.

»Wenn schon, dann Fredi.«

Ich ignorierte den Einwand. »Also, euch ist kein Licht aufgegangen, als ihr von unserem Mord in der Zeitung gelesen habt, wo eurer doch gerade mal zwei Jahre zurückliegt?«

Wilfried wand sich ein wenig. »Zwei Jahre ist ganz schön lange bei dem, was einem an neuen Meldungen täglich auf den Schreibtisch flattert, und wir mußten den Fall ein bißchen beiseite legen, weil wir uns festgefahren hatten. Keine brauchbaren Spuren, das ist doch bei euch nicht anders. Also ehrlich, warum ihr beabsichtigt, um dieses Sumpfloch zu waten, ist mir schleierhaft. Aber ich habe meine Gummistiefel schon mal dabei.«

Von Gummistiefeln hatte Rohleff mir nichts gesagt, mich beschlich eine leise Wut auf ihn. Er wehrte ab, als Wilfried ihm weitere Akten vorlegen wollte, weil er sich vorgenommen hatte, zunächst die relevanten Schauplätze zu besichtigen. Wilfried stieg mit den Stiefeln unter dem Arm zu uns in den Wagen, ich chauffierte wieder, und unser neuer Kollege hielt es für angebracht, mir seinen warmen Atem in den Nacken zu blasen, während er mich durch Wesel lotste.

Am Rand des eigentlichen Stadtzentrums bogen wir in eine Straße ab, die eine Mischung zwischen Wohn- und Geschäftsstraße darstellte.

»Haus Nummer zweiunddreißig. Da wohnen Beckers.« Wilfried deutete voraus auf ein hübsches altes Gebäude mit sandsteingerahmten Fenstern und Blumenkübeln rechts und links der Tür.

Mit einem Satz sprang ich aus dem Auto, kaum daß ich es in eine freie Parklücke manövriert hatte, hastete die Straße hinunter, stieß die Glastür im Erdgeschoß von Nummer dreißig auf und ließ mich atemlos auf einen mit schwarzem Kunstleder bezogenen Chromstuhl fallen, der neben einer altmodischen Personenwaage stand. Matt hob ich die Hand, als mich eine freundlich blickende Frau im weißen Kittel über den Tresen hinweg musterte.

»Aspirin und ein Glas Wasser bitte.«

»Nummer zweiunddreißig, nicht dreißig, Lilli«, mahnte Wilfried von der Tür her, begriff aber rasch meine Nöte und nahm der Apothekerin fürsorglich das Glas und die Pillenschachtel aus der Hand.

Wilfried ist kein unansehnlicher Mensch, nur ziemlich groß, ein wenig schwer, genauer gesagt birnenförmig gebaut, aber nicht wirklich dick, allerdings mit schlechter Körperhaltung, er hat etwas Weiches, Schlaffes an sich. Mir wurde noch etwas wärmer, als er dicht an mich herantrat und mir das Glas, nach dem ich lechzte, mit einer leichten Verzögerung reichte, während er mit einer klebrigen Hand meinen Hals streifte. Aufmunternd massierte er mir die Schulter, ich stürzte das Wasser hinunter, fuhr aus dem Stuhl, stellte das Glas auf den Tresen, bevor Wilfried auch dies für mich erledigen konnte, und drehte mich in der Tür um.

»Danke für die schnelle Hilfe.« Ich lächelte die Apothekerin an, nicht Wilfried.

Stille Wasser waren das, die Teiche oder Tümpel, die der Rhein als Reste früherer Betten stehengelassen hatte, bevor er sich in sein jetziges niederließ. Detlev hatte mir eine Menge vorgeschwärmt von der hiesigen Fauna und Flora, von seltenen Vögeln wie Sumpfohreulen, die mir wegen des Sumpfes im Gedächtnis hängengeblieben waren. Detlev war mit einer Schulklasse hier gewesen.

Rohleff stapfte voraus und kümmerte sich nicht um mich, dafür Wilfried um so mehr, der mich immer stärker an meinen Vetter Theo erinnerte, den ich früher recht gern gehabt hatte. Wilfried bemühte sich hartnäckig, mir über schlüpfrige Unebenheiten hinweg zu helfen, was an sich charmant war, aber bei mir so recht nicht ankam. Dauernd hatte ich seine Hände an meiner Taille, und er trat viel zu dicht an mich heran.

Endlich blieb Rohleff stehen, weil der Trampelpfad nicht weiterführte, vor uns breitete sich Wasser aus. Aufatmend lehnte ich den Rücken an eine Birke, die nicht weit vom Ufer stand, eine von dreien auf einem grasbewachsenen Buckel oder einer Bodenwelle, die am Ende in eine kleine Sumpfwiese überging.

Ebenso wie Rohleff hatte ich die Baumgruppe von einem der Fotos erkannt, die uns vom Fall Tanja Becker vorlagen. Rohleff ging neben mir in die Hocke und drückte mit der Hand das spärliche Gras flach.

»Hier, nicht?«

»Exakt, hier lag sie. Die Leiche war gut 'ne Woche alt und sah nicht mehr hübsch aus.«

Rohleff spähte zu Wilfried hoch. »Muß sie aber eine Woche vorher. Warum wird in euren Berichten das weiße Kleid nicht erwähnt?«

»Sicher steht da was von einem Kleid.«

»Nicht von einem weißen«, sagte Rohleff bestimmt.

»Aber ihr habt doch die Fotos«, fuhr Wilfried auf.

»Ohne die hätte Knolle den Fall nicht weiter nachgeprüft. Und das eine, das ihr uns zunächst geschickt hattet, war übrigens von besonders mieser Qualität.« Mir war nicht klar, warum Rohleff dem Mann auf die Zehen trat.

»Der See liegt ziemlich dicht an der Straße nach Hamminkeln oder Rees«, sagte ich.

Er dehnte sich wie ein zerlaufener Sichelmond zwischen Straße und Rhein, es führte kein regelrechter Weg herum, nur Pättkes und Trampelpfade reichten hier und da bis ans Wasser, alles in allem wirkte das Gelände unübersichtlich und trotz der Nähe zur Straße einsam. Wer dorthin kommen wollte, wo wir standen, mußte sich auskennen. Der Platz war von der Straße durch Baum- und Buschgruppen nicht einsehbar, die ganze Umgebung war als Vogelschutzgebiet ausgewiesen. Tatsächlich raschelte es wie an dem Steinfurter Teich, und vom Wasser schallte ein Plärrton herüber. Ich wollte mich nicht länger umschauen und wehrte mit einer Hand Mücken ab und Wilfried, der sich wieder anschlich.

Auf dem Rückweg bildete ich das Schlußlicht und hörte, wie Rohleff, der vor mir herging, Wilfried mit Fragen attackierte.

»Was sind die Eltern der Kleinen für Menschen? Sind sie religiös? Gehören sie Vereinen an, Schützenbruderschaften? Sportvereinen? Wie lange wohnte die Familie zum Zeitpunkt des Verbrechens bereits in Wesel, haben sie viele Kontakte in der Stadt? Ist Tanja gern zur Schule gegangen? Hatte sie Freundinnen?«

Wilfried schnaubte einmal heftig wie ein Pferd, bevor er antwortete. Dachdeckermeister war der Vater, hochangesehen, führte einen prima Handwerkerbetrieb, es gab zwei jüngere Kinder.

»Ziemlich magere Auskunft«, befand Rohleff trocken, und außerdem wußten wir das bereits aus den Akten.

Bei der Dienststelle wartete eine Überraschung auf uns.

Auf dem Parkplatz stand ein Motorrad mit Steinfurter Kennzeichen, das vorher nicht dagewesen war, eine schwere BMW, Rohleff ging einmal drum herum, um sich zu vergewissern, daß er seinen Augen trauen konnte. Drinnen stießen wir aber auf zwei und nicht nur einen Karottenkopf, beide einträchtig über Papiere gebeugt. Verschiedene Gegenstände, in Plastik eingehüllt und mit Etiketten versehen, lagen ebenfalls auf dem Tisch.

»Schön seht ihr aus, war's ein netter Spaziergang?« fragte Harry, nachdem er sich umgewandt hatte, und deutete auf Rohleffs und meine Schuhe.

Patrick reckte sich, warf Karl einen schrägen Blick zu und hob die Hand. »Wir sind doch ein Team, nicht? Und da sollte nicht die eine Hälfte im Dreck wühlen, ohne die andere zu beteiligen.«

Ich sah, wie Rohleff Luft holte. Harry schlug Patrick auf die Schulter.

»Wir haben bis hier genau vierzig Minuten gebraucht, mehr nicht.«

»War 'n Rekord«, fiel Patrick ein.

»Und die Radarkontrolle hinter Schermbeck?« fragte Rohleff scharf.

»Haben wir ausgetrickst.« Patrick grinste breit. »Bevor du maulst, hör uns erst einmal zu. Wir haben hier im Keller ein bißchen gestöbert, während ihr im Sumpf herumgetappt seid, und haben was ausgegraben.«

Er schob ein Blatt Papier so zurecht, daß Karl und ich den Text gleichzeitig lesen konnten.

»War sozusagen als unwesentlich ausgemustert, da gab's noch mehr von dem Kram.«

Die Aussage eines Tippelbruders, eines Nichtseßhaften, der an dem Tag, als die elfjährige Tanja ermordet wurde, auf der Landstraße nach Hamminkeln unterwegs war. Er hatte nichts gesehen, aber ein paar Fetzen Musik gehört, die nicht sehr laut vom See herüberklangen. Es sei etwas Klassisches gewesen, das er von früher zu kennen glaubte, aus einer Zeit vor dem Landstreicherleben, aber es dröhnten Autos an dem Mann vorbei, und so gut hörte er auch nicht mehr. Er hatte, vermerkte das Protokoll, mit den Fingern taktmäßig auf den Tisch geklopft und stark nach Alkohol gerochen.

Eine Hand legte sich auf meinen Rücken und rutschte zur Taille, dabei drängelte sich ein Körper massiv zwischen mich und Rohleff. Schon das flaue After-shave teilte mir mit, um wen es sich handelte. Wilfried hielt seinen Blick streng auf das Papier gerichtet, stellte ich fest, als ich mich vergewisserte. Ich war an dem Punkt angelangt, wo ich die Attacken nicht mehr als absichtslos oder belustigend abtun wollte. Energisch drehte ich mich in seinem Griff, da tippte ihm Harry auf die Schulter, bevor ich etwas Unmißverständliches äußern konnte.

»Aber, hallo, Freundchen, wenn einer Lilli betatscht, dann sind wir das, wir haben ein Abonnement auf die Dame.«

Ich sah Patrick feixen und bemerkte gerade noch, daß sich Karl ein Grinsen verkniff. »Dieser Landstreicher kam als Täter nicht in Frage?« Rohleff hatte sich aufgerichtet und die Arme vor der Brust gekreuzt, er musterte Wilfried abschätzig.

Wilfried zog sich zur Tür zurück. »Lest das alles in den Akten nach, ich geh dann jetzt.«

Auch auf dem Rückweg fuhr ich wieder, Harry war zu uns ins Auto gestiegen und hatte es abgelehnt, das Steuer zu übernehmen, ihm wackele noch der Kopf von der Raketentour auf dem Motorrad. Freundschaftlich blies mir sein Atem in den Nacken, und wenn mich Harry mit seinen fetten Fingern gekrault hätte, hätte ich wie eine Katze geschnurrt.

Unsere Ermittlungen mußten Außenstehende reichlich absurd anmuten und brachten bei hohem Zeitaufwand scheinbar wenig ein, wie uns überhaupt die Zeit schneller entglitt, als uns lieb sein durfte. Wir waren über die drei heißen ersten Tage hinausgekommen, ohne es direkt wahrzunehmen, und mit jedem weiteren Tag nahm in einer steilen Kurve die Aussicht ab, den Fall aufzuklären. Und doch begann der Täter in unseren Köpfen Gestalt anzunehmen. Noch vage wie eine Figur im Nebel, die sich zerdehnen oder schrumpfen konnte, je nachdem, in welche Richtung der Wind den Nebel blies, und beim Nähertreten mochte sich herausstellen, daß unser Mann jünger oder älter war, als wir angenommen hatten. Aber er war da, wir mußten nur den Nebel zerteilen.

Die Vorstellung von einer Gestalt im Nebel hatte natürlich etwas Absurdes und überdies Beängstigendes, das ich auf die Kopfschmerzen schob, die sich wieder meldeten. Es wurde Zeit für die nächste doppelte Dosis Aspirin.

Knolle hatte uns unterwegs überholt, ich hatte ihn aber nicht bemerkt, so vertieft war ich in meine Gedanken. Mir fiel das Motorrad erst auf, als es in Schlangenlinien vor und neben mir kurvte. Rohleff tippte mich an.

»Nun wink ihm schon zu, damit er endlich weiterfährt, sonst legt er sich noch vor uns auf die Schnauze.«

Ich winkte höflich, und das Geknatter entfernte sich.

Als wir auf den Hof einbogen, stakste Patrick mit steifen Beinen die Treppe zum Eingang hoch, er mußte zwischendurch angehalten haben, vielleicht um etwas zu trinken. Ich schwankte, ob mir auch etwas Kaltes genehm wäre oder doch besser heißer Tee, unterwegs hatte mich trotz der Hitze ein Frösteln befallen.

Wir setzten uns schweigend um den Tisch in Rohleffs Büro. Patrick knöpfte seine Lederkluft auf und legte Notizen auf den Tisch, und als wäre das ein Signal, begannen auch Rohleff und Harry, Papiere auszubreiten. Ich dachte an den Tisch in Wesel mit den aufgeblätterten Akten und diversem etikettiertem Plunder darauf. Darunter war etwas gewesen, das mir aufgefallen war, weil es nicht zu weggeworfenen Metall-Laschen von Getränkedosen, rostigen Kugelschreibern und anderen Fundstücken paßte, die auch bei uns zusammengetragen worden waren. Aber was? Ich strich mir über die auf einmal schweißnasse Stirn.

»Die sind mit dem Tippelbruder ein bißchen nachlässig verfahren. Warum sollte der's nicht gewesen sein?« fragte Knolle. »Ist doch schön, so ein Verdächtiger. Outsider, keine Bindung zur Stadt oder zur Familie des Opfers. Das haben alle gern.«

»Klassischer Sündenbock?« warf Harry ein.

»Wenn ihn unsere Kollegen in Wesel aussortiert haben, weil sie ihn sowieso für meschugge hielten und er dank einer Krankheit seit Jahrzehnten nachweislich impotent war und zu einer Vergewaltigung gar nicht in der Lage gewesen wäre und schon gar nicht erkennen ließ, ob ihm mit gut fünfundsechzig überhaupt noch was an Sex mit Minderjährigen lag, bleibt die Frage, was es mit seiner Aussage auf sich hat«, sagte ich gereizt.

»Wiederholst du das noch mal, Lillischatz?« säuselte Harry.

»Wenn er's gewesen wäre, hätte er sich still davonmachen können, statt den Kollegen eins vorzuflöten, nicht wahr«, sagte Patrick.

»Er hat nicht geflötet, sondern geklopft, so.« Harry pochte auf die Tischplatte.

»Große Oper, was?« fiel Rohleff ein. »Du hattest was von Oper gesagt, Patrick. Am Ende könntest du damit recht haben.«

Ich dachte nur, ich hätte sie alle mit meinem Fieber angesteckt. Neununddreißig Grad zeigte das Thermometer an, als ich meine Temperatur maß, kurz bevor ich erledigt ins Bett kroch. Draußen war es noch hell.

25. Juni

Die Mädchen hatten mir ihre Zeugnisse zeigen wollen, ich hatte abgelehnt, auch nur einen Blick darauf zu werfen, und rücksichtslos die ganze Erziehungsarbeit wieder Detlev zugeschoben, dem armen Kerl. Nach zehn Minuten trieb mich Durst aus dem Bett, ich taumelte um die Ecke, um ins Badezimmer zu schleichen.

Detlev überwachte die Abendhygiene, das war nett von ihm, geradezu verdienstvoll, denn unsere beiden schlampen hier und da ein bißchen. Laura stand mit der Zahnbürste in der Hand vor dem Badezimmerspiegel, nur mit einem Slip bekleidet, denn bei dieser Hitze tragen wir alle nachts so gut wie gar nichts. Ich konnte ihre Rippen sehen.

Detlev hielt sie an der Schulter gefaßt und fuhr mit der anderen Hand in der Luft auf und ab, anscheinend zog er seinen Grundlehrgang in vorschriftsmäßigem Zähneputzen durch, der konnte ja gar nicht oft genug wiederholt werden, damit die Kinder lernten, wie sie die Zähne zu reinigen hatten, ohne wie ich den kostbaren Schmelz einfach wegzuschrubben. Ich schüttelte mich, als ich Lauras abwehrende Miene sah, hatte aber kein Verlangen, mich einzumischen, tappte die Treppe hinunter und holte mir ein Glas Wasser aus der Küche. Danach bin ich rasch eingeschlafen, träumte dagegen schlecht.

Immer wieder schrie eine Kinderstimme: »Nein, laß mich.«

Über den Traum dachte ich nach dem Aufwachen nicht weiter nach, das tue ich nie, zum ersten Mal kam mir aber der Gedanke, daß dieser Fall nicht das Richtige für mich sei, vor allem, wenn ich an einer Grippe herumlaborierte. Meine Temperatur betrug allerdings nur noch achtunddreißigeinhalb Grad, ich maß ganz sorgfältig, bevor ich Aspirin schluckte und die Lutschtabletten einsteckte, an diesem Morgen ging ich methodisch vor.

Laura war schlechtgelaunt aufgestanden, Katia dagegen schmiegte sich an mich und schob mir ihr Zeugnis in die Hand. Mit gebührender Aufmerksamkeit las ich die Eintragungen, einen Arm um meine Kleine geschlungen, ich gurrte wie eine Glucke.

»Sehr schön, Schätzchen, nicht eine schlechte Note, sogar in Deutsch eine Drei.«

Katias Aufsätze fielen durch ihre stenogrammartige Kürze

auf, ich fand sie trotzdem treffend formuliert, wußte aber durch einige Gespräche, daß die Lehrerin diese Ansicht nicht teilte.

»Gehst du heute mittag mit uns Eis essen? Ich möchte Spaghettieis mit roter Sauce und danach einen Kirschbecher.«

»Und was nimmst du als Vorspeise?« Ich schaute zu Laura hinüber, die verdrossen ihre Cola umrührte. Meine Töchter trinken im Sommer morgens gern Cola, um durch den Zucker die Gehirnzellen aufzumuntern, weil das gesund sei.

»Was wollt ihr sonst noch heute machen? Ist doch euer erster Ferientag.« Ich fand es geschickt, wie ich das Thema Zeugnis bei Laura vermied.

»Ich hab nur 'ne Vier in Mathe«, schluchzte sie.

Detlev trat mit der Kaffeekanne in der Hand hinter sie, strich ihr übers Haar und drückte ihren Kopf an sich.

»Ist kein Beinbruch, die Vier.«

Laura zog ruckartig die Schultern hoch und beugte sich nach vorn. »Das sagst du nur so.«

Eigentlich, dachte ich, hätte ich jetzt Laura trösten und Detlev Katia loben müssen, so war es bisher meist gewesen, die Situation schien irgendwie verdreht.

»Papa geht mit uns schwimmen, das hat er versprochen«, sagte Katia.

»Ihr könnt allein gehen, so klein seid ihr nicht mehr.« Es war ein dummer Einwand, aber die Vorstellung, daß sich Detlev mit den beiden im Bad vergnügte, gefiel mir nicht, einen kurzen Augenblick jedenfalls. Vielleicht hatte mich nur Neid angeflogen. Auf mich warteten das Büro und eventuell Julius.

Das Gedrängel in Hainsbachs Apotheke hatte augenscheinlich nicht nachgelassen, ich beobachtete es durch die Glastüren von außen und konnte mich nicht entschließen einzutreten. Auf einmal sah ich Hainsbach die Straße herab auf mich zukommen, völlig in Gedanken versunken, nahm er mich nicht wahr. Ich drückte mich rasch in den Eingang des Nachbargeschäfts. Als ich ihn das erste Mal bei sich zu Hause sah, hatte er sich anders bewegt.

Mir war die Geschmeidigkeit aufgefallen, die selbstverständliche, beinahe elegante Körperbeherrschung, ich kenne nur einen Mann, der sich ähnlich bewegt, den dicken Harry Groß. Hainsbach erinnerte in diesem Moment an eine Marionette, an die Unbeholfenheit so einer ferngelenkten Puppe, wobei ich mir bei Hainsbach nichts anderes denken konnte als ein schlechtes Gewissen, das auf diese Weise zum Ausdruck kam.

Ich verzichtete darauf, ihn anzusprechen, und ließ ihn ungehindert seine Apotheke betreten, ich war ohnehin spät dran.

Statt direkt mein Büro anzusteuern, suchte ich Harry auf. »Kannst du dir Hainsbach als Täter vorstellen?«

Harry kramte in seinem Labor nach diversen Utensilien, die er in die große Tasche einräumte, die er bei Tatortuntersuchungen stets bei sich trägt.

»Warum nicht? Wäre dann ja sozusagen eine klassische Lösung, geradezu idealtypisch.«

»Hat die nicht gestern noch der Landstreicher dargestellt?«

Harry schaute auf. »Lilli, Schatz, was liegt an?«

»Hainsbachs Alibi ist nicht ganz wasserdicht.«

Harry pfiff ein paar Takte. »Weiß Karl das schon?«

»Ich will das erst gründlich gegenchecken.«

»Check bloß nicht zu lang, Karl mag es nicht, wenn er außen vor bleibt.«

Mein lieber Kollege Harry kocht selbst gelegentlich gern sein eigenes Süppchen, vermutlich hatte ich mich deshalb an ihn gewandt.

»Wo willst du damit hin?« Ich deutete auf die Tasche.

»Hainsbachs Bude einen Besuch abstatten, mir das Zimmer von der Kleinen anschauen. Du hast nicht zufällig Lust mitzukommen? Macht mir mehr Spaß, in Unterwäsche zu wühlen, wenn eine Frau dabei ist.«

»Ich hätte nicht gedacht, daß dich Kinderhöschen reizen«, sagte ich langsam.

Harry ließ die Tasche zuschnappen, dabei schaute er mich prüfend an. »Werd mir bloß nicht komisch, Lilli.«

»Wenn du mir verrätst, wie du in das Haus kommst, bin ich dabei, denn Hainsbach verkauft Pillen, und Bettina rührt sich nicht aus dem Krankenhausbett.«

»Dann laß dich überraschen.«

Eine füllige Frau jenseits der Fünfzig, aber sicher noch unter sechzig, öffnete uns und blieb abwartend in der Tür stehen. Ich nahm natürlich an, daß es sich um die Schwester von Bettina Hainsbach handelte, also hatte er sich doch durchgesetzt. Als Frau eines Schönheitschirurgen hatte ich mir die Schwägerin aber anders vorgestellt, weniger hausbacken, nicht mit einer blendend weißen Schürze bekleidet und jünger.

Groß klappte seinen Dienstausweis auf, er hatte ihn vorsorglich in die Hand genommen, als wir ausgestiegen waren.

»Wir haben uns angekündigt. Kriminalpolizei.«

»Kommen Sie herein«, sagte die Frau rasch und winkte uns in die Diele, nachdem sie einen prüfenden Blick auf die Straße geworfen hatte und auf unser Auto. Es war sicher klug gewesen, daß Harry einen unauffälligen Dienstwagen gewählt hatte, keinen grün-weiß lackierten mit festinstalliertem Blaulicht auf dem Dach.

»Herr Hainsbach hat mich informiert und mir aufgetragen, mich über Ihre Identität zu vergewissern, damit ich keinem Unbefugten Zutritt ins Haus gewähre. Wir sind in den letzten Tagen ziemlich belagert worden.«

So förmlich hätte Frau Hainsbachs Schwester nicht von ihrem Schwager gesprochen.

In der Diele standen keine Schuhe herum, und es hingen keine Wintersachen mehr an Garderobenhaken wie bei uns, das ganze

Haus, das ich diesmal sehr bewußt wahrnahm, war so gestaltet und eingerichtet, daß einem ein Begriff wie »Design« in den Sinn kam, hier war durchgehend designed worden, und zwar mit sparsamsten, aber teuren Mitteln, und ein Abweichen vom Konzept wäre vermutlich als häusliche Katastrophe gewertet worden.

Die Frau, die sich beiläufig mit Uhlenhues vorstellte, schob geräuschlos eine Tür auf, hinter der sich ein Garderobenschrank verbarg.

»Möchten Sie ablegen?« fragte sie höflich.

Über Nacht hatte es sich abgekühlt, das erleichterte das Atmen und machte das Summen in meinem Kopf erträglicher, ich hatte aber immer noch zwischen Hitzeschüben mit Frostattacken zu kämpfen, und gerade jetzt befiel mich eine, vielleicht war daran ein bißchen die optische Kühle in diesem Haus schuld. Fröstelnd schüttelte ich den Kopf, meine knallrote Leinenjacke hätte außerdem nicht zu den Kleidungsstücken in der Garderobe gepaßt, schon wegen der Knitterfalten, die Frau Uhlenhues' Blick soeben erfaßte. Ich hätte mir denken können, daß dieses Haus nicht von Bettina Hainsbach allein in Schuß gehalten wurde, der makellos glänzende Marmorfußboden wurde sicherlich täglich gewischt.

Frau Uhlenhues ging uns voran, wir kamen an einem blankpolierten Spiegel und einer Glasvitrine mit ein paar nicht identifizierbaren Objekten vorüber, möglicherweise handelte es sich dabei um Kunst.

»Muß ganz schön viel Arbeit machen, dieses Haus«, sagte ich und dachte an Fettfingerspuren von Kindern auf blanken Oberflächen.

»Für die groben Arbeiten«, belehrte mich Frau Uhlenhues, »haben wir natürlich jemanden.«

Wenn eine Putzfrau das Klo reinigte und die Böden wienerte und Frau Uhlenhues den Rest erledigte, wobei sich fragte, worin die feineren Arbeiten bestünden, womit beschäftigte sich dann

Bettina Hainsbach, die ja nicht berufstätig war, den lieben langen Tag?

Frau Uhlenhues arbeitete nur bis mittags, erfuhren wir, und wußte daher nichts davon, daß sich Caroline zur Geigenstunde umgezogen hatte, hielt das aber durchaus nicht für ungewöhnlich. Der wöchentliche Kleiderverbrauch des Mädchens war hoch, mußte es wohl sein, um gleich zwei dienstbare Geister beschäftigt zu halten.

Carolines Zimmer machte einen wesentlich aufgeräumteren Eindruck als selbst ein Kinderzimmer auf einer Werbeseite in »Schöner Wohnen« oder einer ähnlichen Zeitschrift für die gelangweilte Hausfrau.

»Haben Sie hier aufgeräumt?« fragte Harry scharf.

Mir war auf einmal beklommen zumute. Um ehrlich zu sein, war es das auch schon vorher gewesen, als wir die Treppe hoch- und einen Flur entlanggingen, in dem nur graue Schatten herrschten. Ich fror nun doppelt, und die Antwort der Haushälterin überraschte mich nicht im mindesten.

»Seit dem Verschwinden von Caroline ist nichts angerührt worden, natürlich mußte gewischt und das Fenster geputzt werden und das übliche getan, Sie kennen das ja sicher.« Sie hatte zu mir gesprochen.

Leider oder gottseidank kannte ich so etwas nicht. In den Regalen saßen ausgediente Bären und Puppen teurer Marken, sorgsam der Größe nach aufgereiht, als wären sie seit jeher nur zum Anschauen, aber nicht zum Anfassen dagewesen.

Selbst Harry sah sich staunend, dann mißtrauisch um. »Das kann ja wohl nicht ganz wahr sein. Eine Zwölfjährige, die aufräumt?«

Frau Uhlenhues kniff mißbilligend die Augen zusammen.

»Also, wer hat hier als letzter aufgeräumt?« hakte ich nach.

»Ich habe mir jeden zweiten Tag mit Frau Hainsbach zusammen das Zimmer von Caroline vorgenommen. Nicht, daß das

Kind wirklich unordentlich war, aber Frau Hainsbach legte Wert auf Gepflegtheit und darauf, daß auch regelmäßig Schränke und Schubladen durchgesehen wurden.«

Schlimmer als im Knast, dachte ich, die totale Kontrolle und Inbesitznahme. Die leise Sympathie, die ich für Bettina Hainsbach beim letzten Gespräch hatte aufkommen lassen, schwand.

»Harry«, sagte ich barsch, »was sollen wir dann hier?«

Mein Kollege ließ seine Tasche auf den Boden plumpsen, Frau Uhlenhues zuckte zusammen. Am Taschenboden befanden sich nämlich dicke Nietnägel, und die hinterließen womöglich Spuren auf dem Parkett.

»Möchten Sie einen Kaffee?« fragte die Hausdame streng.

Harry faltete die Hände über dem Bauch und schaute zur Decke. »Haben Sie keinen Tee? Es sollte ein Darjeeling sein, first flush, und bitte mit Rohrzucker, keinen Kandis, und ein Scheibchen Zitrone, wenn's möglich wäre.«

Hätte ich nicht diesen Druck auf der Brust verspürt, hätte ich amüsiert sein können. Als wir allein waren, wiederholte ich meine Frage: »Im Ernst, Harry, was hoffst du hier noch zu finden?«

Er ging in die Hocke, öffnete seine Tasche und zog eine dünne Stablampe heraus.

»Kann man nie wissen. Immerhin hat sich für dich der Blick in das Zimmer schon gelohnt. Muß wirklich ein armes Schwein gewesen sein, die Kleine, oder stimmt's nicht?«

Ich sah zunächst dabei zu, wie Harry jeden Spalt und jeden Winkel ausleuchtete, die Regale abräumte und beinahe in der alten Ordnung wieder belud, ging dann aber die Schubladen des Schreibtischs durch und die der Wäschekommode und schaute in den Kleiderschrank, ohne genau zu wissen, wonach wir suchten.

In der Tasche eines Trägerkleides, das sauber auf einem Bügel hing und nicht etwa mit anderen zusammen auf dem Boden ein Knäuel bildete wie in den Schränken meiner Chaostöchter, ertastete ich einen kleinen Gegenstand. Harry tütete ihn korrekt in Plastik ein, bevor wir die Durchsuchung beendeten und eine weniger makellose Ordnung und zwei benutzte Teetassen hinterließen.

Als wir die Treppe herabkamen, beschäftigte sich Frau Uhlenhues in der Küche. Allem Anschein nach gehörte Gemüseschnippeln nicht zu den groben Arbeiten.

»Kennen Sie das?« Harry schwenkte das Plastiktütchen.

»Schicke Bude«, sagte er mit einem Blick zurück auf das Hainsbachsche Haus. Ich erinnerte mich daran, daß er angeblich japanisch eingerichtet war, das hieß für mich, frostig und minimalistisch, mit gemütlichen Sofas und bunten Teppichen hatten es die Japaner ja wohl nicht.

Das Objekt, das wir gefunden hatten, widersprach ganz dem Hainsbachschen Stil.

Frau Uhlenhues' Blick hatte die Tüte gestreift, dann hatte sie den Gemüsehobel beiseite gelegt und sich ausgiebig mit der Schürze die Augen gewischt, bevor sie uns mit tonloser Stimme sagte, daß sie sich nicht erklären könne, wie dieses häßliche Ding ins Haus gelangt sei. Einen seltsamen Moment lang fragte ich mich, ob ihre Erschütterung auf die Unterwanderung einer strengen Stilordnung zurückzuführen sei, denn irgendwie hatte es Caroline geschafft, es als Konterbande einzuschmuggeln, oder auf den Tod des Mädchens.

In seinem Labor nahm Harry das Ding mit einer Pinzette aus der Tüte und legte es zu dem anderen, das wir schon gesichert hatten, beide bildeten ein Paar: zwei billige, bunte Plastikhaarspangen in Form von Schmetterlingen, die eine hatte im Garten hinter der Hohen Schule gelegen.

Als Fazit unserer Wühlarbeit stellte ich fest, daß es höchste Zeit wurde für ein zweites Gespräch mit Julius.

Der Markt bildet so etwas wie die gute Stube von Burgsteinfurt. Es handelt sich aber nicht um einen regelrechten Platz, sondern um ein kurzes Stück Straße, an dessen Ende zwei weitere Straßen im stumpfen Winkel zusammentreffen. Im Erdgeschoß der alten Häuser am Markt mit ihren Treppengiebeln und Sprossenfenstern gibt es diverse Geschäfte, Kneipen, Restaurants und eine italienische Eisdiele, die sich im Sommer nach draußen ausdehnt, um uns Nordlichtern etwas vom südlichen Lebensgefühl zu vermitteln.

Beinahe pünktlich traf ich bei der Eisdiele ein. Meine Jacke hatte ich längst ausgezogen, denn das Fieber wärmte mich wieder prächtig und sorgte dafür, daß ich mich auf das Eis freute.

Meine Töchter studierten bereits die Karte und beachteten mich nicht, als ich zu ihnen trat und mir ein Stühlchen heranzog. Trotz der eher kühlen Witterung saßen sie draußen und stritten über die Vorzüge der verschiedenen Eisangebote. Ich nutzte daher die Muße, um über die Hainsbachs nachzudenken und mehr noch über die Familienverhältnisse des anderes Kindes, Tanja Becker.

Wir waren am Vortag nicht gleich wieder nach Steinfurt gefahren, sondern hatten davor die Beckers aufgesucht, genauer gesagt, ich und Rohleff, die beiden anderen rückten dem Kollegen Wilfried mit Nachfragen aufs Dach.

Der properen Hausfassade und den akkurat aufgestellten Blumenkübeln rechts und links der Tür entsprach das Innere nicht ganz. Rohleff trat im Flur versehentlich auf ein Holzauto, nur der Griff nach einem stabilen Garderobenhaken rettete sein Gleichgewicht.

Aus den Akten wußten wir, daß Tanjas Geschwister recht klein waren, das jüngere der beiden war damals gerade ein Jahr alt, beanspruchte also noch ziemlich viel Aufmerksamkeit von der Mutter. Hatte sich Tanja vernachlässigt gefühlt? Ihre Mutter schüttelte den Kopf.

»Tanja fand immer gleich Kontakt zu anderen, sie unterhielt sich mit jedem, sie war neugierig, geradezu süchtig auf Menschen, Sie können jeden in der Straße fragen, alle kannten und mochten sie.«

Unversehens wurde für uns das Mädchen lebendig, wir sahen sie auf der Straße spielen und mit den Leuten schwatzen, ein Kind in einer vertrauten Welt, die keinen Anlaß zur Sorge bot und in der trotzdem einer aufgetreten war, der etwas anderes im Schilde führte, als er vorgab. Nach wem allerdings sollten wir fragen?

»Hat sie von jemandem erzählt, den sie vor ihrem Tod getroffen und der sie irgendwie beschäftigt hat? Eine ungewöhnliche Begegnung?« fragte ich.

Frau Beckers Augen begannen feucht zu schimmern. »Sie unterhielt uns jeden Tag mit einer anderen Geschichte. Wenn ich ihr hätte Glauben schenken wollen, dann ist sie einmal mit dem Schornsteinfeger auf ein Dach geklettert, um sich Wesel von oben anzusehen, und dabei hat sie bis zum Rhein geschaut, und ein anderes Mal haben sie die Müllmänner in den Müllwagen kriechen lassen, an dem Tag kam sie schmutziger als gewöhnlich heim.«

»Haben Sie den Schornsteinfeger nach der Geschichte gefragt?« erkundigte sich Rohleff. »Oder die Leute von der Müllabfuhr?« Er hatte schneller begriffen als ich.

Meine Töchter haben gleichfalls sehr viel Phantasie, zeitweilig so viel, daß ihre Geschichten nichts mehr mit der Wirklichkeit zu tun haben.

Frau Becker schüttelte den Kopf, als wollte sie daraus Bilder verjagen und nicht nur eine Frage verneinen.

»Erinnern Sie sich an andere Geschichten? Vielleicht fällt Ihnen später noch etwas ein«, fuhr Rohleff fort.

Ich wußte jetzt, worauf er hinauswollte, und kramte eine Karte mit meiner Dienstnummer aus der Tasche.

»Schreiben Sie am besten alles auf, an was Sie sich erinnern, ganz egal, wie seltsam es Ihnen erscheinen mag, auch Bruchstücke, und rufen Sie uns an.«

Mechanisch strich sich Frau Becker über die Wange. »Aber ich versteh Sie nicht. Danach hat mich bislang keiner gefragt, oder soll das heißen, daß Sie auf einmal den Schornsteinfeger verdächtigen?«

Das Jüngste kam herein, ein kleiner Junge, und legte der Mutter das Holzauto aus dem Flur in den Schoß.

»Kaputt, Mama.« Ein Rad hing ziemlich schief.

»Darf ich?« Bedächtig nahm Rohleff das Spielzeug an sich, und sofort drängte sich der Kleine an sein Knie und schaute dabei zu, wie die Achse geradegebogen wurde. Er lief auch nicht weg, als das Rad gerichtet war, sondern fuhr das Auto über Rohleffs Schenkel. Noch ein Kind ohne Scheu vor Fremden, fast tat es weh, sich vorzustellen, daß dies Vertrauen unbedingt zerstört werden mußte.

»Sie sind solche Kletten«, sagte Frau Becker leise.

Laura stand plötzlich auf und ging auf den Eingang der Eisdiele zu.

»Hallo Mama«, sagte sie mit einem Blick über die Schulter zurück.

»Was hat sie vor?« fragte ich Katia.

»Sie will sich drinnen Eissorten aussuchen.«

»Bestell dir Sahne dazu«, rief ich meiner Ältesten nach.

»Da ist Lars.« Katia deutete auf eine Gruppe von Jungen, die mit ihren Fahrrädern einige Meter weiter vor den Tischen einer Pizzeria zusammenstanden, »der mit dem grünen T-Shirt.«

Ich konnte mich an keinen Lars erinnern, aber Katia half mir auf die Sprünge.

»Lars Entrop, der lebt ja noch.« Es klang enttäuscht.

Gelbe Rastalocken geraten einem in Steinfurt nicht allzu häufig vor die Augen, da zählten die Ringe im rechten Ohr weniger, und auch das bißchen Blech in der Oberlippe machte optisch nicht ganz so viel her.

»Woher hat er das?« Ich tippte mir an die Lippe, für seriöse Läden ist ein solches Piercing an Minderjährigen tabu.

»Sieht doch geil aus«, stellte Katia fest und wandte sich strahlend dem Kellner zu, der gerade an unseren Tisch getreten war.

Bei der Bestellung war ich kaum bei der Sache. Ohne Frage schied Lars als Täter im Fall Caroline aus, zumindest, wenn wir davon ausgingen, daß der Weseler Fall auf das gleiche Konto ging, was zu neunzig Prozent der Fall sein durfte. Blieben zehn Prozent übrig. Diese Restunsicherheit bewog mich, den Knaben im Auge zu behalten. Gerade entstand eine Rangelei mit den Fahrrädern, bei der er einen andern Jungen anrempelte, ein paar Schimpfwörter schallten herüber.

Beinahe wäre mir entgangen, wie sich Laura unserem Tisch näherte und mit beiden Händen eine üppig gefüllte Eisschale balancierte, die eine ordentliche Portion Sahne krönte, von roter Sauce überflossen.

»Das will ich auch«, sagte Katia prompt.

»Du hast schon bestellt«, wies ich sie zurecht und schaute hypnotisiert zu, wie Laura das Eis auf den Tisch stellte und sich nach einem Blick auf die Straße zu uns setzte.

Was kümmerte mich noch der Rüpel, wenn meine zu leichtgewichtige Tochter im Begriff stand, sich mindestens sechshundert Kalorien auf einmal einzuverleiben, und mich hoffen ließ, daß der Appetit anhielt.

Nach etwa zwei Kugeln Eis und ein bißchen Sahne sah sie mich von der Seite an. »Ich kotz gleich, wenn ich mehr davon esse.«

Von Drohungen wie »Du stehst erst auf, wenn du aufgegessen hast« oder »Du darfst heute nicht mehr raus« haben Detlev und ich nie Gebrauch gemacht, ich war aber jetzt sehr versucht, von dieser Regel abzuweichen, denn tatsächlich erhob sich Laura und legte den Eislöffel klirrend auf den Unterteller.

»Ich muß jetzt weg«, sagte sie als Entschuldigung nach einem Blick auf die Rathausuhr und sparte sich nähere Erklärungen. Vielleicht hätte ich sie noch umschmeicheln können, wenigstens eine weitere Kugel zu essen, wenn nicht Harry unversehens aufgetaucht wäre.

»Ach, Harry«, seufzte Katia und blickte zu ihm auf.

Er war hinter sie getreten, strubbelte ihr durchs Haar und beugte sich auch noch herunter, um sie auf die Wange zu küssen.

»Tag, mein Schatz«, schnurrte er gefällig.

Außenstehende mochte die Szene verwundern, aber die wußten eben nicht, daß sich Katia vor zwei Jahren heimlich mit Harry verlobt hatte.

»Ist hier frei?« fragte er scheinheilig und setzte sich vor den übriggebliebenen Eisbecher, nahm den Löffel in die Hand und schaute nur kurz zum Fahrradständer, aus dem Laura gerade ihr Rad zerrte, bevor er das Eis zu löffeln begann. Ich war versucht, aufzuspringen und hinter meiner Tochter herzurennen, die ihr Rad jetzt auf die Straße schob. Der Fahrradpulk vor der Pizzeria hatte sich gerade aufgelöst, und die Rastalocken entfernten sich eilig.

»Ich weiß ja nicht, ob ihr eine Haushaltskrise habt und euch das Geld für anständige Mahlzeiten ausgeht, aber eure Älteste sieht halb verhungert aus.«

Erbittert starrte ich auf den Eislöffel, den er zum Mund führte. »Weißt du, daß ich es unanständig finde, wie du dich mit ihrem Eis vollstopfst?«

»Das macht nichts, du mußt dich sowieso sputen, Karl hat Sehnsucht nach dir, und wenn ich nicht gewußt hätte, wo du steckst, würde er allein zu Julius fahren. Katia und ich kommen ohne dich aus.«

Das letzte rief er mir nach, ich war schon auf dem Weg und ließ ihn auf der Rechnung sitzen.

Rohleff saß brütend auf einem niedrigen Plüschsessel, die Hände zwischen den Knien herabhängend, und schwieg anhaltend. Da er mich aber angewiesen hatte, ihn das Gespräch führen zu lassen, war ich ebenfalls gezwungen, den Mund zu halten.

Karl hatte sich nach der Begrüßung flüchtig umgeschaut, sich gesetzt und ließ nun die Zeit verstreichen. Wahrscheinlich hatte er irgendwo gelesen, daß Verdächtige auf diese Weise verunsichert werden konnten, bei Julius verfing die Methode nicht. Seelenruhig griff er nach einem Notenblatt, vertiefte sich darin und begann, mit dem Fuß einen Takt zu klopfen. Auf einem Schränkchen tickte eine Uhr, durchs Fenster drang der übliche Verkehrslärm und etwas Vogelgezwitscher. Ich bemühte mich, den Gedanken an Laura zu verdrängen. Allmählich nahm die Sorge um sie konkrete Gestalt an, es hatte doch etwas zu bedeuten, wenn mich andere bereits auf ihre Magerkeit ansprachen, auch wenn es nur der dicke Harry war.

Julius mußte uns bereits vergessen haben, er schrak zusammen, als Rohleff endlich sprach.

»Sie haben Caroline nicht viel unterrichtet.«

»Was?«

»Sie haben Caroline Hainsbach kaum unterrichtet.«

Julius griff nach seinem Taschenkalender. »Stimmt. Dreimal in zwei, nein, drei Wochen.«

»Das meine ich nicht. Sie haben festgestellt, daß sie so gut wie kein Talent hat und außerdem nur mäßig am Geigenspiel interessiert ist. Da war sie wahrscheinlich ganz froh, daß sie früher gehen konnte. Wann haben Sie sie weggeschickt?«

Ich wollte etwas sagen, aber Rohleff drückte meinen Arm, ich biß mir auf die Zunge. Julius schaute spöttisch zu uns herüber, die Augen halb gesenkt, so daß sie sehr effektvoll von den langen Wimpern beschattet wurden. Der Kerl wirkte wie aus einem kitschigen Bild ausgeschnitten, auf dem Zigeunergeiger fiedeln. Allerdings trug er Jeans.

»Sie unterstellen mir da was.«

Rohleff lehnte sich in seinem Sessel zurück. »Ach nein, was denn?«

»Sie hätten wohl gern, daß ich zugebe, meinen Lehrvertrag nicht ordentlich ausgeführt zu haben, vielleicht soll ich denken, daß das immer noch besser ist, als gleich unter Mordanklage zu stehen.«

»Was wäre Ihnen denn lieber?«

»Ich finde beides absurd.« Julius nahm das Notenblatt wieder zur Hand.

»Darf ich mal sehen?« Rohleff stand auf, zog ihm das Blatt aus den Fingern und starrte angestrengt darauf. Wir hätten Harry mitnehmen sollen, ich hoffte aber, daß das Gespräch nicht in eine Fachsimpelei driftete, der Karl nicht gewachsen sein würde.

»Diesmal Beethoven? Frühlingssonate? Spielen Sie das Stück auf Ihrem nächsten Konzert? Nicht wieder Max Bruchs erstes Violinkonzert, das am 16. Juni erstaunlicherweise Gegenstand Ihres Unterrichts für Caroline war?«

»Kann ja nicht falsch gewesen sein, daß ich der Kleinen mal etwas Richtiges bot. Woher wollen Sie überhaupt wissen, daß ich Bruch gespielt habe?«

»Es ist aber falsch gewesen, daß Sie für Ihr Konzert geübt haben, statt Ihre Schülerin zu unterrichten. Hielten Sie das immer so? Zum Beispiel am 2. Juni, oder bereits im Mai und Ende März? Wir lange hat Ihnen Caroline meistens zugehört? Wann hat sie die Musikschule am Dienstag letzter Woche verlassen?«

Ich fand, es waren zu viele Fragen auf einmal damit verpatzte Rohleff das Verhör, sonst führte er Vernehmungen geschickter.

Julius gab nichts zu, und er ließ sich nicht festnageln. Es sei nicht verwunderlich, sagte er aus, daß Christian Schröder Caroline nicht gesehen habe, denn wie früher auch sei er am 16. zu spät gekommen.

»Trug Caroline solche Haarspangen am 16. Juni oder früher?«

Ich hielt ihm die Schmetterlinge entgegen, die ich mir von Harry ohne sein Wissen ausgeliehen hatte. Beide steckten in Plastikhüllen, weil die ermittlungstechnische Untersuchung noch anstand, wir wußten ja erst seit kurzem, daß sie Caroline gehört hatten.

»Sie glauben doch nicht im Ernst, daß ich darauf achte, was für ein Glitzerzeug so ein Gör in seiner Mähne trägt.«

»Beantworten Sie meine Frage«, fuhr ich ihn an, »und zwar präzise fürs Protokoll.«

Julius äugte auf mein Notizbuch. »Wenn's Ihnen Spaß macht. Also, ich kann Ihnen nicht sagen, ob Caroline diese Dinger letzte Woche im Haar hatte oder sonstwann.«

»Haben Sie das Mädchen überhaupt am 16. gesehen?« fragte Rohleff scharf.

»Das ist ja irre, Mann.« Julius stützte den Kopf in beide Hände. »Ein weißes Kleid. An das erinnere ich mich, ich habe gedacht, was für ein blödes Kleid für eine Hellblonde.«

»Hatte sie das vorher schon mal getragen?«

»Nein, ich glaube nicht.«

»Schwarz wäre Ihnen lieber gewesen? Ein enger Fummel bis knapp über den Po mit Spaghettiträgern, damit Ihnen viel junges Fleisch und knabenhafte Formen geboten werden?« Selbst in meinen Ohren klang das nach verdrehter Emanze. »Schau dir das Foto im Badezimmer an, Karl«, fügte ich deshalb hinzu.

Rohleff starrte ausdruckslos auf das nackte Mädchen mit der Emailschüssel zwischen den gespreizten Schenkeln. Als pornographisch konnte man das Foto nicht bezeichnen, weil die Schüssel äußerst geschickt plaziert und das Mädchen nicht genau von vorn aufgenommen war, außerdem handelte es sich um eine Erwachsene von reifen achtzehn oder neunzehn Jahren, der Jugendschutz mußte wegen der Aufnahme nicht bemüht werden. Bei etwas ruhigerer Gemütslage hätte ich eventuell mehr Sinn für das Künstlerische gehabt.

»Nur weil ich nicht auf vollbusig und stramme Schenkel stehe, wollen Sie mir was anhängen?« Julius warf mir einen anzüglichen Blick zu, der glatt an mir abprallte, denn auf meine Formen lasse ich nichts kommen.

»Ich will, daß Sie uns begleiten. Wir werden die Unterhaltung in Steinfurt in meinem Büro fortsetzen und bei der Gelegenheit erkennungsdienstliche Maßnahmen durchführen, das heißt, Ihre Fingerabdrücke nehmen und Sie zum Speicheltest bitten wegen der DNA-Analyse.«

Fingerabdrücke gehörten zum üblichen Programm, der Speicheltest erschien aber völlig unsinnig, da uns jegliche Vergleichsspuren des Täters fehlten, Rohleff hatte sich also aufs Bluffen verlegt.

»Haben Sie einen Haftbefehl?« Der Geiger wich zur Tür zurück, als wollte er sich notfalls einer weiteren Befragung recht hastig entziehen, ich sah, daß sein Atem flach ging. Der Stimme merkte man die Aufregung dagegen nicht an, er hatte sich noch immer gut im Griff.

»Schönes Badezimmer, so ein Altbau könnte mich auch reizen. Echt antik, nicht?« Rohleff klopfte behutsam auf den Badewannenrand, beugte sich sogar herunter und beäugte die Messingarmaturen von unten. »Alles original.« Er wandte sich Julius zu. »Betrachten Sie es vorerst als eine Aufforderung, an der Aufklärung eines Verbrechens mitzuwirken, dafür benötige ich keinen Haftbefehl, nur wenn Sie darauf bestehen, lasse ich Ihnen etwas Schriftliches von der Staatsanwaltschaft zustellen.«

Auf der Rückfahrt nach Steinfurt versank Rohleff wieder in Schweigen, das ich nicht unterbrach, um die schön beklemmende Atmosphäre nicht anzutasten. Julius kroch auf dem Rücksitz zusammen, nachdem er eine Bemerkung über ungerechtfertigte Beschuldigungen von sich gegeben hatte, auf die keiner einging.

Knolle feixte, als er ihn sah, hakte in schierer Vorfreude die

Fäuste ineinander und knackte mit den Fingergelenken. Mir kam der Verdacht, einer gut vorbereiteten Aufführung zuzuschauen. Hatte Rohleff etwa, bevor wir nach Münster fuhren, eine Absprache mit ihm getroffen? Um nichts zu verpassen, raste ich zu Harry ins Labor hinunter und warf ihm die Haarspangen auf den Tisch.

»Du schuldest mir noch was«, schrie er mir hinterher, ich schaute zurück, und sah ihn ein paar Dinge zusammensuchen. »Warte auf mich, ich komm mit.«

Harry selbst quetschte Julius' Finger auf das Farbkissen, während wir alle drum herumstanden und zusahen, wie einem Finger nach dem anderen eine Behandlung zuteil wurde, die für das weitere Geigenspiel nicht unbedingt bedenklich erschien, aber die Verfassung des Geigers untergrub. Prozeduren wie diese schüchtern die meisten ein. Um den Ernst der Lage zu unterstreichen, trug Patrick die Pistole im Achselhalfter – sie ließen nichts aus, die Jungs, ich konnte mir nur mit Mühe das Lachen verkneifen.

Julius verlangte einen Anwalt zu sprechen.

»Später«, Rohleff winkte ab.

Mit großer Geste entrollte Patrick eine Wandkarte, die Nordrhein-Westfalen zeigte. »Du hast mit keiner Silbe erwähnt, wo deine Eltern wohnen«, begann er das Verhör.

»In Dinslaken. Aber was hat das denn jetzt mit der Sache zu tun?« muckte Julius auf.

»Dinslaken ist wie weit von Wesel entfernt?«

Julius schwieg vorsichtshalber.

»Ich will's dir sagen. Ganze vierzehn Kilometer. Ein Katzensprung bis Wesel und bis zu einem der Altarme vom Rhein an der Straße nach Hamminkeln.«

Patrick ging vor der Landkarte hin und her, den Blick konzentriert auf den Geiger geheftet, wir alle starrten ihn an, ohne uns zu regen, nur die Schritte auf dem Bürolinoleum waren zu hören und die unregelmäßigen Atemzüge von Julius, der den Kopf immer tiefer in die Schultern zog. Mit leiser, emotionsloser Stimme begann Patrick wieder zu sprechen, jetzt zur Karte gewandt. Mit einem Stock tupfte er dabei auf den Fundort der anderen Kinderleiche: Tanja Becker, vor zwei Jahren an einem Altarm des Rheins vergewaltigt und getötet.

Julius sackte im Stuhl zusammen. »Aber das könnt ihr nicht mit mir machen. Mir diese Morde anhängen.«

Es hat dann noch etwas gedauert, bis er zugab, daß er Caroline früher aus der Stunde entlassen hatte, aber nur einmal, am 16., wegen der Hitze, und es waren nur zehn Minuten gewesen, die er hatte nachholen wollen.

Ein Beamter der Wache fuhr ihn nach Münster zurück, es sollte aber, drohte Rohleff zum Abschied, nicht die letzte Befragung gewesen sein.

»Der hat nur seine Musik im Kopf und hat sich heute lediglich an das Foto erinnert, das ihr ihm bei der ersten Befragung gezeigt habt, auf dem Caroline in dem weißen Kleid zu sehen ist«, erklärte Rohleff.

Er hielt mit Patrick und mir eine Nachbesprechung des Verhörs ab. Harry hatte sich längst in sein Labor zurückgezogen.

»Was ist mit Wesel? Ich hab doch nicht umsonst seinen Lebenslauf erforscht, das paßt alles«, sagte Patrick.

»Bis auf eine Kleinigkeit: wir haben keinen Nachweis, daß Steiner vor zwei Jahren um den 10. Juni herum seine Eltern besucht hat.«

»Worauf willst du selbst hinaus, Karl?« fragte ich.

»Auf die Wahrheit. Was paßt bei Julius ins Bild des Täters?«

Ich zählte auf. »Vorliebe für extrem schlanke Mädchen, klassische Musik, die der Tippelbruder gehört haben will. Die Gelegenheit, wenn wir davon ausgehen, daß er Caroline sofort ins

Auto geschleppt hat. Sie wird ihre Geige nicht mal ausgepackt haben. Und die Eltern in Dinslaken.«

»Klingt alles in allem meschugge«, sagte Patrick nüchtern.

»Kannst du mir erklären, warum ihr den Knaben dann stundenlang durch die Mangel gedreht habt?«

»Das erwähnte ich schon«, antwortete Rohleff. »Der Wahrheit wegen, ein bißchen davon hat er zugegeben. Caroline wurde von ihren Eltern streng kontrolliert, sie wußten ständig Bescheid, wo sie gerade war und was sie machte. Julius bot ihr unabsichtlich einen kleinen Freiraum. Eine Viertelstunde in der Stadt trödeln wie andere Kinder, später vielleicht eine halbe Stunde. Erstmals im März, danach im Mai und jetzt im Juni. Sie hat jemanden kennengelernt, eine flüchtige Begegnung mag das gewesen sein, aber dieser Jemand hat sich sehr geschickt in ihr Vertrauen geschlichen. Es muß einer sein, der sich bei ihr durch irgend etwas legitimiert hat, kein völlig Fremder. Am zweiten Juni hat sie sich zu Hause merkbar verspätet, wir wissen nicht, warum. Eventuell hat an diesem Tag der Täter etwas vorgehabt, das er verschoben hat, daraus ergaben sich noch vierzehn Tage Leben für Caroline.«

»Einer aus Steinfurt?« fragte Knolle mit belegter Stimme.

»Er muß sich auskennen, wenn wir die Lage des Teichs in den Drosten Tannen in Betracht ziehen.«

»Sie hat hinter der Hohen Schule auf ihn gewartet.«

Ich dachte, daß es trotzdem Julius sein könnte, es schien mir plausibler als Hainsbach.

»Ist schon komisch.« Harry unterbrach unsere Sitzung. In der Tür stehend, hielt er die beiden Haarspangen auf der flachen Hand. »Auf der hier, der aus Hainsbachs Haus, habe ich einen Daumenabdruck von Caroline gesichert, auf der anderen ist ebenfalls einer, nur stammt er nicht von dem Mädchen.«

»Julius?« fragten Patrick und ich gleichzeitig.

»Nicht Julius.« Harry grinste. »Solche Spinnenfinger kann

auch Geiger Julius nicht haben. Ist ganz eindeutig ein Kinderdaumen.«

Die PTA schloß gerade die Tür zu, als ich die Apotheke erreichte. Ich war etwas außer Atem, weil ich hatte rennen müssen. Mein Auto stand ein Stück weit entfernt, und meine Armbanduhr zeigte drei Minuten nach halb sieben an.

»Ist Herr Hainsbach schon weg?« Mein Keuchen ging unversehens in ein Husten über, ich beugte mich nach vorn, eine Hand vor dem Mund, und schnappte nach Luft zwischen den Hustenstößen.

»In der Apotheke ist keiner mehr. Wenn Sie so einen Husten haben, hätte Ihnen früher einfallen müssen, daß Sie ein Medikament brauchen.« Sie stutzte. »Ach, Sie sind das.«

Mir liefen Tränen über die Wangen, gewiß bot ich ein Bild des Jammers, und als ich mir energisch über die Augen wischte, verschmierte ich wahrscheinlich die Wimperntusche.

Die PTA schaute mich mißbilligend an. »Mit der Erkältung gehören Sie ins Bett. Was Medikamente betrifft, muß ich Sie leider zu der Apotheke schicken, die heute Notdienst hat. Ich kann nachsehen, welche das ist.«

Ich hielt sie am Ärmel fest, als sie sich zur Tür wandte. »Ist Herr Hainsbach nach Hause gefahren, oder wollte er seine Frau im Krankenhaus besuchen?«

»Also«, sie zögerte, »müssen Sie ihn wirklich heute noch sprechen, der Mann muß ja auch mal zur Ruhe kommen«, sie stockte wieder, »soweit ich weiß, ist er ins Bagno Golfspielen gefahren.«

Die Antwort löste eine weitere Hustenattacke aus. Mit zittrigen Fingern kramte ich ein Taschentuch aus meiner Jacke.

»Er – ist – wirklich – zum – Golfspielen?« Ich sah sie an, und einen Moment hob ich nicht einmal die Hand, um die Tränen abzutupfen, sie strömten mir ungehindert über die Wangen. Im stillen rechnete ich nach. Wie lange war Caroline jetzt tot?

Die PTA schluckte unbehaglich. »Ich war mal da, bei Hainsbachs, zwei Tage nachdem es passiert ist. Vor dem Haus und auf der Straße standen wildfremde Leute, die dort überhaupt nichts zu suchen hatten, und jemand hielt mir ein Mikrofon vors Gesicht und fragte irgendwas. Ich trug einen weißen Kittel, und das hatte die Radio- oder Fernsehfritzen auf mich aufmerksam gemacht. Es war wie Spießrutenlaufen, jedenfalls stell ich's mir so vor. Herr Hainsbach hatte mich gebeten, etwas bei ihm zu Hause abzugeben, und ich konnte mir dann denken, warum er nicht selbst gefahren ist. Und Frau Hainsbach erst! Ach nee«, sie schüttelte bedauernd den Kopf, »am nächsten Tag ist sie ins Krankenhaus eingeliefert worden. Er hat ja die besseren Nerven, aber viel ist da mittlerweile auch nicht mehr dran.«

Ich sparte mir alle weiteren Kommentare, denn was hätte ich sagen sollen?

Meine Dienstzeit war längst zu Ende. Jetzt hätte ich nach Hause fahren und ein heißes Bad mit Eukalyptus nehmen können, um den Husten zu lindern, ich entschloß mich dagegen zu einem Schlenker ins Krankenhaus. Ich wollte sehen, wie es Bettina Hainsbach ging, während sich ihr Gatte beim Golf entspannte.

Durch die Glasscheibe der Verbindungstür erspähte ich eine Krankenschwester, die ich schon einmal nach dem Befinden von Bettina Hainsbach ausgehorcht hatte. Sie sprach mit einem Weißkittel, während sie mir entgegensah. Der Arzt blickte sich nach mir um, bevor er sich rasch verabschiedete, ich hatte den Eindruck, daß die Schwester ihn auf mich hingewiesen hatte. Er ging grußlos an mir vorbei, offenbar in Eile, und zerrte sich im Laufen den Kittel herunter.

Die Schwester holte ich am Fahrstuhl ein.

»Liegt Frau Hainsbach noch auf der Intensivstation?«

»Morgen wird sie auf die internistische verlegt. Mit der Erkältung dürfen Sie ohnehin nicht rein.«

»Aber ich huste doch gar nicht«, sagte ich, verwundert über ihren Scharfblick und bestrebt, das Husten zu unterdrücken.

»Sie haben Triefaugen und eine rote Nase. Was glauben Sie, wo Sie sind?«

»Dann sagen Sie mir wenigstens, ob es Frau Hainsbach besser geht.« Ich wollte mich nicht so einfach abspeisen lassen. »Und hat sie ihr Mann heute besucht?«

»Der war mittags da, und über den Gesundheitszustand der Patientin müssen Sie den Arzt befragen, ich bin nicht befugt, Auskünfte zu erteilen.« Vor ein paar Tagen hatte sie das nicht gestört. Sie blickte den Flur hinab.

»Der Arzt da gerade ...« Ich deutete zur Eingangshalle.

»Den holen Sie jetzt nicht mehr ein. Auch Ärzte haben mal Feierabend und brauchen Entspannung.«

Viel Zeit zum Überlegen blieb nicht, denn die Schwester wandte sich bereits zum Gehen. Den Arzt schätzte ich eher auf sechzig als auf fünfzig, Bodybuilding hielt ich daher für unwahrscheinlich, und auch für Jogging oder ähnlich anstrengende Freizeitbelustigungen sah er nicht drahtig genug aus.

»Er ist nicht etwa ...?« Es war ein Blitzeinfall, der bei ruhigem Nachdenken seltsam und nicht eben logisch anmuten würde, ich sprach ihn aber aus und erlebte die Befriedigung, ins Schwarze zu treffen.

Es reizte mich, zu sehen, was hinter den Kulissen lief, wie der Apotheker, der gerade den Verlust der Tochter zu beklagen hatte, eine gemütliche Runde Golf mit dem Arzt spielte, der die Ehefrau medizinisch betreute, nachdem sich diese mit den Beruhigungstabletten vertan hatte. Ich fuhr also nicht nach Hause.

Zum Steinfurter Schloßpark, dem Bagno, habe ich ein gemischtes Verhältnis, seit wir im Februar dort am See eine mit Eis glasierte Leiche gefunden haben, die aufrecht an einem Baum stand. Ein bißchen verleidet einem so ein Erlebnis den Ort. Ansonsten gehört der Bagno zu jener aufgeräumten Sorte Wald, die ich bevorzuge. Nicht weit vom See liegt der Golfplatz, malerisch von Baumgruppen gesäumt.

Ein erster Fehler unterlief mir, als ich das Auto auf dem allgemeinen Parkplatz abstellte, denn der Golfclub besitzt einen eigenen, der mir einen kleinen Fußmarsch erspart hätte. Unterwegs war ich versucht umzukehren.

Im Wald wehte mir feuchte Kühle entgegen, und fast augenblicklich zog es mir schmerzhaft im Nacken. Meine Füße fühlten sich bleischwer an.

Das Clubgebäude, an dessen Vorderfront vier dickliche Säulen einen dreieckigen Giebel hochstemmen, ließ sich nicht so ohne weiteres betreten. An der Eingangstür zwischen den Säulen fehlte die Klinke, ich tappte daher zu einer Nebentür, die sich leider ebenfalls nicht öffnen ließ. Eine Klingel gab es nicht. Ganz offenkundig waren im Club nur Mitglieder erwünscht. Ich umrundete daher das Gebäude, die Herren, die ich suchte, sollten ja auch eher auf den Rasengründen zu finden sein.

Anfangs zögerte ich, meine gewöhnlichen Straßenschuhe auf das wellige Grün zu setzen, das überhaupt nichts mit der Unkrautwiese hinter unserem Haus, die Detlev einmal die Woche mit dem Rasenmäher bearbeitete, gemein hatte. Ich war versucht, in die Hocke zu gehen, um zu fühlen, ob hier nicht eine Augentäuschung vorlag. Kunststoffrollrasen hielt ich für nicht unwahrscheinlich. Detlev hatte mal gesagt, daß er im Rentenalter Golf spielen wolle, sicher war er von dem Rasen fasziniert.

Mittendrin sprenkelte eine Fontäne, rechts von ihr zogen zwei Männer kleine Karren hinter sich her. Ich ließ alle Vorsicht fahren und lief querfeldein. Die beiden Herren musterten mich erstaunt und ablehnend, ich scherte mich nicht darum.

»Herr Hainsbach, es gibt da eine Unklarheit in Ihrer Aussage, den 16. Juni betreffend. Es ist an der Zeit, daß wir die Angelegenheit klären.«

Hainsbachs Blick wurde feindselig, der Arzt trat zurück und

stützte sich auf den Karren. »Gerd, ich zieh dann mal ein Stück weiter zum nächsten Loch.«

»Nein, warte, das hier ist gleich erledigt.« Hainsbach wandte sich an mich. »Was meinen Sie?«

Er sah aus, als hätte er Ablenkung bitter nötig. Seine Haut wirkte farblos, ohne den rosigen Schimmer, der Freiluftfanatikern einen optischen Vorteil gegenüber notorischen Stubenhockern verschafft. Das Sportliche, Dynamische war noch auffälliger aus seiner Haltung geschwunden. Die Augen flackerten unruhig.

»Wie ich festgestellt habe, waren Sie am 16. Juni eineinhalb Stunden abwesend, und zwar in der Zeit von etwa Viertel nach drei bis Viertel vor fünf. Das ist doch korrekt, nicht?«

Er sprach den Arzt an. »Glaubst du das? Meine Tochter ist ermordet worden, und ich werde hier penibel zu meinem Stundenplan befragt, als ob der irgendeine Rolle spielte. Hätte ich Caroline immer an der Hand halten müssen, um das Verbrechen an ihr zu verhindern? Womit wollen Sie mich diesmal quälen?« Die letzte Frage hatte er mir gestellt, sehr leise.

Mit solchen Befragungen habe ich durchaus Probleme, denn, wie gesagt, es ist nicht immer leicht, Mitgefühl und Anteilnahme so zu dosieren, daß sie nicht die Arbeit behindern.

»Sie fragt nach deinem Alibi«, mischte sich der Arzt ein. »Das ist wirklich verrückt.«

Hainsbachs Augen weiteten sich, er lief rot an, das Blut fuhr ihm zusehends in die grauen Wangen.

»Wenn Sie uns gleich die Wahrheit gesagt hätten, müßte ich nicht nachfragen.«

Der Apotheker packte seinen Karren und zog ihn ein paar Schritte weiter, dabei sah es so aus, als hätte sich der Karren in eine Gehhilfe verwandelt.

»Ich habe meine Aussage gemacht und habe ihr nichts hinzuzufügen.« Er schrie heiser, der Arzt blickte sich nach Zuhörern um.

»Herr Hainsbach, Sie kommen morgen in mein Büro, um zehn Uhr, und werden noch einmal aussagen und Ihre Aussage als amtliches Dokument unterschreiben.«

Ich ging über den Rasen zurück, konnte es aber nicht lassen, mich umzudrehen. Der Arzt war an Hainsbach herangetreten, redete auf ihn ein, klopfte ihm auf die Schulter, und dann setzten sich die beiden mit ihren Wägelchen in Bewegung, Hainsbach gebeugt, als würde er schwere Säcke hinter sich herziehen.

Obwohl ich die Nase für diesen Tag gestrichen voll hatte und mich unversehens wieder eine Hustenattacke überfiel, bog ich zum See ab. Ich mußte die Tatsache verdauen, daß ich die Unterredung mit dem Apotheker falsch angefaßt hatte. Es wäre notwendig gewesen, vorher die andere Kraft, die approbierte, zu befragen, wie ich es vorgehabt hatte, dann hätte ich über zwei Aussagen verfügt, gegen die Hainsbach seine Behauptung, nur für eine Viertelstunde die Apotheke verlassen zu haben, nicht hätte aufrechthalten können. Es würde jetzt darauf ankommen, was diese zweite Kraft sagte, der die Wahrheit ja selbst nicht so ganz in den Kram zu passen schien und die sich vielleicht gern Hainsbachs Version zu eigen machte, nachdem er mit ihr geredet hatte. Wir würden aller Wahrscheinlichkeit nach auf ebenso hartnäckiges Lügen und Leugnen stoßen wie bei Julius.

Ich setzte mich auf eine Bank. Vor mir schob sich ein Holzponton über die Uferzone, an ihm waren kleine bunte Ruderboote festgemacht, die unbewegt auf dem Wasser lagen. Ein Abendfrieden beherrschte das Bild, der mich nicht erreichte.

Enten schwammen heran. Ein dunkles Vögelchen mit einem weißen Fleck am Kopf stelzte über die Bordkante eines Bootes und gab leise Geräusche von sich. Überhaupt war die Luft von Lauten erfüllt, ich hatte mehr Stille erwartet. Plärren, Trillern, Quaken von den Enten, zumindest glaubte ich Enten zu hören. So ähnlich, aber weniger vielfältig hatte es an dem See in den Drosten Tannen geklungen und auch am Altarm des Rheins bei Wesel.

Es war doch kein Zufall, daß beide Leichen an Seen gefunden wurden, dahinter steckte eine Idee des Täters, die wir nur noch nicht verstanden.

Eine Ente watschelte heran, sie zeigte keinerlei Scheu vor mir. Früher hatten wir die Tiere gelegentlich gefüttert, meine Töchter warfen ihnen Brotbröckchen zu und amüsierten sich über den ausbrechenden Streit um das Futter. Diese Wasservögel gehörten einfach zu der Szenerie, die ohne sie vielleicht etwas leblos gewirkt hätte.

Der See war recht flach, aber das Wasser schien tiefgründig, denn die Bäume spiegelten sich in ganzer Länge, und dadurch erweiterte sich quasi der Raum nach unten. So ein See hat schon etwas Geheimnisvolles an sich, Märchenhaftes, besonders am Abend.

Am Ufer lagen ein paar Federn verstreut. Ich wußte nicht, warum ich aufstand und sie aufsammelte. Mechanisch strich ich sie glatt und dachte, daß Braun auf jeden Fall die falsche Farbe sei.

Ich bin eingenickt, seitlich auf die Bank gesackt und wäre fest eingeschlafen, wenn mich nicht jemand wachgerüttelt hätte. Benommen richtete ich mich auf, vor mir stand ein junger Mann in enger Hose und T-Shirt, er trat unentwegt auf der Stelle.

»Fehlt Ihnen was?«

Möglicherweise hielt er mich für angetrunken, er tänzelte ein bißchen rückwärts. Schweißflecken färbten das Shirt an diversen Stellen dunkel.

»Soll ich Hilfe für Sie holen?«

An der Besorgtheit seines Blickes konnte ich mir ausmalen, wie seltsam ich auf ihn wirken mußte.

»Lassen Sie nur, es geht schon wieder, und sprinten Sie bloß weiter, oder Sie fangen sich noch was ein in dem nassen Hemd. Ich hab's schon.«

Zur Bestätigung nieste ich, stand aber dabei auf.

Nach ein paar Metern hielt er mich an. »Was ist mit Ihren Federn?«

Der Jogger hatte seinen Ertüchtigungslauf längst wiederaufgenommen, da stand ich noch immer am See, ein Büschel Federn in der Hand, und grübelte darüber nach, ob es eine Bedeutung haben mochte, daß neben jedem der beiden toten Mädchen eine Feder gelegen hatte, eine strahlend weiße. Wahrscheinlich würde Patrick sagen, diese Frage sei typisch für Stadtmenschen, die nichts von Seen, Wäldern und Vögeln verstünden, er selbst stammt von einem Bauernhof aus der Gegend, nicht mitten aus Duisburg wie ich. Harry gegenüber würde ich eventuell ein Wort fallen lassen, er war ja derjenige, der die Funde zu horten und zu untersuchen hatte.

Es gelang mir, das Auto unfallfrei nach Hause zu lenken, wobei Glück und ein spärlicher Verkehr eine größere Rolle spielten als meine Restfahrtüchtigkeit. Ich konnte weder klar sehen noch klar denken.

»Jetzt kommst du erst?« begrüßte mich Katia.

Ich wischte den Vorwurf beiseite. »Herzchen, wo ist Papa?« Mit einer Hand hielt ich mich am Treppengeländer fest, um mich nach oben zu ziehen, dem heißen Bad und dem Bett entgegen.

»Papa ist mit Laura weg. Sie drehen eine Runde um den Bagnosee.«

Ich überlegte, ob an der Aussage etwas mißzuverstehen wäre. »Wie lange sind sie weg? Zu Fuß, mit dem Rad?«

»Warum willst du das alles wissen?«

Dem Gesicht meiner Tochter, der Aura von Verlassenheit nach, waren die beiden nicht erst seit zwanzig Minuten unterwegs, und daraus ergab sich die Frage, warum ich ihnen nicht begegnet war. Von Rechts wegen hätte Detlev mich auf der Bank am See auflesen und mir seine Fürsorge angedeihen lassen müssen, dachte ich wehleidig. Auf einmal kam mir in einem Wirbel die Treppe entgegen.

»Mama!« hörte ich Katia noch schreien.

27. Juni

»Du weißt hoffentlich noch, was der Arzt vorgestern gesagt hat«, mahnte Detlev und schaute nicht sonderlich mitfühlend auf mich herab. »Er meinte, daß du die Erkältung verschleppt und viel früher ins Bett gehört hättest.«

Wir halten unseren Kindern nie eine Strafpredigt, wenn sie etwas angestellt haben und es ihnen deshalb schlecht geht, wir warten, bis sie sich erholt haben, und ich rechnete mit der gleichen Rücksichtnahme. Ich wischte mir über die Wangen, als hätte ich Tränenspuren zu beseitigen, so wie es Laura oder Katia getan hätten. Detlev setzte sich auf den Bettrand und sah mir in die Augen.

»Ich will nur, daß du wieder zu Verstand kommst. Du weißt ja nicht mehr, was du für Blödsinn anstellst. Federn sammeln und auf einer Bank einschlafen! Was fällt dir noch ein?«

»Daß es mir mies geht«, sagte ich betont kläglich.

Ich war froh, als er mich allein ließ. An den Abend konnte ich mich durchaus erinnern. Ich hatte einen Schwindelanfall erlitten, der rasch abklang, danach half mir Katia die Treppe hinauf, für ihre zehn Jahre ist sie sehr kräftig. Sie hat mir ein Bad eingelassen. Bevor ich in die Wanne stieg, habe ich vorsichtig einen Blick in den Spiegel geworfen und schnell weggesehen.

Während ich mir die schwarzen Ränder aus verlaufener Wimperntusche abzuspülen suchte und daran dachte, wie mich die PTA, Hainsbach und der Arzt gemustert hatten – als hätte ich einen Dachschaden –, hockte Katia auf dem Wannenrand und jammerte.

Selbst eine Teilzeitmutter, die zuviel Erziehungsarbeit delegiert, sehen Kinder ungern hilflos. Es macht sie unruhig und quengelig. Um Katia zu unterhalten und auch um ihr begreiflich zu machen, warum ich nicht ganz auf der Höhe war, habe ich vom Bagnosee erzählt, von den Federn und daß ich wohl etwas zu lange auf der kalten Bank geblieben bin. Ich hätte es besser für mich behalten sollen.

Laura stürmte die Treppe herauf, als ich es mir gerade im Bett bequem machte, ich hörte einen kurzen Wortwechsel der Mädchen, dann erschien Laura in der Schlafzimmertür. Ich bemühte mich, nicht zu leidend zu wirken.

»War's schön mit Papa?«

Sie zuckte mit den Schultern und sah an mir vorbei. »Papa kommt gleich nach, ich bin vorausgefahren.«

Also waren sie doch mit den Rädern unterwegs gewesen. Aber warum hatte ich sie nicht getroffen?

»Komm mal näher zu mir.« Widerstrebend trat sie an mein Bett und hockte sich mit einem Poviertel auf die Bettkante. »Geht's dir nicht gut, Kleines? Hast du dich mit Papa gestritten?«

Sie gab keine Antwort, ich faßte nach ihrer Hand, aber sie zuckte zurück und stand rasch auf.

»Ich hör Papa unten, ich geh in mein Zimmer.«

Ich wollte sie zurückhalten, um noch weiterzubohren, aber die Gedanken verschwammen, ich sank tiefer ins Kissen. Mich bedrückte nicht nur die Erkältung, sondern ebenso das Gesicht meiner Älteren, ihre Verschlossenheit. Sicher igeln sich Kinder, wenn sie erwachsen werden, ab und zu ein. Der Gedanke, daß Detlev sich Laura einmal vorgenommen hatte, nach ihrem Leistungsabfall und bei ihrem sonstigen Verhalten in der letzten Zeit, gefiel mir nicht, solche Alleingänge in der Erziehungsarbeit empfand ich als unfair. Ich war ja nicht ständig so eingespannt wie in den vergangenen anderthalb Wochen.

Wenn einer von uns malade ist, zieht der andere für die Nacht aus, Detlev quartierte sich daher im sogenannten Arbeitszimmer ein, einer Rumpelbude, in die alles hineinfliegt, was uns in den anderen Räumen stört. An eine Seite hatten wir eine mittelbequeme Couch gestellt. Ich hätte mich gern noch mit Detlev über Laura unterhalten, aber zuerst kam der Arzt und gab mir etwas ein, was mich zusätzlich schläfrig machte, dann packte Detlev sein Bettzeug zusammen und ließ sich weder aufhalten noch auf ein Gespräch ein.

»Schlaf jetzt«, brummte er keineswegs fürsorglich.

Den Freitag über hatte sich meine Familie offenbar verschworen, mich ihre Mißbilligung spüren zu lassen, daß ich es hatte so weit mit mir kommen lassen. Es gelang mir zwar nicht einmal, allein aufzustehen, um aufs Klo zu gehen, aber denken und reden konnte ich doch.

Einen Tag lang hörte ich nur: »Mama, du hast fast vierzig Grad Fieber. Du stirbst noch, wenn du keine Ruhe gibst.«

»Wir reden ein andermal, trink das jetzt.«

Ich muß trotz der Ermahnungen reichlich viel zusammengefaselt haben, von Federn und von Lars Entrop, obwohl ich zeitweilig nicht mehr ganz genau wußte, wer das war. Laura schaute ziemlich betreten drein, als ich von ihr wissen wollte, wo Lars wohnte und ob er auch gewalttätig gegen sie geworden war, auf alle Fälle sollte sie sich von ihm fernhalten.

Da ich tagsüber viel schlief, lag ich nachts wach oder halbwach. Irgendwann hörte ich jemanden die Treppe heraufstappen und Geflüster und Seufzen, vielleicht auch Stöhnen, das könnte ich mir aber eingebildet oder möglicherweise geträumt haben, denn mir war so, als hätte ich mich als Kind gesehen, und ich weiß noch, daß ein Einbrecher eine Rolle spielte, eventuell einer von den Glatzköpfen, die jetzt im Knast saßen.

Sonntag nachmittag kam mich Rohleff besuchen, ganz ohne die üblichen Aufmunterungen wie Blumen oder Weintrauben. Er zog sich umständlich einen Stuhl heran und ließ sich in einiger Entfernung von mir darauf nieder.

»Wie geht's?« fragte er.

Um eine bessere Verhandlungsposition bemüht, setzte ich mich aufrechter. »Nicht topfit, aber morgen kannst du wieder mit mir rechnen, ist schließlich nur ein Schnupfen.«

Rohleff legte den Kopf schief und musterte mich nachdenklich. »Was Detlev sagte, klang aber nicht danach, sondern mehr nach schwerer Bronchitis, verschleppter Grippe und ähnlichen üblen Sachen, die Zeit brauchen.«

»Hört sich nicht nach Detlev an, der allzu besorgte Ehemann ist keine Rolle für ihn.«

»Und vielleicht ist das kein Fall für dich.«

»Sondern für Patrick, der Mörder am liebsten mit der BMW jagt, oder für Harry, der ein bißchen Bewegung braucht, damit er in drei Jahren noch auf seinen Laborstuhl paßt?«

Rohleff grinste nicht mal. »Hainsbach war Freitag morgen um zehn Uhr da und randalierte ein bißchen, drohte sogar mit rechtlichen Schritten durch seinen Anwalt und obendrein, die Presse gegen unfähige Polizeiermittlung zu mobilisieren.«

»Der läßt nichts aus, was? Spielt Golf, dabei ist seine Tochter nicht mal beerdigt.«

»Das ist nicht der Punkt, Lilli.« Er schaute mich betrübt an, so daß ich mich dagegen wappnen mußte, mich schuldig zu fühlen. »Du hast uns was vorenthalten, nicht wahr? Harry machte eine Andeutung, als hätte er was von einem nicht ganz astreinen Alibi läuten hören.«

Ich war wütend auf Harry.

»Wie dem auch sei«, fuhr Rohleff fort, »Patrick und ich sind der Sache nachgegangen, aber die beiden Mitarbeiterinnen von Hainsbach haben wie zwei Austern dichtgemacht. Können sich an keine abweichenden Aussagen erinnern. Was hast du angestellt, Lilli?«

Am Morgen hatte ich verstohlen in meinen Unterlagen geblättert, die Mappe hatte ich mir heimlich herangeholt, als mich gerade niemand ermahnte, zu schlafen oder mich ruhig zu verhalten.

»Die PTA hat aber zugegeben, daß Hainsbach am 16. eineinhalb Stunden abwesend war. Ich habe sie nach Dienstschluß vor der Apotheke befragt.«

»Aber du hast keinen Zeugen für die Aussage, auch keine zweite Aussage, die die erste bestätigt. Da wird was aus Angst verschwiegen, wie von Julius.«

»Nur Angst vor dem Chef oder Angst vor der Ermittlungsbehörde, dem Pharmazierat? Scheidet Hainsbach für dich als Täter aus?«

»Wir haben nichts gegen ihn in der Hand außer einem wackligen Alibi, auf das wir uns deiner Blödheit wegen nicht berufen können. Kurier dich aus.«

Als er ging, drehte er sich in der Tür um. »Übrigens, Frau Becker hat angerufen, die Mutter von Tanja Becker, dem Kind aus dem Wesel-Fall.«

»Ich weiß, wer Frau Becker ist.«

»Ihr ist eine weitere Geschichte eingefallen. Tanja ist einem Prinzen begegnet, von dem niemand weiß, daß er einer ist, und der nicht wie ein Prinz aussieht. An mehr kann sich Frau Becker nicht erinnern, aber sie meint, es gehörte noch mehr dazu. Sie meldet sich, wenn ihr der Rest einfällt.«

Rohleff hatte mir verziehen, sonst hätte er mir diese Geschichte nicht erzählt, die alles in allem nach Märchen klang und nicht einen Funken Wirklichkeit enthielt, der unsere Ermittlung voranbringen würde.

29. Juni

Offiziell war ich weiterhin krank geschrieben, da das Fieber aber fast auf Normaltemperatur gesunken war, scherte ich mich nicht darum.

Eigentlich hatte ich ins Badezimmer gewollt, aber Lauras Tür stand offen, und so trat ich ein und überraschte sie dabei, wie sie das Ballett-Tutu vor dem Spiegel an sich preßte. Weiß bauschte sich das Röckchen um ihre schmalen Hüften, aus dem Spiegel schauten mir ihre Augen traurig entgegen, dann schüttelte sie den Kopf.

»Ich will ja sowieso nicht Tänzerin werden.«

Die Berufswünsche meiner Töchter stehen seit langem fest, Katia geht zur Sitte und Laura zur Mordkommission, Lehrer ist ihnen zu langweilig. Insofern überraschte mich die Erklärung Lauras nicht, nur die Traurigkeit, die verhaltene Stimme.

Ich nahm sie in die Arme, aber sie wehrte mich ab.

»Reiten wird dir Spaß machen, du magst es doch, draußen zu sein.«

Laura begann, in ihrem Schrank zu kramen, und wandte mir dabei den Rücken zu. »Ach, laß man, Mama.«

»Ich seh mir gleich die Reithalle an und den Weg dorthin, du bist ja kein Baby mehr.«

Sie zog die Ballettschuhe hervor. »Du bist aber noch krank, Mama.«

Das war halbwegs zutreffend, trotzdem war ich entschlossen, meine Bemühungen um das Wohl meiner Kinder nicht länger schlören zu lassen.

Das, was wir im Kopf haben, färbt unsere Wahrnehmung. In diesem Fall lag es an dem Wissen um Carolines Schicksal, das mich besorgt umherschauen ließ, als ich über schmale Straßen an Wiesen, Feldern und Wäldchen vorbei zur Reithalle fuhr. Es war mir zwar ein Bedürfnis, Lauras Wünschen entgegenzukommen, um sie wieder heiter und entspannt zu sehen und mit Appetit beim Mittagessen, die alten Bedenken ließen sich aber nicht ausräumen, denn sonderlich belebt zeigten sich die Feldstraßen selbstverständlich nicht. Gegen die Reithalle an sich hätte ich schlecht etwas einwenden können, ihr Betrieb schien mir ganz in Ordnung, nicht anders als der in Borghorst.

Die gelben Rastalocken und die Ringe waren unverkennbar. Ich gebe zu, daß sich mein Magen zusammenzieht, wenn ich so etwas sehe, obwohl ich mir einbilde, meine Vorurteile in Zaum zu halten.

Auf dem Weg zum Hof seiner Eltern hatte ich Lars Entrop überholt, er schob sein Rad, weil er einen Platten hatte. Ich hielt an und stieg aus dem Wagen.

»Brauchst du eine Luftpumpe?«

Er blieb stehen, betrachtete mich wachsam, dann flog ein Lächeln über sein Gesicht, nicht mehr als ein Aufblitzen, der Silberring in der Oberlippe blinkte. Ignorierte man das Beiwerk, fiel auf, daß Lars Entrop gut aussah, sogar einen lässigen Charme verbreitete, den er sofort wieder zurückzunehmen suchte. Wie hatte er auf ein Mädchen wie Caroline gewirkt?

»Hat keinen Zweck, hab einen Nagel im Reifen.« Er schob das Rad wieder an.

»Da ist noch etwas. Du kanntest Caroline Hainsbach.«

Er ließ mich stehen.

»Wir können uns ebensogut auf dem Hof deiner Eltern unterhalten oder auf der Polizeiwache«, rief ich ihm nach.

Lars schaute sich nicht nach mir um, ging aber auch nicht weiter, sondern lehnte sich am Straßenrand gegen das Rad. Als ich ihn erreichte, zog er eine Schachtel Zigaretten aus der Tasche, steckte sich eine an, hielt mir wortlos die Schachtel entgegen und vermied dabei direkten Blickkontakt. Vermutlich sollte das Angebot ein Test sein.

»Nein danke«, sagte ich knapp.

Lars paffte Rauchringe in die Luft und wartete.

»Wie gut kanntest du Caroline?«

Er schwieg.

»Frau Schimmel hat mir von einer Auseinandersetzung zwischen dir und Caroline auf dem Schulhof erzählt, in der Pause.«

»Kann mich nicht daran erinnern.«

»Das kommt vom Rauchen, schlägt aufs Gedächtnis, wenn man früh damit anfängt.«

Seine Augen blitzten amüsiert auf. »Hat die Alte gepetzt? Hat mich nachher angeraunzt, dabei war gar nichts.«

In Gedanken rechnete ich es der Lehrerin an, daß sie den Rowdy ins Gebet genommen hatte, bezweifelte aber den Nutzeffekt dieser Maßnahme.

»Was ist nichts?«

Lars blickte über die Schulter in eine Wiese, auf der eine Gruppe schwarzbunter Kühe weidete.

»Kleine Kabbelei; haben Sie früher nie mit Jungs rumgemacht?« Plötzlich sah er mich an, sein Blick war sehr viel offener, als ich erwartet hatte. »Tut mir leid, das mit Caro.«

Kein Zweifel, der Bursche hatte was an sich, das gewisse Etwas, Attraktivität, gepaart mit einem Schuß Aggressivität, eine explosive und unwiderstehliche Mischung, wenn man im dafür empfänglichen, noch halbgaren Alter war. Als wäre ihm bereits das leise Eingeständnis von Betroffenheit unangenehm, warf er die Zigarette weg und schob das Rad wieder an.

»Wann hast du Caroline zuletzt gesehen?«

Er machte nur eine unbestimmte Geste mit der erhobenen Hand und schaute sich nicht mehr um.

Bedauerlicherweise fehlte Detlev beim Mittagessen, er traf sich in Münster mit einem Bekannten, dabei hatte ich die Absicht, einmal mehr seine Gutmütigkeit auszunutzen. Ich hatte gebratene Hähnchen von einem Stand vor dem Supermarkt mitten in der Stadt besorgt und sie mit Tomaten-Gurken-Salat garniert, umging das Thema Reiten bis zum Nachtisch und näherte mich dem damit verbundenen Problem auf einem kleinen Umweg. Wir löffelten Sahnejoghurt abwaschsparend aus Plastikbechern.

»Lars Entrop muß auf dem Schulweg jeden Tag an der Reithalle vorbeikommen.«

»Hat er was gesagt?«

Laura kratzte angelegentlich mit dem Löffel im Becher, ich überlegte, was ich ihr von der Unterredung mit dem Jungen mitteilen sollte, denn schließlich war er ja einer ihrer Schulkameraden.

»Hat er was gesagt, Mama?«

»Der hat jede Menge ausgefressen, darauf wette ich«, mischte sich Katia ein. »Ich würde nicht allein zur Reithalle fahren und ihm unterwegs begegnen wollen.«

»Du bist eine blöde Kuh.«

»Warum willst du wissen, was er gesagt hat?« fragte ich.

»Vergiß es.«

Auf einmal hatte ich den Eindruck, daß etwas an mir vorbeilief und wir eine Unterhaltung führten, bei der die wichtigen Dinge ungesagt blieben, das war neu für unsere Familie. Andererseits hatte ich nicht die Absicht, das Thema Lars zu vertiefen, es sollte ja nur den Einstieg bilden.

»Sieht ein bißchen komisch aus, der Junge, mit einem Ring in der Lippe, der beim Sprechen zittert. Ich könnte so was gar nicht aushalten.«

»Das merkt der nicht, der kennt keinen Schmerz, und wenn er sich mit anderen prügelt ...«

»Was ist nun mit dem Reiten«, fuhr Laura ihrer Schwester dazwischen.

»Ich habe gedacht, wenn Papa dich hinfährt, wenigstens am Anfang ...«

Laura stand auf. »Vielleicht will ich gar nicht mehr reiten.«

Ich gab es auf, aus ihr klug werden zu wollen.

Am Nachmittag, auf dem Weg zum Krankenhaus, fragte ich mich, ob ich eventuell dem diffusen Charme von Lars erlegen wäre und ihn deshalb hatte ziehen lassen. Immerhin konnte er mit Caroline das gleiche angestellt haben wie mein Vetter Theo mit mir. Charme hatte Theo ebenfalls gehabt, und anfangs hatte ich nicht begriffen, was er mit mir vorhatte. Viel ist damals allerdings nicht passiert, es ist auch kein bleibender Schaden entstanden.

Bettina Hainsbach hatte ein Einzelzimmer auf der internistischen Station bezogen, ein großes, spartanisch eingerichtetes, das für wenigstens ein weiteres Bett Platz bot. Auf der Intensivstation hatte ich keine Blumen erwartet, hier fiel ihr Fehlen auf, auch sonst gab es so gut wie keine persönlichen Gegenstände auf dem mattglänzenden Metalltisch neben dem Bett, lediglich eine Mineralwasserflasche mit einem Glas, die die Sterilität des Raumes noch betonten.

Unter diesen Umständen verwunderte es nicht, daß Bettina Hainsbach mir mit einer gewissen Neugier entgegenschaute. Offenkundig hatte sie sich zumindest körperlich erholt, sie strahlte sogar Gelassenheit aus.

»Sie sehen nicht gut aus«, sagte sie beinahe heiter zur Begrüßung.

»Schlecht geschlafen«, sagte ich ausweichend, es war ja möglich, daß sie sich vor Grippeviren und Bazillen fürchtete.

»Ich dachte, Sie sind erkältet. Bei dem Wetter fängt man sich leicht was ein, erst war's so heiß, dann kalt, Sie sollten aufpassen.«

Ich angelte nach meinem Notizbuch. Sie hatte mich ein bißchen aus dem Konzept gebracht, und ich brauchte einen neuen Anlauf, um zur Sache zu kommen.

»Wir haben etwas herausgefunden, wir sind uns dessen jedenfalls ziemlich sicher. Caroline hat die Geigenstunde als Vorwand benutzt, um sich mit jemandem zu treffen.« Ich spähte von meinem Notizbuch zu ihr hoch, sie blieb gelassen. »Haben Sie jemals daran gedacht, daß sie bereits längere Zeit mißbraucht worden sein könnte? Sexuell mißbraucht?«

»Was?« Sie hatte leise aufgeschrien. »Aber das würde sie nie mitmachen.« Bettina Hainsbach atmete heftig ein.

Hätte sie nie mitgemacht, es war ihr wohl gerade bewußt geworden, daß sie sich nicht korrekt ausgedrückt hatte, und sicherlich setzte ihr der Gedanke an einen längeren Mißbrauch zu, von dem sie bestimmt eine falsche Vorstellung hatte. Es konnte zwar nicht ein Vetter wie Theo gewesen sein, die Verwandten der Hainsbachs wohnten weit weg, aber vielleicht ein Bursche wie Lars Entrop, der seine Attraktivität und die Naivität und notorische Folgsamkeit des Mädchens auszunutzen verstand.

Meine Verwandten hatten damals begonnen, mich mit meiner angeblichen Vorliebe für Theo zu necken, als diese längst abflaute, weil Theos Nähe unangenehm wurde, lästig und aufdringlich. Und doch hatte ich mich nicht dagegen wehren können, denn Theo war viel zu geschickt bei seinen kleinen Übergriffen, die zufällig anmuteten, von außen harmlos, nur ich fühlte mich schlecht dabei.

»Sie haben nie viel über Sexualität mit Ihrer Tochter geredet.«

»Was wollen Sie mir vorwerfen? Ich habe Caroline nicht unwissend aufwachsen lassen, sicher haben wir über diese Dinge gesprochen.«

Ihre Ausdrucksweise verriet genug, ich konnte mir ihre Hemmungen, »diese Dinge« anzusprechen, vorstellen und die Erleichterung, wenn sie ihrer Pflicht genügt hatte.

»Hat Caroline von Lars Entrop erzählt?«

Ihr erstaunter Blick enthielt die Antwort, bevor sie diese aber ausgesprochen hatte, ging die Tür hinter meinem Rücken auf. Ich hörte zwei Schritte, denen kein weiterer folgte, und drehte mich langsam um.

Hainsbach sah so aus, als würde er das Zimmer lieber umgehend wieder verlassen, aber auf einmal stürmte er auf mich zu.

»Was tun Sie hier? Gehen Sie, sofort.«

»Gerd!«

Hainsbach drängte sich an meinem Stuhl vorbei, ließ sich auf die Bettkante fallen und legte ungeschickt einen Arm um seine Frau, er preßte sie geradezu an sich.

»Sie wird dich anstecken. Es ist unverantwortlich von ihr, dich wieder zu belästigen.«

Bettina Hainsbach machte sich vorsichtig frei. »Ich fürchte mich vor keiner Ansteckung, ich fürchte mich vor nichts mehr.«

Verlegen rückte er ein Stück ab, stand auf und stellte sich an das Fußende des Bettes. »Das ist nicht vernünftig, Bettina.«

Ich schaltete mich ein. »Da Sie gerade hier sind, Herr Hainsbach: Wir haben unsere letzte Unterredung nicht zu Ende geführt. Wir müssen uns noch über die Problematik Ihrer Beziehung zu Ihrer Tochter unterhalten.«

»Was wollen Sie?« Er lief beängstigend rasch dunkelrot an. »Sie unterstellen mir allen Ernstes, ich hätte meine Tochter ...« Weiß schimmerten die Knöchel an seinen Händen, mit denen er den Metallholm am Fußende umklammerte. »Ich möchte Sie am Kragen packen und rauswerfen.«

»Kann ich mir denken«, sagte ich kühl.

»Nein, das würde er nie tun, das nicht. Bitte, Gerd, reg dich nicht so auf«, sagte Bettina.

»Findest du das gerecht? Daß ich mit solchen Anschuldigungen konfrontiert werde?« Mit einer hilflosen Geste wischte er sich über das Gesicht. »Ich komme später wieder, wenn ...«

Er ging, ohne sich zu verabschieden, wir lauschten auf das Einklinken der Tür, die er sehr sorgfältig hinter sich schloß.

»Immer sind die Männer unter Verdacht.« Der Auftritt ihres Mannes schien ihr nicht viel ausgemacht zu haben.

»Männer neigen von Natur aus zur Gewalttätigkeit. Sie haben

das sozusagen im Blut, alle Männer, auch Ehemänner, ebenso Väter«, fiel ich ein.

»In welcher Illustrierten haben Sie das gelesen?« Bettina Hainsbach lächelte etwas spöttisch. »Gerd hätte sich nie an Caroline vergriffen, er hat sie viel zu sehr geliebt, so etwas würde er nicht tun, das nicht. Er leidet stärker als ich. Früher hatte ich immer Angst, jetzt nicht mehr.« Ihre Ruhe begann mir auf die Nerven zu gehen. »Ich weiß, daß Sie mich für eine überängstliche Mutter halten, und Sie haben recht damit. Immer mußte ich mich vergewissern, daß sie da war, daß sie lebte, ständig hatte ich Furcht, sie zu verlieren, nun ist die Angst verschwunden.«

In Schränken wühlen, Schubladen durchkramen ... Ihre Stimme hatte einen Unterton, der mich hätte anrühren sollen, aber ich empfand nur Widerwillen.

»Lange vor Caroline hatten wir einen kleinen Jungen. Er starb mit drei Jahren an Meningitis.«

»Hirnhautentzündung«, sagte ich mechanisch.

»Können Sie sich vorstellen, wie es ist, wenn alle Angst plötzlich weg ist?«

»Bringt Ihnen Ihr Mann nie Blumen mit?« fragte ich leise.

»An so etwas Banales denkt er schon lange nicht mehr.«

Ich vermochte nicht zu verhindern, daß ich mir ernsthaft Sorgen um sie machte, dabei schaute sie mich immer noch gelassen an, fast gespenstisch heiter.

»Kommen Sie wieder, ich will alles wissen, Sie müssen mir alles erzählen, absolut alles, vor allem wer's war, damit ich mich immer daran erinnere, daß es sie wirklich gegeben hat.«

Abends rief Rohleff an. Wir saßen alle vier vor dem Fernseher, und ich ödete mich ein bißchen bei einer Sportübertragung – diesmal ging es um Tennis –, genoß es aber um der Stimmung willen. Es lag eine satte Zufriedenheit über uns, wobei »satt« wörtlich zu verstehen war, denn auch meine Elfe Laura hatte das Abendessen nicht verschmäht, so daß mich im Augenblick keine Gedanken um Magersucht und ähnliche Unerfreulichkeiten behelligten.

Laura saß ganz außen und umarmte ein Sofakissen, trotzdem sprang sie als erste auf, als sich das Telefon meldete. Sie drückte mir den Apparat in die Hand und verdrehte dabei die Augen.

»Dein Chef«, sagte sie, bevor sie sich zurück ins Sofa fallen ließ.

Ich zog mich mit dem Telefon ans Fenster zurück und beobachtete, wie sie nach dem Kissen griff, mich aber im Auge behielt.

»Du bist Rekonvaleszentin«, meckerte Rohleff.

»Und du rufst mich nur an, damit ich das nicht vergesse?«

»Unterbrich mich nicht«, fauchte er. »Hainsbach hat sich wieder über dich beschwert. Daß du Bazillen bei seiner Frau einschleppst.«

»Die seine Ehe zusätzlich belasten?«

»Lilli, ich habe deine Alleingänge satt. Vorhin habe ich mir Hainsbachs Apothekerin noch einmal vorgenommen.«

»Und?« Die Unterhaltung fing an, spannend zu werden, ich drehte mich um und schaute zum Fenster hinaus. Hinter mir schrie Detlev irgend etwas, ich werde nie verstehen, wie man sich als Erwachsener über Sport derart erregen kann.

»Morgen um neun Uhr findet eine Befragung von Hainsbach statt, sei pünktlich.«

»Du willst mir doch bestimmt mehr erzählen, Karl«, schmeichelte ich.

»Ich hab Feierabend«, schnauzte er.

»Dann willst du nichts von meiner interessanten Unterredung mit Lars Entrop wissen?«

»Bis morgen.« Rohleff hatte das Gespräch beendet.

Ich hatte nicht erwartet, daß er sich freute, mich wieder im Team zu haben, aber daß er zumindest eine gewisse Anteilnahme an meinem noch lädierten Zustand bekundete, eventuell auch eine sparsame Anerkennung meiner Bereitschaft äußerte, für diesen Fall meine Gesundheit aufs Spiel zu setzen. Wehleidig gestimmt, wandte ich mich wieder meiner Familie zu, die sich ohne mich amüsierte.

Laura allerdings betrachtete mich aus schmalen Katzenaugen, vorgebeugt, das Kissen an sich gepreßt, ein Stück von den beiden anderen entfernt.

»Was hat er gesagt?« fragte sie.

»Er freut sich schrecklich, daß ich morgen wieder zum Dienst komme.«

Laura schien noch etwas sagen oder fragen zu wollen. »Laß gut sein, Kleines, das geht dich alles nichts an.«

Hainsbach erschien überpünktlich, wir hatten kaum Zeit, unsere verschiedenen Rollen abzusprechen.

Patrick machte den Angreifer. »Sie waren am 16. Juni eineinhalb Stunden nicht in der Apotheke, Sie haben den Wagen aus der Werkstatt geholt und danach auf Ihre Tochter gewartet, auf dem Parkplatz hinter der Hohen Schule.«

Erstaunlicherweise hatte Hainsbach etwas von seiner Selbstsicherheit zurückgewonnen. »Ich kenne einen der Staatsanwälte und werde ihn über Ihr Ermittlungsverfahren informieren, Ihre Art, meine Familie zu schikanieren, mich und meine Frau fertigzumachen, weil Ihnen sonst nichts einfällt und Sie einen Mörder präsentieren müssen.« Er hob kaum seine Stimme.

»Wir kennen alle Staatsanwälte«, fertigte ihn Rohleff ab.

»Soll ich das ins Protokoll aufnehmen?« hakte ich ein.

Die Befragung glich zunehmend einer schlecht einstudierten Komödie. Je mehr Patrick Hainsbach bedrängte, desto sturer wehrte dieser jede Beschuldigung ab und blieb bei seiner bereits bekannten Aussage, als könne er damit die Wirklichkeit nachträglich zurechtrücken. Seine Apothekerin hatte Rohleff gegenüber ihre eigene Abwesenheit zugegeben und daß sie Hainsbach bei ihrer Rückkehr nicht angetroffen hatte, außerdem hatte sie durchblicken lassen, daß er auch sonst hier und da eine Stunde anderswo zubrachte.

Ich erinnerte mich auf einmal an eine Bemerkung Bettina Hainsbachs am Vortag, die ich glatt überhört haben mußte, obwohl sie sogar zweimal fiel. Sie traue ihrem Mann den Mord an seiner Tochter nicht zu, das nicht.

In den nachfolgenden Tagen gaben Hainsbachs Angestellte nach mehrfacher Befragung immer detailliertere Auskünfte, die allerdings ohne die geringste Wirkung auf Hainsbach blieben, als wir ihn damit konfrontierten. Er räumte zwar durchaus Abwesenheiten ein, eine halbe Stunde hier und da, lehnte es aber grundsätzlich ab, als unbescholtener Bürger zu seinem Tun und Treiben Stellung zu nehmen. Ich führte diesmal nicht das Protokoll und nutzte die Gelegenheit, ihn sehr genau zu beobachten. Er wirkte kantiger, wie ein Stück Holz.

»Wie ist Hainsbach so als Chef?« fragte ich einmal die PTA.

»Der netteste, den ich jemals hatte«, antwortete sie und grinste, als sie mein überraschtes Gesicht sah. »Das hätten Sie nicht gedacht, was? Ist aber wahr. Der macht kein Theater, wenn man mal etwas früher gehen will oder krank wird, der bringt einem in dem Fall sogar die Medikamente nach Hause.«

»Um zu kontrollieren, ob Sie wirklich krank sind.«

»Solche miesen Bemerkungen gehören wahrscheinlich zu Ihrem Beruf, das darf man Ihnen wohl nicht übelnehmen. Ob es Ihnen paßt oder nicht, Hainsbach ist als Chef in Ordnung.«

»Deshalb fällt es Ihnen so schwer, ihn in die Pfanne zu hauen?«

»Auf die Pfanne kommen Sie erst mal. Mit dem Tod der Kleinen hat er jedenfalls nichts zu tun.«

Bettina Hainsbach war nach über einer Woche aus dem Krankenhaus entlassen worden, ich suchte sie danach zu Hause auf. Sonderlich überrascht reagierte sie nicht auf die Ergebnisse unserer Befragungen, sie konnte oder wollte mir aber nichts sagen, was das Verhalten ihres Mannes erhellte, dabei vermied sie es, meinem Blick zu begegnen.

»Lassen Sie meinen Mann in Ruhe«, bat sie höflich, »lassen Sie uns alle in Ruhe. Kommen Sie nur wieder, wenn Sie wirklich eine Spur haben.« Sie schwieg einen Moment. »Kann ich das Zimmer meiner Tochter aufräumen?«

Ich verstand sie nicht. »Was meinen Sie damit?«

»Ihre Sachen aus den Schränken räumen. Kleidung, Wäsche, sie trägt sie ja nicht mehr.«

Als ich mich verabschiedete, überlegte ich, ob ich den Notfallseelsorger bitten sollte, noch einmal nach ihr zu sehen, die Atmosphäre in diesem Totenhaus tat ihr nicht gut.

Julius Steiner hatten wir dann so weit, daß er zugab, Caroline mit immer größerer Regelmäßigkeit früher aus dem Unterricht entlassen zu haben, und zwar nicht erst zehn Minuten vor Schluß der Stunde. Er beteuerte übrigens mehrfach, daß ihm das Mädchen leid getan hatte. Der unverständige Elternehrgeiz und die Kontrolle hatten Caroline bedrückt, und ihn hatte es gefreut, wie sie aufgeblüht sei, als er ihr ein bißchen Freiheit schenkte. Der arrogante Hund hätte Prügel verdient.

Wir saßen fest mit unserer Ermittlung, so fest, daß ich abends sogar wieder pünktlich nach Hause kam.

Einmal hatte ich Harry auf die Federn angesprochen, ich war zu ihm ins Labor hinuntergestiegen, und Patrick war mir gefolgt, weil er ebensowenig wie wir anderen wußte, wo wir noch ansetzen konnten.

»Was ist mit dieser Feder?« fragte ich.

Harry grunzte nur. Er saß vor seinem Computer und starrte auf den Monitor, der zwei Reihen von Fingerabdrücken zeigte.

»Diese weiße Feder. Neben Tanja Becker lag doch ebenfalls eine.«

Harry fuhr auf dem Drehstuhl herum. »Die Hühnerfeder?«

»Keine Hühnerfeder«, sagte Patrick.

»Dann von mir aus 'ne Feder von Kranich oder Ente, was weißt du denn davon, du bist Polizist, und bei euch zu Hause machen sie in Schweinen.«

»Patrick hat aber einen Jagdschein«, insistierte ich.

»Ich kann auch so eine Hühnerfeder von einer Entenfeder unterscheiden oder«, er hob die Stimme, »von der einer Gans.«

Harry wuchtete sich aus seinem Stuhl. »Hätte der Hobbyornithologe Spaß an einer Wette? Zwei Lagen Bier und Korn für uns drei, wenn du nicht ins Schwarze triffst?«

Wie ich es gehofft hatte, kramte Harry die Feder hervor. Patrick strich über den Kiel und bog ihn vorsichtig.

»Die hat 'nen Knick.«

»Deshalb kannst du den Vogel nicht bestimmen?«

Patrick bestand zunächst auf Gans, Harry widersprach, er ließ nur Graugänse gelten, schließlich lag der Teich ein paar Kilometer vom nächsten Bauernhof entfernt, und nur Graugänse wären echte Wildgänse, behauptete er. Ich ließ die beiden noch über Störche und Schwäne streiten, ging zurück in mein Büro und wühlte mich dort durch abgeheftete Notizen, bis ich auf eine Randbemerkung stieß. Die Feder, die neben Tanja gelegen hatte, wies ebenfalls einen Knick auf. Ich mochte nicht an einen Zufall glauben. Um die Vogelart hatte sich in Wesel niemand Gedanken gemacht.

Die Vogelfrage hatten wir bei Dienstschluß nicht hinreichend geklärt, Harry und Patrick gaben jeder eine Lage aus, und es lag nicht nur an dieser Teilung, daß wir am nächsten Tag nicht mehr auf die Frage zurückkamen. Wir hatten anderes zu tun, etwa ab vier Uhr nachmittags.

Rohleff hielt den Hörer ans Ohr, diesmal suchte er nicht meinen Blick, er starrte konzentriert auf die offene Tür, während er barsch ein paar Anweisungen gab.

»Ringfahndung, alle aus der Bereitschaft, die abkömmlich sind, in mein Büro, aber dalli.« Er ruderte heftig mit einem Arm, winkte uns zu sich heran und sprach dabei weiter ins Telefon: »Horstmar, Schöppingen, Leer, Laer, Borghorst, Burgsteinfurt. Hab ich ein Kaff vergessen?«

»Eggerode, Tinge«, fiel Patrick ein, »und Darfeld«, fügte er hinzu.

»Um was geht's?« fragte ich.

»Dunkler Wagen, Typ Limousine, ein Mann am Steuer.«

»Na, wenn das nichts ist.«

Wenig später stieg ich zu Harry in den Wagen, nachdem er seine Tasche auf den Rücksitz geworfen hatte.

»Weißt du, wie wir am schnellsten hinkommen?« fragte ich.

»Links ab vor Horstmar, dann quer durch die Walachei«, brummte Harry, »wir fragen bei der ersten Sperre nach.«

Wir erreichten sie gleich hinter Burgsteinfurt, unsere Leute vermochten uns aber keine genaue Auskunft zu geben, sie hatten überdies viel zu tun. Vier Uhr nachmittags heißt bei uns rush hour, es waren ja nicht alle in die Ferien gefahren, und wer um diese Zeit nach Hause wollte, stand jetzt erst einmal vor dem Ortsschild. Ein paar Autofahrer maulten.

Die Ringfahndung glich einem grobmaschigen Netz, das wir nach einem Hai oder einer anderen Bestie auswarfen, auch Wölfe könne man mit Netzen fangen, hatte Patrick behauptet. Die Beamten spähten auf Rücksitze, ließen sich Kofferräume öffnen, stellten Fragen, notierten sich Autonummern. Wir fuhren weiter bis Horstmar. Das gleiche Spiel, dabei war es sehr wahrscheinlich, daß der Gesuchte längst weiter als bis Horstmar gekommen war, das etwa drei Kilometer vom Tatort entfernt lag. In dieser Schlange wurde bereits etwas mehr geflucht.

Obwohl wir in Eile waren, mußten wir ein bißchen warten, bis wieder jemand Zeit für Erklärungen hatte. Das Wegenetz links der Straße, in der Bauerschaft vor Horstmar, ist nicht weniger kompliziert angelegt als das bei Burgsteinfurt.

Aus einem der Wagen, die vor uns hielten, klang gedämpft Musik herüber, irgend etwas Klassisches, das ich schon einmal gehört hatte. Als wir quer über die Straße wendeten, erhaschte ich einen Blick auf das Auto, jedenfalls dachte ich, daß es der Wagen wäre, aus dem die Musik schallte. Ein Arm lag in dem weit heruntergedrehten Fenster, die Hand schlug den Takt, da regte sich einer nicht über die Verzögerung auf und würde wahrscheinlich auch die Fragen gelassen nehmen. Ein dunkler Wagen.

Wir mußten ein Stück zurückfahren, bevor wir in die richtige Feldstraße abbiegen konnten. Dann ging es ein paarmal nach links und rechts, bis ein Schild darauf hinwies, daß die weitere Durchfahrt offiziell nicht erlaubt war. Wir waren an Weiden und Äckern vorbeigekommen, offenem Land, von den roten Dächern breit gelagerter Höfe gesprenkelt.

Nach der letzten Kehre nahm uns eine Allee auf, hohe alte Bäume säumten die Straße, Efeu kroch die Stämme hoch, einen hatte ein Blitz gespalten. Links hinter den Bäumen fiel der Randstreifen zu einem breiten Graben ab, ich erhaschte einen Blick auf trüb blinkendes Wasser. Aus dem Graben erhob sich auf der anderen Seite ein baumbestandener Wall, dahinter schimmerte Mauerwerk durch dunkles Laub, ein bißchen Efeu haftete an rotem und weißem Stein, ein verwunschenes Gemäuer mit düsteren Fenstern, ein kleines Dornröschenschloß. Rechts der Straße ragten zwei Torpfeiler ohne Tor auf, der Efeu hatte sich hier tief in Ritzen und Fugen des roten Backsteinmauerwerks gekrallt und ließ es malerisch bröckeln. Ich nahm mir vor, später zurückzukehren, wenn wieder Stille herrschte, um all diese Märchenbilder ganz genau zu betrachten.

Zwischen den Backsteinpfeilern führte ein Trampelpfad nach rechts durch ein Wäldchen und zum Tatort. Stimmen schwirrten von allen Seiten, die übliche Geschäftigkeit herrschte, Wagen an Wagen parkte in langer Reihe, dazwischen eingeklemmt, fielen ein paar bunte Fahrräder auf.

Neben einem der Torpfosten drängte sich ein Trüppchen von der Hektik irritierter Menschen zusammen, eine Familie. Blasse Stadtgesichter über bunten T-Shirts. Die Eltern mochten Ende Dreißig sein, sie trugen kleine Rucksäcke, Kniehosen aus festem Stoff und ordentliche Sportschuhe. Der Vater redete auf Rohleff ein.

»Ich will meine Kinder hier herausbringen, und zwar sofort, ich habe Ihnen alles Wesentliche am Telefon gesagt und sehe nicht ein, daß meine Jungen unter alldem leiden sollen.«

Der jüngere, vielleicht acht Jahre alt, drückte sich an die Mutter, der ältere stand ein Stück abseits und schaute sich um. Ein brauner Strubbelkopf mit wachen Augen.

»Ich würde gern auf die beiden Rücksicht nehmen, aber Sie müssen vorerst bleiben, tut mir leid.«

»Wir bleiben nicht, Sie können uns nicht festhalten, wir haben nichts verbrochen.« Der Vater sprach mit fester Stimme, er streckte eine Hand nach dem größeren Sohn aus, der zögernd dem Wink folgte.

Harry hatte sich mit gewohnter Behendigkeit an der Gruppe vorbeigeschlängelt, ich war wie angenagelt stehengeblieben.

»Laß mich das machen, Karl.« Ich wartete gar nicht ab, daß Rohleff etwas entgegnete. »Kommen Sie mit mir.«

Erleichterung glitt über das Gesicht der Mutter, schnell trat sie mit dem kleineren auf mich zu, erwartungsvoll schaute er zu mir auf.

»Wie heißt du?« fragte ich und lächelte ihn an.

»Tim.«

Den anderen hielt der Vater an der Hand, obwohl er dafür eigentlich zu alt war. Ich wandte mich zu ihm um.

»Oliver«, sagte er bereitwillig.

»Was habt ihr gemacht, Oliver?« Ich steuerte auf die Fahrräder zu. Oliver schob sich neben mich und zögerte mit der Antwort.

»Welches ist deins?« fragte ich, als wir die Räder erreichten.

»Das blaue.«

»Gelsattel, Rennradlenker, wieviel Gänge?« legte ich scheinbar sachkundig nach.

»Acht.«

»Die Marke kenne ich, meine Tochter Katia hat das gleiche Rad, aber natürlich keins mit Stange.« Das stimmte alles nicht bis auf die Stange, aber es kam mir darauf an, den Kindern das Reden zu erleichtern, ihnen über den Schock hinwegzuhelfen, den sie allerdings gleich noch ein zweites Mal erleben würden.

Ich wartete, bis Oliver sein Rad aus dem Pulk der anderen gezerrt und auf der Straße abgestellt hatte. Die Eltern verfolgten abwartend das Manöver, ich ahnte aber, daß der Vater auf dem Sprung war, sehr schnell einzugreifen, wenn die Situation eine Wende nahm, die ihm nicht paßte.

»Was habt ihr gemacht?« fragte ich wieder. Der Vater nickte Oliver zu.

»Wir sind vorausgefahren, Tim und ich, ich lag vorn, und da habe ich auf einmal das Tor gesehen, die zwei ...«

»Pfosten«, half ihm der Vater weiter.

»Ich bin durch die Pfosten gesaust und Tim hinterher.«

Ich spähte zurück zu den Torpfosten, der Pfad fiel etwas ab, wie ich bemerkt hatte, als ich auf Rohleff zutrat.

»Hast du geschrien?«

»Ich auch«, sagte Tim und starrte mich aus weit aufgerissenen Augen an.

»Klar habt ihr geschrien, man muß einfach schreien, wenn man irgendwo runtersaust, sonst macht es nicht soviel Spaß.«

»Genau«, sagte Tim sehr ernst.

Der Vater wurde unruhig, ich merkte, wie er einen Blick mit seiner Frau wechselte.

»Haben Sie noch ein wenig Geduld. Bis wohin seid ihr dem Weg gefolgt?«

»Der Weg ist bald zu Ende, und dann ist gar nichts mehr, nur Feld.«

»Nur so hohes Gras und gelbe Blumen«, ergänzte Tim.

»Sonnenblumen, ein Feld mit Sonnenblumen«, korrigierte die Mutter, ihr Blick war flehend auf mich gerichtet.

»Und nach dem Feld?«

»Ich bin am Rand lang, aber Tim ist mittendurch, und dahinter sind Bäume und ein See, und da … Tim hat sie zuerst gesehen.«

Tim schluckte und wich zurück, bis er seine Mutter hinter sich spürte. »Ist sie tot?« fragte er.

»Was hast du gesehen?«

»Ein Mädchen wie in meinem Buch.«

»Er meint sein Märchenbuch, da steht so eine Geschichte von einem Mädchen im Wald drin«, erklärte Oliver.

»Hören Sie auf mit dem Verhör, es handelt sich hier nicht um Schneewittchen«, fuhr mich der Vater an.

»Ich bin gleich fertig.« Ich verstand nur zu gut, daß er aufgebracht war. »Habt ihr auch etwas gehört?«

Die Kinder schauten sich zweifelnd an.

»Ein Auto«, sagte Tim.

»Aber nicht gleich, erst als Papa da war.«

Ich wandte mich an den Vater. »Jetzt sind Sie an der Reihe.«

»Anfangs wollte ich den Jungs nicht nach, dann dauerte es mir zu lange, es sah ja nach Regen aus, und wir hatten gerade beschlossen zurückzufahren. Wir sind aus Frankfurt. Dann sah ich ihre Räder liegen, und wir haben unsere auch auf dem Pfad zurückgelassen, und als wir an das Feld kamen, schrie Tim schon. Ich habe die beiden vom See weggeholt und hab sofort über mein Handy die Polizei verständigt.«

»Zuerst haben Sie sich aber das Kind angeschaut?«

»Nicht nur«, antwortete er bedrückt, »ich habe nach dem Puls gefühlt, ich dachte nicht gleich, daß das Mädchen tot ist.« Er hob mit einem Atemzug heftig die Schultern an, ließ sie wieder fallen, seine Frau drückte den kleineren der Jungen fester an sich.

»Was war mit dem Auto?« fragte ich schnell.

Er konnte nicht sofort antworten, ich ließ ihm Zeit.

»Darüber haben wir uns schon unterhalten, meine Frau und ich. Wir sind an einem Auto vorbeigekommen, bevor der Pfad abbog, und als wir am See waren ... als wir am See waren ... An einer Seite ist kein Wald, sondern ein bißchen Wiese mit Zaun drum herum und Schafen drauf, das ist nicht weit von der Stelle, wo ... das Kind liegt. Ich bin dorthin gerannt, warum, weiß ich nicht, aber ich habe in alle Richtungen gesehen und laut gerufen, weil ich dachte, das Mädchen kann doch nicht einfach so am Wasser liegen. Das Auto fuhr langsam die Straße entlang, wir haben es gesehen, ein dunkler Wagen, eine Limousine.«

»Ein Mercedes«, sagte Oliver.

»Ein BMW«, widersprach Tim.

»Seid still«, mahnte der Vater.

»Haben Sie gesehen, wer im Auto saß?«

Er wirkte auf einmal unsicher. »Um ganz ehrlich zu sein, nein, hab ich nicht, dafür liegt die Straße zu weit entfernt, vielleicht hundert oder hundertfünfzig Meter, ich meine aber, es war nur eine Person zu erkennen.«

»Du hast gesagt, er hatte einen Hut auf, die Silhouette eines Herrenhuts ist dir aufgefallen«, mischte sich die Mutter ein, »ich selbst habe nichts gesehen, ich bin bei dem Kind geblieben, bei ...«

Auf einmal brach Tim in Tränen aus und warf sich gegen seine Mutter.

»Können wir jetzt gehen?« fragte der Vater leise mit sorgsam kontrollierter Stimme.

»Gleich. Das Auto, das auf der Straße fuhr, war das, an dem Sie vorbeigekommen sind?«

»Es muß dasselbe gewesen sein, denn als wir mit den Rädern die Straße wieder erreichten, war das Auto weg. Wir haben hier auf die Polizei gewartet.«

»Zeigen Sie mir, wo es gestanden hat.«

Zu wenden war bei der Enge der Straße und den schmalen Randstreifen kaum möglich und die Gefahr groß, dabei im Graben zu landen. Wer immer in dem Wagen saß, hatte es zumindest versucht, aber dann aufgegeben und war weitergefahren, an den Pfosten rechts und dem Schlößchen links vorbei. Von Horstmar kommend oder von Burgsteinfurt, hatte er sich auf Laer zubewegt oder ein paar Haken über andere Feldwege geschlagen. Er konnte überall sein, noch im Netz oder längst draußen, aber trotzdem gab es eine Hoffnung für uns, ihn zu schnappen, so schnell waren wir an keinem Tatort gewesen.

»Sie sind nicht von Frankfurt bis hierher geradelt?«

»Wir haben in einer Broschüre vom Touristikverband gelesen, wie schön und friedlich das Münsterland ist, eine Parklandschaft mit gut ausgebauten Radwegen. Leider stand nicht dabei, wie häufig es hier regnet und was einem sonst so passiert auf diesen Wegen«, sagte der Vater sarkastisch.

»Ich wußte nicht, daß Frankfurt eine Idylle ist.«

»Unser Auto steht in Horstmar, unser Gepäck in einem Hotel in Rheine, und wenn Sie uns jetzt genug befragt haben, möchten wir nach Hause.«

»Frankfurt muß ein oder zwei Tage warten, aber jetzt organisiere ich Ihren Transport nach Horstmar, Sie müssen nicht radeln.«

»Wollen wir aber, solange es trocken bleibt, wir werden uns dabei hoffentlich ein bißchen abreagieren.«

Eine Weile später schaute ich ihnen nach, vier Silhouetten, zwei größeren, zwei kleineren, sah mich selbst einen Moment als eine dieser vier und schüttelte mich, weil ich fror.

Das bißchen Regen in den letzten Tagen betrachtete ich als ausgesprochenen Segen, denn er hatte die Straßenränder gut durchfeuchtet, so daß die Spuren eines schweren Wagens, der mehrfach hin- und hergesetzt hatte, schön deutlich zu erkennen waren. Es handelte sich allerdings nicht um regelrechte Reifenabdrücke, dazu wuchs am Rand zuviel Gras. Trotzdem pfiff ich auf zwei Fingern und winkte, um ein paar Leute von Harrys Truppe auf mich aufmerksam zu machen.

»Den Eltern ist wahrscheinlich gar nicht klar, wie knapp den beiden Jungs erspart geblieben ist, direkte Zeugen des Mords zu werden.«

Rohleff und ich standen mit Patrick am Rand des Sonnenblumenfelds. »Doch, ist ihnen sofort bewußt geworden. Deswegen war der Vater so besorgt um die Kinder«, sagte Rohleff.

»Fahren ins Münsterland und stolpern über eine Leiche. Es ist nirgendwo mehr so idyllisch, wie es scheint. Die hätten auch ein Picknick am Frankfurter Bahnhof nachts um halb drei veranstalten können.« Patrick hatte zugehört, als ich die Aussage der Frankfurter Familie vortrug.

Rohleff runzelte die Stirn. »Die beiden Jungen haben den Täter mit ihrem Geschrei aufgeschreckt …«

»Aber Karl«, fiel ich ihm ins Wort, »dann müßte er auf der Flucht zu seinem Wagen an ihnen vorbeigekommen sein.«

»Eben nicht.« Er deutete über die Sonnenblumen zu einigen Bäumen, die am Rand des Sees wuchsen, den See selbst erahnte man nur von dort, wo wir standen. »Der Pfad durch das Wäldchen, den wir genommen haben, führt in einem spitzen Winkel auf den See zu. Du mußt nur noch quer durch dieses Feld gehen, dann kommst du bei den Bäumen da vorn heraus, wo der See beginnt. Von dort geht aber auch ein breiter Grasweg an der Schafsweide vorbei direkt zur Straße. Der Täter hat die Kinder gehört und sich auf dem Grasweg davongemacht, und das Wäldchen hat ihn gedeckt. An der Straße hat er gewartet, bis die Eltern zwischen den zwei Pfosten in den Pfad eingebogen sind, und ist zu seinem Auto gelaufen.«

Es war kein richtiges Feld, sondern Brache, wie mir Patrick erklärte. Während wir am Rand entlang zum See gingen, deutete er zum Beweis auf Gras und ziemlich viel Unkraut zwischen den Sonnenblumen. Die gelben Sonnen auf den hohen Stielen hatten Tim und Oliver bestimmt angezogen.

Immer mehr Dreck klebte an meinen Schuhen, mit jedem Schritt ließen sie sich schwerer heben, am liebsten wäre ich ohnehin an den rotweißen Plastikstreifen, die den Tatort abgrenzten, stehengeblieben.

Von dort sah das Mädchen aus, als wäre es im Gras unter den Bäumen eingeschlafen. Es lag auf einem kleinen Huckel, der jäh in den See abstürzte. Das Bild, das sich mit dem Mädchen, einer großen Buche und dem See ergab, wirkte bizarrer als das Carolines am Teich in den Drosten Tannen.

Es hatte mich am Ende doch etwas getrieben, näher heranzukommen, ganz langsam ging ich in die Hocke, auf die Knie, spürte das Gras an der Haut und gleichzeitig bereits Stoff zwischen den Fingern, feinen weißen Stoff, der sich bauschte und ein wenig knisterte, wenn man ihn rieb.

»Vorsicht«, mahnte Harry von der anderen Seite her.

»Das ist ein Ballett-Tutu«, sagte ich heiser.

»Wird immer verrückter, der Kerl.« Patricks nüchterne Stimme drang durch den Schwindel in meinem Kopf. »Und da ist ja die nächste Feder.« Er stützte sich mit einer Hand schwer auf meine Schulter und wollte mit der anderen über mich hinweglangen.

»Halt deine Spatenfinger bei dir«, fauchte Harry, »das ist mein Bier.«

»Von mir aus. Wo du gerade Bier erwähnst, unsere Wette ist noch offen.«

Ich schüttelte mich wie ein nasser Hund, stand auf und blickte über den See.

»Enten«, ich deutete aufs Wasser, »drei kleine Enten.«

»Keine Enten, Lilli, du lernst das nie. Die weißen Federn, die hier und da neben unseren Leichen verstreut liegen, sind zu lang und zu kräftig für Enten.«

»Und zu weiß«, ergänzte Harry.

Rohleff hob die Feder vom Boden auf, ohne auf Proteste zu achten, strich wie Patrick gestern über den Schaft und bog ihn, bis der Knick sichtbar wurde.

»Morgen fährt einer von euch mit den Federn zum Zoo nach Münster und läßt sich von den Vogelkundlern erläutern, ob sie von derselben Vogelart stammen und von welcher.«

»Haben wir keine Vermißtenmeldung?«

Rohleff schüttelte den Kopf. »Ist wohl zu früh dafür. Wenn der Täter nach dem gleichen Schema wie in den beiden anderen Fällen vorgegangen ist, kommt das Kind aus der Umgebung, aus Horstmar, Laer, Leer oder wieder aus Steinfurt. Wir müssen warten, bis sich die Eltern melden, auf alle Fälle wird morgen ein Foto in den Zeitungen erscheinen. – Da sind schon die Fotografen.«

Wir räumten den Platz, nur Harry blieb, er machte seine eigenen Aufnahmen.

»Du wolltest vorhin was über die Autofarbe sagen.« Rohleff wandte sich an mich, aber ich kam nicht dazu zu antworten. Wir hatten uns bis zum Anfang des Graswegs zurückgezogen, neben uns, hinter dem Zaun, drängten sich neugierig Schafe zusammen, sie drehten uns ihre dunklen Köpfe zu, schraken aber auf einmal zusammen und rannten in einem kleinen Galopp am Zaun entlang. Jenseits der Absperrung, die quer über den Grasweg verlief, hatten zwei Beamte einen Mann angehalten, der ein Fahrrad schob und sich lautstark beschwerte. An einer kurzen Leine hielt er einen Hund, der jetzt bellte.

Rohleff winkte. »Laßt sie durch.«

Der Mann mochte ungefähr sechzig sein, sein Gesicht zeigte eine gesunde rote Färbung, die man sich nicht bei Schreibtischarbeit holt.

»Echter Münsterländer, ist meine Lieblingsrasse.« Patrick deutete auf den Hund, der uns ruhig beäugte.

»Was tun Sie hier?« fragte Rohleff den Mann.

»Das könnte ich ja erst mal Sie fragen, nicht? Ich komm hier immer her.«

»Das dachte ich mir«, sagte Rohleff friedlich, »sind das Ihre Schafe?«

»Die gehören einem Bauern, hab ich nichts mit zu tun. Ich komm nur her, um den Hund zu baden.«

»Machen wir mit unserem genauso«, warf Patrick ein und setzte hinzu, als Rohleff ihn erstaunt ansah: »Draußen baden, wir haben einen Löschteich am Hof.«

»Habt ihr auch einen Münsterländer?«

»Na klar, den leih ich mir ab und zu für die Jagd aus. Ist überhaupt eine gute Idee. Ich darf mal?« Er nahm dem Mann die Leine ab, hockte sich vor den Hund und ließ ihn an seiner Hand schnuppern. Der Hund blickte kurz zu seinem Herrn auf und wedelte dann sacht mit dem Schwanz.

»Was hast du vor, Patrick?« erkundigte ich mich.

»Wirste gleich sehen.«

Rohleff hielt den Mann zurück, der zunächst seinen Hund nicht so einfach mit uns ziehen lassen wollte, aber einverstanden war, als er ihm erklärte, was das Polizeiaufgebot zu bedeuten hatte.

Patrick führte das Tier zu dem toten Mädchen. Der Hund schnüffelte an den Beinen, am Kleid, schob seine Nase ganz dicht an den Kopf heran, so daß mir seltsam flau zumute wurde, ich bin mit Tieren nicht sehr vertraut. Plötzlich setzte er sich auf die Hinterbeine und jaulte. Es klang zum Steine-Erweichen traurig.

»Was hat er?« fragte ich und legte mir die Hand auf den Magen.

»Er hat begriffen, daß sie tot ist und daß das nicht in Ordnung ist. Er trauert.«

Auf einmal fand ich, daß der Hund sich menschlicher verhielt als wir.

Patrick hockte sich wieder hin und sprach ernsthaft auf ihn ein, staunend hörte ich zu, wie er ihm erklärte, was er von ihm erwartete, dabei nahm er ihm die Leine ab. Ihn zu beobachten irritierte mich, mit Hunden war ich nie im Einsatz gewesen.

Der Hund trottete, die Nase am Boden, ein kleines Stück am Ufer des Sees entlang, wendete, passierte das Sonnenblumenfeld und bog in den Pfad ein, der zu den Torpfosten führte. Erst als er die Stelle erreicht hatte, wo die dunkle Limousine gestanden haben mußte, blieb er stehen. Als wäre das nicht genug, lief er die Straße entlang zurück bis zum Anfang des Graswegs, schnüffelte eine Weile in einem Gebüsch nahe der Straße und machte uns auf ein paar undeutliche Fußabdrücke aufmerksam. Am Ende strich er über den Grasweg an der Schafsweide vorbei zu seinem Herrn. Wir haben ihn alle gelobt und gestreichelt, obwohl er nicht mehr getan hatte, als uns zu bestätigen, was wir schon ziemlich sicher wußten.

Harry wollte wenig später ebenfalls gelobt werden, er stieß zu uns und winkte mit einem Plastiktütchen, in dem sich ein bunt glitzernder Gegenstand befand, ein Plastikschmetterling, eine Haarspange.

»Saß am Hinterkopf, hatte sich in den blonden Haaren der Kleinen verwuselt. Komisch, der Hund brachte mich drauf, von vorn konnte man die Spange gar nicht sehen.«

Der Hund gab mit seiner Spürnase auch das Terrain vor, das unsere Leute nach Spuren durchkämmten, nämlich das Wäldchen, das sich von der Straße zwischen Grasweg und Trampelpfad bis fast zum See erstreckte, und das Stück Seeufer mit den hohen Bäumen, das er abgelaufen war. Währenddessen kehrte ich mit Rohleff und Patrick zur Dienststelle zurück. Harry war bereits vorher mit seinem Tütchen als wichtigster Trophäe verschwunden.

Im Büro klappte Patrick einen Laptop auf, um die wesentlichen Daten des Falles in eine mobile Datei einzugeben.

»Da war noch was mit der Wagenfarbe, Lilli, davon sind wir vorhin abgekommen.«

»Die beiden Jungs bestehen auf Dunkelblau, die Eltern wollten sich nicht festlegen, der Vater meinte, es könnte Anthrazit gewesen sein.«

»Ich glaube mehr den Jungs, die haben ein unverbrauchtes Auge für so was«, sagte Patrick. »Kennzeichen?«

»Daran erinnert sich überhaupt keiner. Wenn's so wäre, hätte ich das sofort an die Ringfahndung weitergegeben. Was denkst du dir eigentlich?«

»Daß ich alles eintippe, das wird ein Superprogramm, ihr macht das andere.«

An Karls säuerlicher Miene sah ich, daß er die Bemerkung auf sich münzte, er kommt mit Computern nicht so gut klar und ist froh, wenn einer von uns ihm die Arbeit abnimmt, Patrick gebraucht in seiner Abwesenheit gern den Begriff Computerphobie.

»Was hat der Mann mit dem Hund gesagt?« erkundigte ich mich, um Karl abzulenken.

»Daß er häufig diesen Weg nimmt, aber nicht täglich. Das letzte Mal vor einer Woche, also gleichfalls am Dienstag, der Hund plantschte im Wasser, bellte plötzlich, als er herauskam, und lief sogar ein Stück in den Wald hinein. Der Mann hat ihn zurückgepfiffen.«

»Wie hat der Hund gebellt?« fragte Patrick.

»Was?«

»Hat er Laut gegeben oder nur ein bißchen gekläfft?«

»Bleib mir weg mit deinem Jägerlatein.« Roheff wurde allmählich giftig. »Tipp lieber.«

»Aber nein, Chef, du begreifst es nicht. Wenn der Hund Laut gegeben hat, hat er angezeigt, daß da wer im Wald herumtigert, der dort nichts zu suchen hat. Unser Täter zum Beispiel, der die Gegend auskundschaftet.«

»Möglich, es kann aber auch ein harmloser Angler gewesen sein, der Teich gehört nämlich einem Angelverein.«

»Irgendwie sagt mir mein Instinkt, unser Täter geht immer riskanter vor. Der Kerl steht unter Druck, als legte er es darauf an, erwischt zu werden.«

»Und das sagt dir alles dein Jagdinstinkt, weil du deine Hand auf eine kalte Hundeschnauze gelegt hast? Du denkst doch nicht etwa mit?« erkundigte ich mich.

Patrick klopfte sich mit einem Stift an die Zähne, Rohleff und ich zuckten bei dem Geräusch zusammen, und ich streckte die Hand nach den Stift aus, weil er mir gehörte.

»Immer dienstags, ich hab die Daten gecheckt, drei Morde am Dienstag zur Sommerzeit, der erste und der zweite ziemlich genau zwei Jahre auseinander. Was treibt ihn jetzt zu so einer raschen Wiederholung?«

»Immer am Nachmittag«, ergänzte ich.

»Arbeitszeit.«

»Der ist nicht in die Ferien gefahren, weil alles schon ausgebucht war«, schlug Patrick als Erklärung vor, »und langweilt sich jetzt zu Hause.«

Das Telefon unterbrach uns, Karl nahm das Gespräch an.

»Du kannst wieder was eintippen«, erklärte er, nachdem er den Hörer aufgelegt hatte. »Das Tatschema wird zunehmend komplexer. Der kleinere der beiden Jungs, Tim, erinnert sich, daß er mehr als nur das Auto gehört hat. Und zwar Musik, die allerdings nach ein paar Takten abbrach. Der Vater sagt, der ältere, Oliver, sei sich nicht sicher, aber der andere hätte das bessere Gehör.«

»Wir sollten«, schlug Patrick vor, »den Landstreicher auftun, der in Wesel die Musik gehört haben wollte.«

»Du glaubst, es nutzt was, der Frage nachzugehen, ob der Täter auf Bach oder mehr auf Beethoven steht?«

»Bei der dünnen Spurenlage, die wir haben, müssen wir uns an jeden Strohhalm halten«, sagte Rohleff.

Eine halbe Stunde später wußten wir, daß sich ein paar Spuren in Steinfurt kreuzten. Die Spange, die im Garten hinter der Hohen Schule gefunden worden war, gehörte zu unserer letzten Toten, nicht zu Caroline, wie Harry durch einen Vergleich der Fingerabdrücke herausgefunden hatte.

»Auch wenn du einen passenden Abdruck an der neuen Spange hast sichern können, ist das wirklich ein Beweis?« hakte ich ein. »Mußt du nicht auf die Fingerabdrücke des unbekannten toten Mädchens warten?«

Harry sah auf seine Hände, dann zum Fenster hinaus. »Hab mir gedacht, wenn der Lahmarsch zuständig ist, kann ich lange warten, da habe ich lieber die Zeit genutzt, als ihr mit dem Hund Gassi gegangen seid.«

Leider stellte ich mir die Sache bildlich vor. Harry, der die Finger der Toten einzeln auf das Farbkissen drückt, während das Mädchen wie eine schlafende Prinzessin daliegt. Irgendwie ekelhaft und zudringlich. Sonst bin ich nicht derart empfindlich.

»Lilli, für dich ist jetzt Feierabend«, ordnete Rohleff plötzlich an.

Erstaunt schaute ich auf, ich hatte gar nicht bemerkt, daß ich mich mit schweißnassen Händen an meinen Stuhl geklammert und vor mich hingebrütet hatte.

»Das war genug für heute, schwirr ab, nimm ein heißes Bad

mit Eukalyptus, oder tu dir etwas anderes Gutes an. Wir sehen uns morgen, acht Uhr, hier im Büro.«

Jeden Versuch, Einspruch zu erheben, sparte ich mir und stand tatsächlich auf und fuhr sehr vorsichtig und langsam nach Hause. Ein seltsames Schwächegefühl hatte mich erfaßt, als stünde mir eine weitere Grippeattacke bevor, dabei nieste ich nicht mal.

Den Wagen parkte ich vor einem, der direkt vor unserem Haus stand, ich dachte noch »o Gott, jetzt bloß keinen Besuch«, dann ging mir auf, daß Detlev seinen Wagen nicht in die Garage gefahren hatte. Mir war ein bißchen schwindelig, einen Moment stützte ich mich auf der Motorhaube ab.

Ich bevorzuge Farben wie Korallenrot oder Königsblau, selbst Orange hätte mir eher zugesagt als die eigenartige Metalliclackierung aus Blau-, Grün- und Braunrottönen, die bei jedem Licht in einer anderen Schattierung schimmerte. Vor diesem Wagen sind wir nur Kombis gefahren, die als Familienkutschen mehr taugen. Wir hatten uns das Auto nicht selbst ausgesucht, sondern aus der Verwandtschaft übernommen. Ein Onkel Detlevs, der seinen Führerschein abgab, überließ uns den Wagen, gerade als unser letzter Kombi die TÜV-Prüfung nicht mehr geschafft hatte. Gegenwärtig sparten wir auf ein Wohnmobil, ein Traum von Detlev und den Mädchen, nicht meiner.

Ich richtete mich wieder auf und wischte die Hand an der Hose ab, es kam mir so vor, als wäre die Motorhaube ein bißchen warm geworden, schwindelig war mir noch immer.

8. Juli

Um sieben Uhr früh rief Karl an. »Die Eltern der Toten haben sich gemeldet. Sie haben das Foto in der Zeitung gesehen.«

Ich war bereits aufgestanden, aber noch nicht richtig wach, und döste in der Küche neben der gluckernden Kaffeemaschine vor mich hin. Auf eine träge Art fühlte ich mich wohl, nach einer erholsamen Nacht und einer angenehmen Portion Sex, auf der Detlev bestanden und auf die ich mich nach anfänglichem Widerstreben eingelassen hatte. Es war mir tatsächlich gelungen, für einige Stunden den letzten Mordfall auszublenden.

Obwohl das blödsinnig war, überkamen mich, während ich Rohleff zuhörte, Schuldgefühle. Ich bemühte mich um einen forschen Ton in der Stimme. »Haben die etwa erst heute morgen gemerkt, daß ihnen eine Tochter fehlt? Erklär mir das mal, Karl.«

»Komm lieber gleich her, wir fahren gemeinsam hin.«

Ich hätte ihm gern mitgeteilt, daß ich diese Art von Hausbesuchen haßte, aber Karl hatte den Kontakt längst unterbrochen, und ich ertappte mich dabei, wie ich den Kaffeeautomaten anstarrte, der mittlerweile unentwegt zischte, während mir das Ohr glühte, weil ich das Handy viel zu fest dagegenpreßte.

»Mama?« Laura beugte sich über das Treppengeländer.

»Was ist? Geh wieder schlafen, es ist zu früh zum Aufstehen, du hast doch Ferien.«

»Mama, mir ist schlecht.«

Einen Augenblick war ich drauf und dran, sie mit einer gängigen Redensart abzuspeisen oder ihr zu empfehlen, in mein Bett zu kriechen, ein bislang unfehlbares Mittel bei kleineren und eingebildeten Wehwehchen. Mit warmer Milch darf ich ihr nicht kommen, im Kühlschrank entdeckte ich aber Cola, mit der ich die Treppe hinaufhastete. Der Anblick des beschlagenen Glases wirkte anscheinend bereits wohltuend. Laura kuschelte sich in ihre Decke und klopfte auf die Bettkante. Ich verwünschte im stillen meine Eile, setzte mich und betrachtete das Gesicht meiner Tochter, das sich unter meiner Hand entspannte. Ich fuhr ihr durch die lange Mähne, die sich wie Feenhaar über das Kopfkissen wellte.

»Was ist denn los mit dir?« Ich vermied den Blick auf den Wecker, der auf dem Nachttisch stand.

»Wir hatten ausgemacht, daß wir diese Ferien zu Hause bleiben. Aber Papa will mit uns eine Woche zelten fahren. Muß ich mit?« Sie schaute mich nicht an, sondern drehte den Kopf ins Kissen.

»Mama?« kam es halberstickt aus den Federn.

»Ausgemacht ist ausgemacht. Also bleibst du hier, wenn du hierbleiben willst.«

Sie seufzte erleichtert auf.

»Sag mal«, fragte ich und erhob mich, »was hast du mit dem Ballett-Tutu gemacht?«

»Das ist weg.« Sie griff nach dem Colaglas.

Rebecca Fosses Eltern wohnten am Rand des kleines Ortes Horstmar in einer Straße, die nur an einer Seite bebaut war. Gegenüber lag eine Wiese, keine Brache, Patrick hatte meinen Blick für Unterschiede geschärft. Das große Haus wirkte seltsam still, wie ausgestorben, aus keinem der geöffneten Fenster drang ein Laut, und auch auf unser Schellen rührte sich nichts. Wir drückten wieder auf die Klingel.

»Du hast doch mit ihnen telefoniert, Karl.«

»Mit Frau Fosse.«

»Die kann ja nicht noch schnell einkaufen gegangen sein. Warte, ich schell bei den Nachbarn.«

Die beiden Häuser, denen das gleiche Baumodell zugrunde lag, verband ein Garten ohne Trennzaun, die Blumen auf beiden Seiten stammten wohl aus derselben Gärtnerei. Trotzdem war ich nicht direkt darauf vorbereitet, daß auf dem Klingelschild des Nachbarhauses ebenfalls Fosse stand. Ein Kind öffnete, ein blondes Mädchen, ein Ebenbild der Toten vom See, vielleicht ein, zwei Jahre jünger.

Zwei Schwestern, stellte sich heraus, hatten zwei Brüder geheiratet und nebeneinander identische Häuser errichtet, eine weitere Schwester wohnte ebenfalls in Horstmar, drei Straßenecken entfernt. Alle drei Familien kamen zusammen auf zwölf Kinder, die auf den ersten Blick ein bißchen wie Klone wirkten, wie eine besondere Laune der Natur, da konnte der Überblick schon schwerfallen. Trotzdem mußten sie merken, wenn eins fehlte.

Die zwei Schwestern saßen auf der Küchenbank, zweimal Frau Fosse, umringt von Kindern verschiedener Altersstufen. Mir war nicht klar, welche die Mutter Rebeccas war. Beide wirkten verstört.

»Ich war sicher, sie hat bei dir übernachtet, jedenfalls hat sie das gestern beim Mittagessen gesagt.«

Ich merkte mir, daß es sich bei Frau Fosse links um die Mutter der Toten handelte.

»Mit drüben übernachten war ich dran«, meldete sich die Kleine, die uns die Tür geöffnet hatte. »Ich hab's aber gelassen.«

Frau Fosse rechts fragte: »Wo ist Rebecca denn nun? Ihr ist ja wohl nichts wirklich Schlimmes passiert?«

Sie wußten es noch nicht! Der Redaktionsschluß der Zeitungen bedingte, daß nur ein Bild mit Unterzeile gebracht werden konnte: lediglich eine Bitte um Hinweise auf die Identität des Mädchens. Erst der nächste, ausführliche Bericht würde von Mord handeln. Trotzdem mußte jeder Leser zwangsweise eine Beziehung zu dem anderen Fall, zum Tod von Caroline Hainsbach, herstellen. Nur halb hörte ich Rohleff zu, der darum bat, die Kinder fortzuschicken. Er war noch nicht fertig, da schellte es.

Der zuständige Notfallseelsorger, ein anderer als bei Hainsbachs, trat hastig zu uns herein, eine Entschuldigung murmelnd, er hatte gerade anderen Amtspflichten genügen müssen. Wenn ich ihn recht verstand, handelte es sich um die Sterbesakramente.

Rohleff wiederholte seine Bitte.

»Nein, nein«, sagte Frau Fosse rechts, »die Kinder sollen es ruhig hören. Sie werden sowieso alles erfahren.«

»Aber möglichst von Ihnen, nicht von uns.« Ich stand auf und wandte mich an das älteste der Kinder, ein Mädchen von etwa fünfzehn. »Ruf deine Geschwister, Vettern und Kusinen zusammen, und geh mit ihnen nach nebenan oder nach draußen.«

Ein Junge legte dem Mädchen die Hand auf die Schulter. »Wir sind drüben, wenn Sie uns noch sprechen wollen.« Eine der Mütter setzte zu einem Protest an, der Junge wandte sich ihr zu. »Laß, Mama, ich kann mir denken, was sie zu sagen haben.«

Wahrscheinlich las er als einziger regelmäßig die Zeitung.

Die eine Schwester klammerte sich an die andere, wir sahen, wie der gegenseitige Trost bereits wirkte. Geteiltes Leid. Eine griff zum Telefon, und bevor wir dazu kamen, unsere Fragen zu stellen, trat die dritte Schwester herein, mit einem Baby auf dem Arm. Von den Ehemännern hatte sich bislang keiner eingefunden. Der Vater Rebeccas fuhr auf Montage, sie würden ihn später verständigen.

Rohleff sank auf seinem Stuhl etwas zusammen, sein Blick signalisierte mir eine Bitte um Hilfe, das dreifache Frauenregiment begann über seine Kräfte zu gehen.

»Wann haben Sie Ihre Tochter Rebecca gestern zum letzten Mal gesehen?« Ich fragte Frau Fosse links, die rechts antwortete, sie mußten bei der Ankunft der dritten Schwester die Plätze getauscht haben. Die Fosses waren keine Zwillingsschwestern, trugen aber Einheitskluft in Blau-Weiß aus Jeans und T-Shirts.

»Am frühen Nachmittag, sie wollte zum Flötenunterricht.«

»Aber Gerda«, sagte die andere Frau Fosse, »in den Ferien fällt der Unterricht aus.«

Alle drei Schwestern begleiteten uns ins Nachbarhaus, die Mutter Rebeccas wurde von den beiden anderen in die Mitte genommen, eine hatte den Arm um sie geschlungen. Dem Notfallseelsorger war klargeworden, daß sein Beistand in diesem Fall nicht benötigt wurde, er verabschiedete sich daher rasch und stieg in seinem langen Priestergewand mit der Schärpe um die Taille ins Auto.

Ich mochte mich täuschen, aber es schien so, als ob die Schwestern froh wären, ihn abfahren zu sehen, und wahrscheinlich würden sie noch erleichterter sein, wenn auch wir verschwunden waren und kein Außenstehender mehr bei ihrer gemeinsamen Trauer störte. Ein kleines bißchen packte mich der Neid.

Der älteste Junge gab zu, Rebecca an der Bushaltestelle gesehen zu haben.

»Du hast nicht gefragt, was sie da machte?« forschte die eine Frau Fosse nach, die Tante von Rebecca.

Der Junge wirkte verlegen.

»Der war mit seiner Eule unterwegs, da hat ihn die kleine Schwester nicht interessiert«, erklärte das ältere Mädchen.

»Er hat einen Vogel?« fragte Rohleff irritiert.

»'ne Freundin mit 'ner dicken Brille. Die heißt Gabi«, teilte uns eins der jüngeren Mädchen mit.

»Kann ich Rebeccas Zimmer sehen?« bat ich.

»Das ist auch mein Zimmer.« Ein anderes Mädchen hatte sich gemeldet, ich merkte, daß der Kinderpulk, der sich in ständiger Bewegung um uns drängte, mir ebenfalls zuviel wurde.

Bereitwillig öffnete die Kleine alle Schubladen und Schrankfächer Rebeccas. Unter einem Stapel T-Shirts fand ich eine Flöte.

»Das ist Rebeccas. Sie spielt Alt-Flöte, ich spiel nur C-Flöte.«

»Du fährst sicher normalerweise mit deiner Schwester zusammen zum Unterricht nach Burgsteinfurt.«

Sie schüttelte den Kopf, die Locken flogen nur so. »Flöte habe ich mir selbst beigebracht. Ich fang bald mit Klarinette an, da will ich richtigen Unterricht.«

Den Namen von Rebeccas Lehrer nannte mir die Mutter auf Anhieb: Raphael Lemmers.

»Kannte Rebecca ihren Mörder?« fragte Rohleff auf der Rückfahrt.

»Sie sagte, sie fährt zur Flötenstunde, hat aber die Flöte im Schrank gelassen. Ist doch nicht schwer zu verstehen. Sie wußte genau, daß kein Unterricht stattfindet, sie hat sich aber an der Bushaltestelle verabredet, weil das ein leicht zu beschreibender Punkt ist.«

»Warum sollte sie das gemacht haben?«

»Möglicherweise war sie ihre Rolle als Klon leid. Möglicherweise war sie es leid, die Klamotten älterer Kusinen aufzutragen, die immer das gleiche pflegeleichte Zeug an die jüngeren weiterreichten. Gemeinsame Mode, gemeinsames Essen, gemeinsame Freizeit, wenig eigenes.«

»Und da kommt so ein mittelalter Knilch mit einem weißen Tanzkleidchen voller Rüschen als besonderes Geschenk.«

Ich durfte nicht an das Mädchen denken, wie es unter dem Baum lag, mit dem See als Hintergrund und dem Spiegelbild der Bäume im Wasser.

»Hieltest du es für verrückt, wenn wir uns näher mit Märchengeschichten befaßten?« fragte Rohleff.

»Tun wir das nicht schon die ganze Zeit? Was hättest du gern? Der böse Wolf und die sieben Geißlein? Rotkäppchen, Schneewittchen oder Dornröschen?«

»Ach, hör auf.«

Ich hatte nichts dagegen einzuwenden, mit Harry noch vor dem Mittagessen zum Zoo zu flitzen.

»Was macht Patrick?« fragte ich, als ich zu ihm ins Auto stieg.

»Klopft die Alibis unserer Vorzugskandidaten ab, Steiner und Hainsbach.«

»Vier Uhr gestern nachmittag?«

»Zwischen drei und vier würde ich sagen. An diesem Fall ist nichts Handfestes, er geht mir auf die Nerven«, erklärte Harry.

»Drei Leichen sind für dich nicht handfest?« gab ich zurück. »Dreimal Mord und Vergewaltigung, das reicht dir nicht?«

Er nahm eine Hand vom Lenker, das Auto schlingerte leicht. »Ich meinte eigentlich mehr die Spurenlage, kein ordentliches Reifenprofil, keine eindeutigen Fußabdrücke. Nur ein paar dämliche Federn und Haarspangen. Sag mal, Lilli, wollte dir nie einer an die Wäsche, so auf die unsittliche Tour?«

Ich antwortete nicht, er warf mir einen scheelen Seitenblick zu. »Den Armleuchter Wilfried brauchst du nicht anzuführen, eine Arschbacke wie der ist nur eine Witzfigur. Ich meine früher, als du klein warst. Ich dachte, die Mädels von heute sind viel zu ausgeschlafen und gut drauf, vor denen nehmen eher die Jungs Reißaus als umgekehrt.«

»Du solltest öfter Zeitung lesen, Harry, es muß nicht die BILD-Zeitung sein. Unsere Polizeiberichte und Statistiken sind auch ganz schön informativ.«

Harry zog ein wenig den Kopf ein. »Wär nett, wenn wir diese Scheiße bald hinter uns hätten, mir ist schleierhaft, wie du damit klarkommst.«

Ich hatte doch Vetter Theo, hätte ich erklären können, der hat mir gezeigt, wie solche Sachen laufen. Es gab damals keinen unter meinen Verwandten, der Theo nicht gern hatte, den Musterschüler, der älteren Damen in die Mäntel half und harmlose Witze erzählte, über die alle lachten. Natürlich war ich neugierig, und seine besondere Aufmerksamkeit schmeichelte mir eine Zeitlang. Einmal nahm er mich ins Kino mit, in einen Film, der erst ab Sechzehn freigegeben war. Die Dunkelheit hat er voll ausgenutzt. Wenn ich mich konzentrierte, konnte ich noch seine Hände unter dem Hemd fühlen und wußte, was ich tun mußte, als er den Reißverschluß seiner Hose aufgezogen hatte.

»Das machen hier alle, das ist so üblich bei einem richtigen Kinobesuch, das ist eben nichts für kleine Kinder, und du wolltest ja mit«, flüsterte er, und als das Licht anging, wurde mir sofort klar, daß er recht hatte. Eine Reihe vor uns knutschte ein Pärchen, und ein Junge schloß gerade seine Hose. Ich ekelte mich trotzdem und hatte Schuldgefühle, als sich meine Mutter erkundigte, ob es nett im Kino gewesen sei, nach dem Film fragte sie nicht.

Es war seltsam, daß ich das alles viele Jahre lang, eigentlich bis zu diesem Juni, vergessen hatte. Ich wollte es auch jetzt wieder vergessen.

Der Vogelkundler im Zoo beschaute aufmerksam die zwei Federn – die dritte würde Rohleff aus Wesel anfordern – und strich über die Schäfte, das muß ein Reflex bei der Betrachtung von Federn sein.

»Kein Problem«, sagte er grinsend, »und bei Ihnen ist tatsächlich keiner, der sich ein bißchen mit Vögeln auskennt?«

»Unser Experte für Viehzeug ist mehr auf Fell spezialisiert.« Harry stubste mich an. Ich hatte verstanden, er rechnete damit, daß Patrick die zwei Runden Bier würde ausgeben müssen.

»Kommen Sie mit.« Der Vogelkundler liebte scheinbar die Überraschung oder wollte uns in pädagogisch aufbereiteter Form mit Tatsachen vertraut machen, die sich uns einprägen würden. Er führte uns quer durch den Zoo bis zu einer kleinen Ausbuchtung des Aasees, der mit seinem Ufergelände aus Wegen und Wiesen die große Freizeitoase von Münster bildet und an das Zoogelände grenzt.

Eine einfache Auskunft hätte mir gereicht, er hieß uns aber stillzustehen. Das Schilf am Ufer raschelte, die Halme bewegten sich von uns weg, und dann fiel mir auf, daß der Wind von der Gegenseite wehte. Plötzlich schob sich etwas Weißes in eine Lücke im Schilfgürtel. Einem großen Vogel mit gebogenem Hals und gelbrotem Schnabel folgten drei etwas zerzaust anmutende kleine graue, und das Schlußlicht bildete ein weiterer Vogel, der seinen Auftritt gut vorbereitete. Er wartete, bis die Familie etwas Abstand gewonnen hatte, und stellte dann die Flügel so auf, daß sie gebauschten Segeln glichen. Majestätisch glitt er auf das freie Wasser hinaus.

»Schwäne«, sagte Harry lässig, »das war ja eigentlich schon klar.«

Ich staunte unverhohlen, denn ich hatte noch das Streitgespräch mit unserem Sonntagsjäger Patrick im Ohr. Einfältig nickend, deutete ich voraus. »Drei kleine Schwäne.«

Wir verfolgten eine Weile die Bahn der Schwanenfamilie, so ein Anblick ist keineswegs alltäglich. Wieder schwebte etwas Märchenhaftes über der Szenerie. Obwohl nur ein diffuses Licht herrschte, kein richtiger Sonnenschein, leuchtete das Schwanengefieder der Altvögel wie von innen erhellt.

»Sind Sie ganz sicher mit den Federn?«

Der Ornithologe lächelte dünn. »Todsicher.«

»Die Kleinen sind grau.«

»Nicht mehr lange, in ein paar Wochen sind sie so strahlend weiß wie die Eltern. Kennen Sie denn nicht Andersens Märchen vom häßlichen Entlein?«

Harry schnippte mit den Fingern. »Da fehlt was, ganz haben wir unsere Geschichte nicht zusammen.«

»Warum ausgerechnet Schwäne, müssen wir uns doch wohl fragen.« Ich wandte mich noch mal an den Fachmann. »Sind Schwäne selten?«

»Nicht so sehr.«

»Also, ich wüßte nicht, wo bei uns Schwäne anzutreffen sind, auf dem Bagno-See jedenfalls gibt es keine.«

Nur auf dem Waldsee, Detlev hatte mich auf die Tiere aufmerksam gemacht, aber gesehen hatte ich sie nicht, das schien mir jetzt sehr bedauerlich, und mir war regelrecht unbehaglich zumute, als ich an diese im Verborgenen nistenden Vögel dachte.

»Mag sein«, räumte der Vogelexperte ein, »die meisten finden sich aber auf Stadtgewässern, weil sie dort gefüttert werden.«

Die Schwanenfamilie zog einen Kreis.

»Sieht schon großartig aus.« Als hätte er Harry verstanden, schlug der Schwanenpapa mit den Flügeln.

Diese Bewegung sah ich noch eine Weile vor mir: Das Schwanengefieder fächerte sich auf, glitzerte geradezu in einem unwahrscheinlichen Weiß, der Schwan bog den Schnabel nach oben, streckte den Hals lang und schrie schauerlich.

»Und das soll nun der berühmte Schwanengesang sein?« protestierte Harry.

Er setzte mich zu Hause ab, ich wollte nur schnell einen Happen mit meinen Lieben essen und sehen, ob sie schon Zeitung gelesen hatten. Gestern Abend hatte ich mir jede Bemerkung über den neuen Mordfall verkniffen, selbst später gegenüber Detlev, dem ich sonst möglichst alles gleich erzähle.

Bevor ich die Haustür aufschloß, fiel mir ein weiteres Detail aus der Geschichte mit Theo ein. Nach dem Kinobesuch war mir mein eigener Körper ziemlich fremd vorgekommen. Nicht einmal unter der Dusche mochte ich mich berühren. Einerseits war es, als wenn ich über ein Stück Holz striche, und andererseits schmerzte es tief drinnen.

Es roch nicht nach Mittagessen. Katia beugte sich über den Eßtisch, auf dem die Zeitung ausgebreitet lag. Detlev stand an der Küchenzeile. Als ich sein Gesicht sah, wußte ich, was er sagen wollte, es war aber Katia, die sofort lossprudelte.

»Mama«, schrie sie und griff sich mit beiden Händen in die Haare, »ich laß alles abschneiden, und den Rest färb ich dunkel. Meinst du, schwarz steht mir?«

Erst jetzt entdeckte ich Laura. Sie hockte weiter oben auf der Treppe und starrte mit blassem Gesicht zu uns herunter.

»Bricht hier eine Familienkrise aus?« fragte ich. »Was gibt's zu essen?«

»Ans Essen haben wir bislang nicht gedacht«, fuhr mich Detlev an.

»Ist klar, ihr habt das Frühstück noch nicht verdaut.« Ich deutete auf Teller und Tassen, die nicht in die Spülmaschine eingeräumt waren, und das, was daneben stand. »Ihr hättet wenigstens die Butter und den Aufschnitt in den Kühlschrank stellen können.«

Detlev trat dicht an mich heran, seine Augen funkelten vor Zorn. »Komm mir nicht mit dieser alten Hausfrauenmasche. Erklär uns lieber, warum wir so wichtige Dinge erst aus der Zeitung erfahren.«

Ich setzte mich erschöpft an den Eßtisch. »Regt euch ab.«

»Mama, wir werden alle abgemurkst, wenn du nichts unternimmst, ich und Laura und alle anderen Blonden, wir sind doch nicht blöd.«

Ich ließ sie weiterjammern und zog die Zeitung zu mir heran. Von Mord war wirklich nicht die Rede, und es ärgerte mich, daß meine Lieben schneller geschaltet hatten als die Familie Fosse, die ja tatsächlich betroffen war.

Detlev benutzte die ganze Aufregung, um mir sein Campingprojekt schmackhaft zu machen. Eine Woche zelten in Holland an der See, vorzugsweise auf Texel, um die Kinder aus dem Schlamassel zu holen.

»Welcher Schlamassel?« fragte ich.

»Du hast sowieso keine Zeit für die beiden, siehst du nicht, wie verängstigt sie schon sind?« parierte Detlev. »Laura ißt kaum noch was«, sagte er, weil er genau wußte, wo er mich packen konnte.

Wir wurden immer giftiger zueinander und brachen die Grundregel, nicht vor den Kindern um die Kinder zu streiten. Plötzlich sprang Laura auf, rannte ganz nach oben und knallte die Tür zu.

»Jetzt ist sie sauer auf euch«, sagte Katia.

»Und du«, fuhr ich Detlev an, »du weißt genau, daß ich Camping hasse.«

»Wir nehmen dich nicht mit.«

Ich wollte ihm nicht sagen, daß mir gerade dies immer weniger paßte.

Rohleff war ohne mich in die Pathologie nach Münster gefahren, sicher spekulierte er nebenbei auf eine Begegnung mit der schönen Sybille Overesch.

Knolle saß in seinem Büro, kaute auf einem Stift und blickte auf den Bildschirm seines Laptops.

»Was hat deine Recherche bei Hainsbach und Steiner ergeben?« fragte ich ihn.

»Blanke Fehlanzeige. Hainsbach schwört im Verein mit seinem Personal, sich nicht aus der Pillenbude gerührt zu haben, und Steiner mußte selbst einem Professor etwas vorfiedeln, war leicht zu überprüfen. Der Professor hat mir was von Kantilenen vorgeschmalzt, hast du eine Ahnung, was das ist?«

»Frag Harry, erklär du mir lieber das da.« Ich deutete auf den Monitor.

»Sieht man doch. Ich gruppiere gerade die Autonummern von der Ringfahndung. Einmal nach Standort, wo sie aufgeschrieben worden sind, dann nach dem Kreis, aus dem sie stammen. Meistens Steinfurt, Coesfeld oder Münster. Ein paar Exotische, die auf das Konto Urlaubszeit gehen, sind auch dabei. Da, schau, ein Wiener.«

»Was machst du, wenn du mit der Gruppiererei fertig bist?«

»Wirste sehen. Ich mach's übrigens doch.«

Mir war egal, was er mit der letzten Bemerkung meinte, und schlug ihm nur leicht auf die Schulter. »Dann mach's man gut.«

»Heh, warte mal, ich schmeiß am Samstag 'ne Party auf dem Hof meiner Eltern. Erst hab ich gedacht, das laß ich lieber, aber dann hat Heike unentwegt gedrängt, und ich hab mir gesagt, wenn ich schon ab Samstag mit einem Fuß im Grab steh, kann ich auf dem anderen immer noch feiern.«

»Und warum nicht auf beiden?«

»Ich werd dreißig.«

Als ich zu Raphael Lemmers fuhr, freute ich mich über den Regen, denn bei dem Wetter würde sogar Katia die Lust am Zelten vergehen, und ich hoffte, meine Töchter würden ihrem Vater die Idee mit dem Camping ausreden. Hatten die beiden erst einmal Feuer gefangen, ergab sich kaum noch eine Chance für mich, den Kauf des Wohnmobils zu boykottieren.

Ich stand an einer Ampel, schaute gewohnheitsmäßig in den Rückspiegel und bemerkte zu meiner Verblüffung, daß Hainsbach in dem Wagen hinter mir saß. Meine Uhr zeigte drei, er sollte also eigentlich hinter dem Tresen der Apotheke stehen. An der nächsten Ampel bog er rechts ab, während ich geradeaus weiterfuhr, ich hatte nicht gesehen, daß er den Blinker gesetzt hatte. Es war nicht unmöglich, nur vorschriftswidrig, zu drehen, ich machte dafür in Gedanken Sonderrechte geltend. Ich wußte nicht, ob er mich wahrgenommen hatte, als ich ihm folgte, hoffte aber, mich einigermaßen unauffällig hinter ihm zu halten.

Das Viertel rechts vom Güterbahnhof gehört zu den älteren in Steinfurt, die Straßen sind entsprechend verwinkelt und haben nachmittags kein hohes Verkehrsaufkommen. Hainsbach schlich immer langsamer an Gartenzäunen und Hecken entlang, als suchte er nach einer Hausnummer, und hielt endlich.

In der folgenden Stunde hatte ich Gelegenheit, mich mit der Tätigkeit eines klassischen Privatschnüfflers vertraut zu machen und die Licht- und Schattenseiten dieses Gewerbes kennenzulernen wie anhaltende Langeweile, aber auch einen kleinen Erfolg. Nur daß dieser Erfolg ziemlich mau schmeckte.

Danach setzte ich eilig meine Fahrt zu Lemmers fort, den ich zu Hause aufsuchte, da die Musikschule komplett geschlossen hatte, wie mir die Sekretärin am Telefon mitgeteilt hatte, sie hütete in den Ferien wohl allein die Notenblätter.

Frau Lemmers bat mich, ums Haus herumzugehen und dabei auf Farbtöpfe achtzugeben.

»Dickschichtlasur, Ebenholzschwarz«, entzifferte ich auf einem Deckel, der im Gras klebte. Lemmers wischte sich einen Trauerrand an die Stirn und legte den Pinsel beiseite, mit dem er die Fenster strich. An seinem Blick sah ich, daß er Bescheid wußte.

»Sie kommen hoffentlich nicht, um mir Vorwürfe zu machen. Rebecca war meine Schülerin, ein begabtes Kind, ein nettes Kind, das ich mit Freude unterrichtet habe.« Seine Augen schimmerten feucht. »Und das ich nie nur eine Minute früher gehen ließ, das wünschte sie gar nicht.« Anscheinend hatte sich dies und das in der Musikschule herumgesprochen. »Steiner wollen wir bei uns nicht mehr sehen«, setzte er hinzu, »diesen selbstverliebten Pinsel.«

»Ihr Pinsel tropft«, mahnte ich und wies auf die Fensterbank.

»Ach, lassen Sie doch diesen Scheißpinsel«, fluchte er. »Ich streiche nur, weil mir nichts anderes einfällt, um mich abzulenken. Ich werd ja sonst noch bekloppt. Was hat die Musikschule mit der ganzen Geschichte zu tun?«

Mit einemmal wurde ich mißtrauisch. Ging es ihm nun um den Ruf der Musikschule oder um das Schicksal der Mädchen? Log vielleicht auch er? Es logen ja alle: Steiner, Hainsbach, Lars Entrop.

»Beide Mädchen, Caroline und Rebecca, hatten am Dienstag nachmittag Unterricht. Ich möchte wissen, wie Rebeccas Stunde lag und ob sich die beiden kannten.«

»Möglich. Ihr Unterricht überschnitt sich allerdings, Rebecca kam direkt nach der Schule zu mir, um nicht erst nach Horstmar und dann wieder zurück nach Steinfurt fahren zu müssen, um drei Uhr war sie fertig.«

Nach allem, was wir wußten, setzte Julius Steiner bei seinem zweiten Gastspiel als Lehrer Caroline meist nach einer Viertelstunde halbherzigen Unterrichts vor die Tür, also gegen drei.

»Wie war das gestern mit Rebecca?«

»Gestern? Schon vergessen? Wir haben Ferien.«

»Sie haben keine Sonderstunde für ein kleines Flötenkonzert mit ihr vereinbart?«

Argwöhnisch kniff er die Augen zusammen. »Kommt da was nach? Sind Sie etwa knapp an Verdächtigen?«

»Danke, das war alles.«

Lemmers schaute mich flehend an. »Jetzt bleiben Sie aber noch, wenn Sie schon da sind. Was können wir tun? Alle Eltern warnen, auf ihre Kinder besonders aufzupassen?«

Ich mußte an Bettina Hainsbach denken. »Bloß auf die blonden Mädchen; nach unseren bisherigen Erkenntnissen, sind die anderen relativ ungefährdet. Hatten Sie mal mit Massenhysterie zu tun?«

Als ich mich verabschiedet hatte, schaute ich an der Hausecke zurück und sah, wie er in einem weiten Bogen den Pinsel in den Garten warf, die Farbe kleckerte nur so.

»Ich hab's gelesen«, begrüßte mich Bettina Hainsbach an der Tür. »Kommen Sie herein, ich koch uns Kaffee.«

Schwarz stand ihr nicht. Es ließ die Zeichen von Trauer sehr deutlich hervortreten, die beinahe leichenhafte Blässe. Fast unsicher, mit schleppenden Schritten ging sie mir ins Wohnzimmer voraus und ließ mich dort eine Weile warten, während sie in der Küche hantierte. Das Wohnzimmer wirkte auf mich unter dem grauen Licht, das von draußen hereindrang, besonders trist und leer. Trotz der großen Glasfronten zum Garten herrschte beinahe Dämmerung. Bettina Hainsbach schaltete aber keine Lampe ein, nachdem sie das Kaffeetablett auf dem niedrigen Tisch abgestellt hatte. Ihr Gesicht verschwamm im Schatten. Nicht nur die frostige Atmosphäre verursachte mir Unbehagen.

Als ich hinter Hainsbach hergefahren war, hoffte ich so halb, daß er lediglich ein Medikament zustellte. Der Konkurrenzkampf wirkte sich günstig auf die Einsatzbereitschaft der Apotheker aus, fraglich war allerdings, ob es nötig war, eine Stunde lang den Beipackzettel zu erläutern, und ob es zum Service gehörte, daß Hainsbach die Kundin beim Abschied an der Haustür zärtlich umarmte. Daß dieser Abschied eventuell als nicht ganz branchenüblicher Bonus zu bewerten war, machte der forschende Blick deutlich, mit dem Hainsbach vorher und nachher das Terrain vor der Haustür sondierte, ungeschickt rutschte ich tiefer hinter das Lenkrad.

Betrogenen Ehefrauen haftet beinahe zwangsweise etwas Lächerliches an, vor allem, wenn sie ahnungslos sind und ganz andere Vorstellungen von ihrer Ehe mit sich herumtragen. Es war daher sehr fraglich, ob es Bettina Hainsbach unter diesen Umständen erleichtern würde, daß sich die Alibifrage endgültig geklärt hatte.

»Haben Sie herausgefunden, wer die neue Tote ist?« erkundigte sie sich.

Fast sofort schaltete sie eine Stehlampe neben ihrem Sessel ein, als sie den Namen hörte.

»Rebecca. Ein ungewöhnlicher Name, zumindest war er mir vorher nicht direkt begegnet, deshalb habe ich ihn mir gemerkt«, erklärte sie.

Hastig kramte ich nach meinem Notizblock.

»Ein Mädchen aus der Musikschule. Es spielt Flöte – spielte Flöte.«

Ich begann zu schreiben.

»Aber das ist alles, was ich weiß.«

Enttäuscht blinzelte ich ins Licht, Bettina Hainsbach war im Halbschatten geblieben.

»Caroline muß doch mehr von ihr erzählt haben. Haben sich die beiden Mädchen denn nicht angefreundet?«

Sie rückte die Lampe ein Stück von ihrem Sessel weg. »Meine

Tochter hat nur einmal erzählt, daß Rebecca sehr schön Flöte spielt. Ich habe Caroline vorgeschlagen, das Mädchen einmal mitzubringen, dann hätten sie zusammen etwas spielen können, ein leichtes Stück für Flöte und Geige.«

Mehr war aus dem Gespräch nicht herauszuholen, ich erhob mich daher und packte meine Notizen ein. Daß Caroline Rebecca nie wieder erwähnte, war leicht zu verstehen, nachdem ihre Mutter mit dem gemeinsamen Spiel gedroht hatte.

»Vielleicht sollten Sie doch Ihre Schwester besuchen und für eine Weile den Ort verlassen, Ihr Mann wird schon allein zurechtkommen. Wie geht es ihm?«

Von Hainsbach hätte ich besser nicht anfangen sollen. An der ruckhaften Bewegung des Kopfes, einem Wegdrehen, bevor sie sich wieder unter Kontrolle hatte, erkannte ich, daß sie nicht ganz ahnungslos war. Jetzt fiel mir auch ihre etwas seltsame Bemerkung über ihn ein.

»Was erwarten Sie? Er arrangiert sich.«

Als ich mich vor der Tür verabschiedete, sagte sie wie nebenher: »Wir lassen uns scheiden, wenn das hier vorbei ist. Sie hatten recht, er kommt ohne mich aus.«

Sehr verloren stand sie in der Haustür, ich holte tief Luft vor Überraschung. Auf einmal lächelte sie.

»Nehmen Sie immer soviel persönlichen Anteil an Ihren Fällen? Sie brauchen nicht auf ihn wütend zu sein. Ich habe die Scheidung vorgeschlagen.«

Nach diesem Gespräch mochte ich nicht direkt zur Dienststelle fahren. Um ehrlich zu sein, hatte ich mich bisher bei keinem Fall derart schlecht gefühlt, deshalb parkte ich ein paar Minuten am Straßenrand und vertiefte mich in meine elegische Stimmung. Mit dem Ergebnis, daß mir Vetter Theo erneut in den Sinn kam. Keiner hatte damals bemerkt, daß etwas mit mir nicht in Ordnung war, ich sandte stumme Hilferufe aus, auf die niemand antwortete, ich glaube, die Einsamkeit, die Verlassenheit, war fast das Schlimmste an der Geschichte. Darüber reden hätte ich nicht gekonnt.

Am Abend tat ich etwas sehr Merkwürdiges, nachdem ich ein Büschel Federn in der Rumpelbude, die Detlev sein Arbeitszimmer nannte, entdeckt hatte. Der Entdeckung ging eine ziemlich lange und ermüdende Sitzung im Büro voraus, und diesmal schickte mich Rohleff nicht früher nach Hause, sicher hielt er die Gefahr eines Gripperückfalls für gebannt.

»Caroline und Rebecca liefen sich also auf dem Flur der Musikschule über den Weg. Fragt sich, ob sie zusammen ihren Mörder kennengelernt haben oder eine die andere mit ihm bekannt gemacht hat«, sagte er.

»So in der Art: Darf ich Ihnen meine Freundin vorstellen? Sie ist auch an Ihren Spielchen interessiert.« Knolle sah uns erwartungsvoll an, erntete aber keinen Beifall, mir gingen seine Scherze auf den Geist.

»Was ist mit deinen Autonummern?« Meine Stimme klang auch in meinen Ohren eine Spur zu giftig.

Harry trommelte auf die Mappe, die er auf den Knien hielt, er hatte darauf bestanden, an der Besprechung teilzunehmen, statt in seinem Labor zu brüten.

»So ist's recht, Frau Kollegin, nur immer Dampf aufmachen, damit's etwas flotter weitergeht. Da Hainsbach erwiesenermaßen mehr Gefallen an erwachsenen Liebesobjekten zeigt, ist der böse Wolf doch einer von außerhalb? Ein Onkel, der hübsche Haarspangen verteilt, weil die Kids von heute selber genug Geld für Bonbons in der Tasche haben?«

»Bonbons machen die Zähne kaputt, sagen meine Töchter«, lenkte ich stimmungsmäßig ein. Jetzt, wo es ausgesprochen war, tat es mir leid, daß wir auf Hainsbach als Tatverdächtigen verzichten mußten.

»Wo bekommt man solche Haarspangen? Könnten die aus

einem Laden hier in Steinfurt stammen? Drogerie, Friseur? Sie sehen nicht gerade teurer aus«, sagte Rohleff.

Wir haben ziemlich lange über die Haarspangen diskutiert, Harry bestand darauf, daß die Dinger wegen eines speziellen Glitzereffekts oder changierender Farben etwas Besonderes darstellten. Rohleff ordnete schließlich an, daß sich jemand um die Herkunft der Spangen zu kümmern habe. An unserer Sitzung nahmen weitere Kollegen teil. Wir gingen jetzt nicht mehr davon aus, daß der Mörder in der unmittelbaren Umgebung der Mädchen zu suchen sei.

»Na schön, und nach wem suchen wir?« fragte Patrick.

Ich überlegte laut. »Selbständige, die ihrer Geschäfte wegen herumfahren, Bauunternehmer, Architekten.«

»Leute, die dir Lebensversicherungen andrehen wollen oder Bausparverträge.«

»Zeitschriftendrücker, Altkleidersammler«, schlug ein Kollege vor.

»Gibt's die noch?« fragte ein anderer.

»Bei uns tingelt donnerstags immer einer mit Landeiern durch die Straßen«, sagte ein anderer. »Sollen wir solche Leute gleichfalls überprüfen?«

»Haltet euch an die Autonummern aus Patricks Datei, sucht die Selbständigen unter den Autohaltern heraus, die klappern wir ab«, sagte Rohleff müde, seiner Stimme war anzumerken, daß er selbst von der Sache nicht viel hielt.

Gegen Ende der Sitzung berichtete er von seinem Besuch in der Gerichtsmedizin. Nicht zu überhören war, daß seine Stimme einen anderen Klang annahm, wenn er Sybille Overesch erwähnte. Wir blinzelten uns zu, zwischen Harry, Patrick und mir lief per Blickkontakt eine ganz andere Ermittlung, während Rohleff seinen Bericht abspulte und dabei an uns vorbeisah, sonst hätte er sich eventuell etwas weniger verraten.

Todesursache wie gehabt, keine Spermaspuren, überhaupt

keine Spuren, die direkt auf den Täter zurückführten, erklärte er mit einem Seufzer, der auf eine gewisse geistige Abwesenheit schließen ließ.

»Was ist mit der Kleidung der Kleinen?« fragte Harry.

»Wird noch untersucht«, sagte Rohleff und wandte sich uns wieder zu.

»Haare, Schuppen?« bohrte Harry nach, um Karls Aufmerksamkeit festzuhalten.

»Sie werden jede Rüsche dieses Kleidchens unter die Lupe nehmen.«

Harry war anzumerken, daß er die Arbeit lieber selbst erledigt hätte. Als wir die Sitzung beendet hatten, hielt er mich zurück.

»Ich hätte da ein Angebot.« Er musterte mich. »Der Vogelkundler aus dem Zoo hat mich drauf gebracht. Wär nett, wenn du morgen abend bereits wärst, dich ein bißchen aufzubrezeln und mit mir ins Theater zu gehen. Ich habe dir doch ordentliche Musik versprochen.«

Ich muß etwas dämlich dreingeschaut haben.

»Einen passenden Fummel hast du sicher im Schrank.«

»Versteh ich dich richtig? Hauteng, schwarz, mit ein bißchen Silber am Ausschnitt und hohe Hacken dazu?«

Harrys Augen begannen zu glänzen, dann musterte er mich skeptisch.

»Du kannst mich mal.« Ich schnappte meine Sachen und ging zur Tür.

Harrys Stimme hinter mir klang unglücklich. »Ich dachte nur, weil sie morgen ›Schwanensee‹ geben.«

Ich blieb wie angewurzelt stehen. Langsam drehte ich mich um, betrachtete den dicken Harry, der mitten im Raum stand, die Fäuste in die Hüften gedrückt, und jetzt die Arme wie Flügel ausbreitete und mit den Schultern zuckte. In Gedanken hörte ich eine CD dudeln und sah Laura, die in ihrem Tutu auf der Stelle hopste.

»Tschaikowski paßt doch irgendwie, nicht?« bettelte Harry.

»Das fragt sich noch. Aber, wie Karl mal sagte, wir müssen halt jedem Fitzelchen einer Spur nachgehen. Übrigens hab ich kein Schwarzes. Wann holst du mich ab, und gehen die Karten auf dein oder mein Konto?«

»So Gott und Karl wollen, auf Spesen.«

Auf der Fahrt nach Hause bereute ich bereits die Zusage. Einerseits, weil ich voraussah, daß ich etwas aus meinem Kleiderschrank aufbügeln mußte, und andererseits, weil ich Harry für verrückt hielt und eigentlich die Abende zur Zeit lieber zu Hause verbrachte.

Der Streit um die Campingfahrt war keineswegs entschieden, Detlev hatte trotzdem den Sonntag ohne weitere Rücksprache als Abreisetag festgesetzt und stellte methodisch Listen über das zusammen, was noch zu besorgen oder überhaupt mitzunehmen war. Laura weigerte sich weiterhin, mitzufahren, Katia dagegen kramte bereits eifrig in ihrem Kleiderschrank nach Urlaubsgarderobe. Auf Texel, versuchte sie die Schwester von Tür zu Tür zu überreden, dürfe man am Meer entlangreiten.

»Ich kann aber nicht reiten«, schrie Laura über den Flur.

»Ihr fahrt nicht«, sagte ich möglichst beiläufig zu Detlev, »ich möchte nicht, daß meine Töchter bei Regen im Zelt ersaufen.«

»Werden sie nicht, ab Samstag gibt es schönes Wetter.«

Die Rumpelbude bezeichnete Detlev gelegentlich auch als Bibliothek, weil sich an einer Wand Regale mit Büchern entlangzogen, den unteren Teil dieser Regalwand nahmen Schrankelemente ein, davor stand ein langer schmaler Tisch mit Krimskrams und einem Computer, an dem Detlev manchmal arbeitete. Gegenüber hatten wir die Einbauwand aufgestellt, die uns im Wohnzimmer nicht mehr gefallen hatte, die aber zu schade für den Sperrmüll war und außerdem unentbehrlich für Fotoalben, zerkratzte

Platten und Kassetten, die beim Abspielen knirschten. Den restlichen Platz nahmen ein Trimmfahrrad, alte Tennisschläger, Stühle, eine kleine Kommode, ein paar gefüllte Kartons, Bücherstapel auf dem Boden und die Couch ein.

Ungefähr einmal im Jahr unternehme ich einen Versuch, Ordnung zu schaffen, und gebe ihn auf, wenn ich ein Möbelstück geradegerückt und die paar Quadratmeter freiliegenden Teppichs gesaugt habe.

Mir war eingefallen, daß Detlev irgendwann mal antiquarisch einen gewichtigen Musikführer erworben hatte, in dem ich noch schnell etwas Geistreiches über »Schwanensee« nachlesen wollte, um Harry von der undankbaren Aufgabe zu befreien, mich bilden zu müssen. Auf der Suche nach dem Lexikon stieß ich auf ein Büschel Federn, es lag auf dem Wälzer. Ich nahm die Federn gleich mit aus dem Schrank, die braunen sortierte ich aus, es blieben welche mit weißen Streifen und grauen Spitzen übrig und eine weiße oder fast weiße. Im Licht unserer alten Stehlampe wirkt alles etwas trüb. Ich fragte mich, ob ich genug von dem Vogelkundler gelernt hatte, um zu erkennen, daß es sich um eine Schwanenfeder handelte, eine ungeknickte. Schwäne hatten doch auch kürzere Federn, oder hätte diese nicht von einem Schwanenjungen stammen können?

Ganz behutsam strich ich über den Schaft, der Flaum am Anfang des Kiels zitterte in der Lampenwärme.

Einen Augenblick glaubte ich, daß es die Federn wären, die ich am Bagnosee aufgelesen hatte, und war erleichtert. Dann sah ich mich in Gedanken am See stehen, die Federn in der Hand. Ich war mir nicht sicher, auch helle Federn aufgeklaubt zu haben. Allerdings wußte ich nicht mehr genau, was ich mit den Federn gemacht hatte. Bevor ich ins Auto gestiegen war, hatte ich sie fallen gelassen, oder doch nicht?

Um das Büschel Federn dort zu verstauen, wo ich es gefunden hatte, mußte ich wieder auf die Knie gehen und unter den Tisch kriechen. Im gleichen Fach fand ich einen unbenutzten Schnellhefter mit ein paar weißen Blättern. Auf den Deckel schrieb ich mit Bleistift: »Akte D«.

8. Juli. Fund einer Schwanenfeder im Arbeitszimmer, trug ich ein.

Einen weiteren Fund ein Schrankfach tiefer unterschlug ich vorerst. Seit Jahren hatte ich die Plastiktüte mit den Gummis nicht mehr gesehen, konnte mich aber daran erinnern, wie Detlev und ich sie in einem Spezialladen in der Altstadt von Amsterdam gekauft hatten. Wir haben nie eins davon benutzt, aber jetzt zog ich ein Kondom aus der Tüte und schob es mir über den Daumen. An der Spitze wedelten drei grüne Tentakel. Den Kitzelreiz, den die Auswüchse auslösen sollten, hatten wir nicht nötig gehabt, sie sahen aber spaßig aus, vor allem, wenn sie wackelten. Nur war mir diesmal nicht nach Lachen zumute, ebensowenig nach Heulen, das wäre immerhin eine Erleichterung gewesen. Mir war, als hätte sich ein Teil von mir abgespalten.

Meiner Erinnerung nach hätte die Tüte praller gefüllt sein müssen. Ich überlegte, ob ich eine weitere Eintragung in die Akte D vornehmen sollte.

9. Juli

Als ich kurz nach sieben über der zweiten Tasse Kaffee endgültig wach zu werden versuchte – ich hatte unruhig und schlecht geschlafen –, tauchte Katia in der Küchenecke auf, holte sich Cola aus dem Kühlschrank und setzte sich zu mir. Ich nahm an, daß sie einen kleinen Anlauf vor der letzten Runde Schlaf nahm, und nutzte die Gelegenheit.

»Sieht nicht gut mit dem Wetter aus. Nur Regen. So ein Zelt kann nachts ganz schön ungemütlich feucht und kalt sein. Du wirst dir wahrscheinlich eine Grippe holen und den ganzen Tag unter dem nassen Zeltdach bibbern. Ist deshalb riesig nett von dir, daß du mit Papa fahren willst. Nur ohne Laura wirst du dich langweilen.«

Katia starrte gleichmütig in den Garten hinaus. An der Glasfront vor uns lief der Regen herunter.

»Das hört auf, wenn wir losfahren.«

Vom Schlaf verwuschelt, hing ihr die Mähne halb ins Gesicht, das jetzt am frühen Morgen besonders weich und kindlich wirkte. Ich widerstand dem Impuls, meine Tochter in die Arme zu nehmen und zu wiegen wie früher als Kleinkind.

Der Traumwirrwarr der vergangenen Nacht meldete sich stärker mit einem Nachhall von Furcht und Besorgnis. Einmal mußte ich so aufgestöhnt haben, daß Detlev davon gestört wurde. Erst murrte er, dann versuchte er, mich mit Streicheln zu beruhigen, ganz dicht rückte er heran, legte einen Arm um mich, schob sich mit einem Bein halb über mich und nahm mir den Atem. Auch der Gedanke an den Schnellhefter in meinem Nachttisch hatte Beklemmung ausgelöst, als ich ganz wach geworden war.

»Mama?«

Die Lampe über dem Eßtisch, die das Regengrau aufhellen sollte, vergoldete das Haar meiner Kleinen. Mit ihrem kräftigen Körper sah sie wie ein barocker Engel aus, aber ein weiblicher, kein ungeschlechtlicher. Zum ersten Mal bemerkte ich, daß sich ihre Brüste entwickelten, sie zeichneten sich unter ihrem dünnen T-Shirt ab. Nicht die auch schon, dachte ich entsetzt.

»Mama, ich will nicht hierbleiben.« Plötzlich legte sie den Arm über ihre Brust. »Mir ist nicht kalt. Meinst du, ich kann Laura allein lassen? Warum hast du nicht frei und kommst mit?«

Nun nahm ich sie doch in den Arm, wie früher saß sie auf meinem Schoß. »Ich würde nicht ohne meine Schwester wegfahren«, flüsterte ich in ihr Haar, es kitzelte mich.

Rohleff versperrte mir beinahe die Sicht auf die Straße, weil er versuchte, während der Fahrt die Zeitung umzublättern, außerdem lenkte mich sein empörtes Schnaufen und Grunzen beim Lesen vom Fahren ab. Die Kindermorde beherrschten das Titelblatt und den Lokalteil, wie ich mit einem Seitenblick erspähte. Eine halbe Sekunde war nichts anderes als Zeitung zu sehen. Mit einem Arm fegte ich das Papier beiseite, während ich einhändig weiterlenkte. Ein Fahrer auf der Gegenbahn hupte kräftig. Die S-Kurven, die unser grün-weißer Wagen beschrieb, hoben nicht gerade das Renommee der Polizei.

Wir mußten den Wagen ganz am Anfang der Straße abstellen, denn vor uns parkten Autos in langer Reihe, darunter Kleintransporter mit bekannten Logos aus der Medienbranche an den Seiten. Vor den Häusern der Fosses empfing uns eine militant aufgerüstete Truppe von Familienmitgliedern und trieb verschreckte Redakteure und Fotografen vor sich her, die trotzdem auf die Auslöser von Kameras drückten.

»Sind Sie wahnsinnig«, schnauzte Rohleff einen Mann an, der ein Gewehr an der Backe hielt.

»Ich hab Rehposten geladen«, erklärte der Mann ruhig. »Halten Sie Abstand. Sobald Sie den Fuß auf den Rasen setzen, ist das Hausfriedensbruch.«

»Laden Sie nur einmal durch, und Sie sitzen im Knast.« Ich hielt dem Mann meinen Dienstausweis vor die Flinte.

Alle drei Ehemänner besaßen einen Jagdschein, der ihnen aber nicht das Recht einräumte, auf mißliebige Zeitgenossen anzulegen. Unsere Belehrung ließ die drei völlig unbeeindruckt.

»Wenn Sie uns nicht die Bagage von Hals halten, machen wir das selbst«, erklärte Fosse zwei.

Fosse eins nickte grimmig. Daß er der Vater von Rebecca war, sah ich an den rotgeränderten, verklebten Augen. Er nahm das Gewehr von der Schulter und wollte es einem der größeren Jungen in die Hand drücken.

»Hat der auch schon einen Jagdschein?«

»Hat er – er ist unser bester Schütze«, schrie Fosse zwo über die Straße dem Pulk zu, der trotz Nieselregen das Gras auf der Wiese platt trat.

Rohleff sprach ins Handy. »Patrick, schnapp dir zwei von der Wache, komm her und räum hier ein bißchen auf …«

Sobald wir die Gewehre eingesammelt hatten, löste sich der erste Reporter aus der Gruppe gegenüber und betrat die Straße. Sofort riß Fosse zwei die Knarre wieder an sich.

»Jetzt reicht's aber«, schnauzte Rohleff.

Erst im Haus hatte ich Gelegenheit, die beiden westfälischen Sturschädel, die Brüder Fosse, näher zu betrachten, den Schwager ebenfalls, der typmäßig ein dritter Bruder hätte sein können. Allen dreien war die Familientragödie wichtiger als ihre Arbeit, sie hatten sich auf unbestimmte Zeit beurlauben lassen. Ein halbwüchsiges Mädchen reichte ihnen Handtücher, mit denen sie sich die nassen Haare rubbelten.

Zur Verstärkung des Clans waren Vettern und Kusinen aus der Umgebung eingetroffen. Mehrere Familienmitglieder beschäftigten sich wohl in der Küche mit der Abfütterung der Meute, eine Frau trug riesige Platten mit belegten Brötchen, die im Handumdrehen verschwanden, in den Wohnraum.

»Wir kriegen das Schwein, da verlassen Sie sich mal drauf.«

Rohleff maß Fosse zwei mit einem kühlen Blick. »Könnte leicht das falsche Schwein sein, und so oder so wären Sie dran.«

Ich überließ Rohleff die Diskussion mit den Machos und gesellte mich zu den Frauen in der Küche. Sofort rückte mir jemand einen Stuhl zurecht, schob mir eine Tasse Kaffee zu und drückte mir ein Messer in die Hand. Mechanisch griff ich nach einem Brötchen, schnitt es auf, bestrich es mit Butter, klatschte eine Scheibe Käse darauf und legte es auf eine erst halbvolle Platte.

»Hat Rebecca von Caroline Hainsbach gesprochen?«

»Ja, hat sie, und wir haben uns jetzt auch die alten Zeitungen mit den Fotos und Berichten vorgenommen, die hatte ja keiner von uns so richtig gelesen. Muß ein armes Ding gewesen sein. Rebecca wollte sie aber nicht mit heimbringen, als wir sie mal danach fragten.« Frau Fosse zwei wischte sich Tränen ab, während sie mit dem Messer hantierte. Eine ältere Frau saß mit am Tisch, die Hände unbeweglich im Schoß.

»Daß das so hat kommen müssen«, sagte sie leise.

»Ja, Mutter, aber da haben wir nicht für gekonnt.« Frau Fosse eins streichelte die Schulter ihrer Mutter.

Kinder stoben herein, langten nach den Brötchen, hielten plötzlich inne, die Augen auf einmal von Trauer verschattet.

»Macht, daß ihr rauskommt.« Eine Frau fuchtelte mit dem Brotmesser in der Luft herum.

Ich überlegte, ob ich die Fosseschwestern mit ihren Ehemännern ins Büro bestellen sollte.

»Hat Rebecca in letzter Zeit öfter von neuen Bekanntschaften erzählt?«

»Wie meinen Sie das?« fragte die dritte Schwester argwöhnisch, dann ließ sie sich auf den Stuhl neben mir fallen. »Wir haben uns natürlich Gedanken gemacht. Rebecca war ein aufgewecktes Kind, die ließ sich nicht so leicht von Fremden einseifen. Aber sie ist auch dazu erzogen worden, höflich zu sein.« Sie dämpfte ihre Stimme, als sollten die anderen nicht weiter mithören. »Mein Mann kam gerade von der Arbeit und hat Rebecca an der Bushalte gesehen. Sie sprach mit einem Mann, und für Rolf sah es so aus, als wäre sie nach dem Weg gefragt worden.«

»Wie sah der Mann aus?«

»Reden Sie mit Rolf, er macht sich Vorwürfe, daß er nicht angehalten hat. Er war aber müde und ist weitergefahren. Im Sommer wird man hier häufiger von Touristen nach was gefragt.«

Mit dem Ehemann von Nummer drei war zuerst überhaupt nicht zu reden, angeblich hatte er so gut wie nichts wahrgenommen. Rohleff sprach auf ihn ein. Am Ende gab er an, daß er einen dunkelblauen Wagen mit offenstehender Tür am Straßenrand bemerkt hatte.

»Der kann ebensogut dunkelrot oder grün gewesen sein. Papa ist farbenblind«, mischte sich ein Junge ein.

Auf einmal sah ich, daß mir das größere Mädchen, die Fünfzehnjährige, die ich bei unserem ersten Besuch im Nachbarhaus angetroffen hatte, ein Zeichen gab. Sie winkte mich an einen kleinen Schreibtisch, auf dem ein paar vollgekritzelte Zettel lagen. Nachdem ich sie überflogen hatte, knickte ich einen davon zusammen und steckte ihn in meine Jackentasche.

Als wir uns verabschiedeten, warnte Rohleff den Fosse-Clan eindringlich vor Selbstjustiz. Die Rede hätte er sich sparen können. Immerhin hingen die Waffen wieder im Gewehrschrank, dafür lagen jetzt auffallend viele Tennisschläger im Flur herum.

Auf der Straße vor dem Haus lehnte sich Patrick in Lederkluft gegen seine BMW und drehte Zigaretten. Neben ihm standen zwei uniformierte Polizisten. Ein paar Lücken in der Parkreihe zeigten, daß einige der Medienvertreter abgezogen waren, die restlichen hielten ein Stück weiter die Straße hinunter eine Art Kriegsrat unter einem Dach von Regenschirmen. Patrick leckte ein Zigarrettenpapier an.

»Hast du ein weiteres Räumkommando für mich, Chef, oder kann ich ins Büro zurück und normal weitermachen?«

»Laß noch ein bißchen die Muskeln spielen, das hält eventuell auch die Fosses in Schach.«

Auf der Rückfahrt erzählte ich Rohleff von den Zetteln auf dem Schreibtisch, aus denen hervorging, daß der Fosse-Clan beabsichtigte, eine große Befragungsaktion im Ort durchzuführen, um zunächst herauszufinden, wer außer dem Onkel Rebecca am Dienstag gesehen hatte und den Mann mit dem Auto.

»Eine der Fosse-Töchter hat mir versprochen, daß sie uns über die Aktion auf dem laufenden hält, ich habe ihr meine Telefonnummer gegeben.«

»Scheibenkleister«, Rohleff hieb mit der Faust auf das Armaturenbrett, »warum hast du nicht sofort etwas gesagt?«

»Hättest du sie daran hindern wollen, uns Arbeit abzunehmen? Vergiß nicht die Berichte in der Zeitung. Wer was gesehen hat, wird sich ohnehin bei uns melden.«

Rohleff bewilligte mir eine halbe Stunde Mittagspause, die ich dazu nutzte, kurz nach Hause zu fahren. Ich freute mich darüber, daß die Wischer unentwegt über die Frontscheibe witschten.

Katia drückte sich mit tränenverschmiertem Gesicht in der dunkelsten Ecke des Wohnzimmers herum, ich zerrte sie ans Licht. Bei ihrem Anblick wurde mir flau im Magen, obwohl ich gleichzeitig lachen mußte. Kurze schwarze Zotteln standen ihr vom Kopf ab, die Haut an Stirn und Wangen schimmerte fleckig.

Sie griff sich an die Zotteln und schniefte. »So bin ich für den Kindermörder gar nicht mehr interessant.«

»Gute Idee. Falls du deine Schwester dazu überreden willst, sich ebenfalls die Haare abzuschneiden und zu färben, soll sie aber zum Friseur gehen.«

Laura kam die Treppe herab und beugte sich über das Geländer. »Das würde ich nie tun. Darauf kannst du Gift nehmen. Jetzt ist sie nicht nur dick, sondern auch häßlich.«

Ich raste die Treppe hinauf, Laura sprang die Stufen vor mir hoch und knallte ihre Tür zu. Dabei wollte ich nur einen Blick ins Badezimmer werfen, das war vordringlicher, als erzieherisch tätig zu werden. Der Blick sagte mir, daß Lemmers und Katia hinsichtlich der Handhabung von Farbe ein gutes Gespann abgeben würden. Vermutlich wäre mir richtig übel geworden, wenn Katia zu Kastanienrot gegriffen und das Badezimmer optisch in ein Schlachthaus verwandelt hätte. Am Waschbecken lag die leere Packung des Färbemittels.

»Mama«, schluchzte Katia, die mir nachgekommen war, »so

will ich aber nicht alt werden.« Sie fuhr sich wild durchs Haar, die Finger färbten sich.

Nicht besonders zart bog ich ihren Kopf über die Wanne und drehte die Brause auf. Katia schrie, weil das Wasser zunächst kalt herausschoß. Ein Viertelstunde später hatte sich das Pottschwarz bereits ein wenig aufgehellt.

»Noch acht bis neun Haarwäschen, und du bist die Farbe los. Und in einem Jahr reicht dir das Haar wieder bis zur Schulter.«

»In einem Jahr erst?«

»Überbrück die Zeit bis dahin, indem du dich nützlich machst. Putz schon mal das Badezimmer.«

Detlev hinderte mich daran, eine Eintragung in die Akte D vorzunehmen, weil er mir ins Schlafzimmer gefolgt war. Ich zog mich für »Schwanensee« um. Mein Mann nahm es mir übel, daß ich mich im Theater mit einem Kollegen belustigte, während unsere Töchter langsam den Verstand verloren. Außerdem hatte er »Schwanensee« schon immer gemocht. Ob ich das vergessen hätte?

Falls ich es vergessen hatte, wußte ich es jetzt wieder. Auch, daß er Laura einmal zu dieser Musik hatte tanzen lassen. Das war im Februar, am Tag nach unserer Betriebskarnevalsfeier gewesen, an der Detlev teilgenommen hatte. Eine Truppe unserer holländischen Kollegen, die wir zu Gast hatten, hatte »Schwanensee« getanzt, alles gestandene Männer in Ballettröckchen. Mir kam das selbst im Karneval reichlich albern vor.

Unsere Blicke begegneten sich im Spiegel, ich sah einen Mann auf dem Bett sitzen, der weinerlich das Gesicht verzog.

»Lilli, ich weiß bald nicht mehr weiter. Du machst unsere Familie kaputt. Laß dich freistellen, komm mit uns nach Holland.«

Ich betrachtete im Spiegel eine Frau, die sich zunehmend in eine merkwürdige Idee verrannte und dabei war, mehr als nur eine Ehe aufs Spiel zu setzen. Fachblätter warnten vor dieser Art von

Übertragung, die sich einstellt, wenn man sich zu tief in eine Sache hineinziehen läßt. Ich hockte mich vor Detlev und barg meinen Kopf in seinem Schoß, langsam glitten seine Finger durch mein Haar, den Nacken hinab, er wußte, daß ich das gern hatte, vor allem der Nacken wollte von Verspannungen befreit werden.

»Ich habe es dir gesagt, ich fahre auch ohne dich mit den Mädchen nach Holland.«

»Das könnte dir so passen. Meinst du, ich brauch dich nicht? Den Rückhalt in der Familie, gerade jetzt?« Ich war aufgesprungen und schrie ihn an.

»Du bist erwachsen, unsere Kinder sind noch klein.« Er ging ruhig hinaus, ohne mir noch einmal nahe zu kommen, besser als ich hatte er sich schon immer im Griff gehabt.

Als ich fertig angezogen und zurechtgemacht zur Treppe ging, hörte ich Männerstimmen heraufklingen. Während der Zeit, als ich mir im Badezimmer mit dem Fön durch die angefeuchteten Haare gefahren war, damit sie lockerer fielen, mußte Harry geschellt haben. Ich fragte mich, ob Detlev Laura erwähnt hatte oder Harry ein Blick auf Katia vergönnt war und die beiden deshalb so betreten zu mir heraufblickten.

Laura hatte mittags das Haus verlassen, als ich mich um Katia bemühte, und war, wie mir Detlev berichtet hatte, erst drei Stunden später zurückgekehrt. Ihr Fahrrad lag bei meiner Heimkehr im Vorgarten, und ich hatte mich darüber geärgert, daß das teure Rad im Regen vergammelte. Laura hatte dem Anschein nach keine Pfütze ausgelassen, denn der Dreck klebte in Placken sogar unter den Schutzblechen. Gelbe Lehmerde, wie ich mit einem genaueren Blick feststellte, wie von einem Feldweg.

Laura selbst war vollkommen durchnäßt gewesen und die Treppe hinauf in ihr Zimmer gestürmt. Sie hatte abgeschlossen und bisher auf kein Klopfen reagiert. Ich lauschte noch auf die Stimmen von unten, als sich ihre Tür bewegte. Erstaunlicherweise streckte Katia den Kopf heraus und winkte mich zu sich.

»Mama«, flüsterte sie, »sag Harry, daß ich nicht runterkomme. Ich will nicht, daß er einen Schreck kriegt.« Sie zupfte an ihrem Haar, das merkwürdig fleckig wirkte, insgesamt heller und dabei etwas feucht.

»Hast du deine Haare wieder gewaschen?«

»Viermal muß ich noch, dann bin ich durch.«

»Laß das bleiben, sonst hast du am Ende nur Fusseln auf dem Kopf. Was macht Laura? Wo war sie heute nachmittag?«

»Du siehst chic aus, viel Spaß im Ballett«, sagte Katia höflich und schloß die Tür.

»Keine Stacheln heute?« flötete Harry, während er mir geschmeidig den Wagenschlag aufhielt. Vermutlich gefiel ihm der rostrote Hosenanzug nicht, den ich im letzten Ausverkauf erworben und der seitdem ungetragen im Schrank gehangen hatte.

Aus dem Wagen auszusteigen, half er mir nicht. Tiefgaragen lösen bei mir nicht die freundlichsten Gefühle aus, schon weil ich mir nie die Nummer meines Stellplatzes merken kann und daher jedesmal lange das Auto suchen muß, diesmal aber hatte ich ja Harry an meiner Seite. Warum er allerdings auf einmal an meinem Nacken herumfummelte, begriff ich nicht.

»Nun warte doch mal«, nörgelte er, während ich mich in Richtung Aufzug bewegte. Ein Messer blitzte in seiner Hand auf, dann spürte ich einen Ruck im Nacken.

»Ja, dann«, sagte Harry und starrte auf das Preisschild in seiner Hand, »du hast für den Fummel tatsächlich ganze zwanzig Euro berappt? Ich hab gedacht, du hast den in der Kleiderkammer der Caritas aufgetan.«

»Die nehmen auch Geld für ihre Sachen.« Beleidigt riß ich ihm das Schildchen aus der Hand. Immerhin gehörte zum urspünglichen Preis eine Null mehr vor dem Komma, ich sah daher keinen Grund, warum sich Harry zwei Schritte hinter mir hielt, als hätten wir nur zufällig den gleichen Weg.

Als mir Katia ihr Kompliment gemacht hatte, trug ich die Jacke über dem Arm, erst mein Spiegelbild im Foyer gab mir ernsthaft zu denken.

»Harry«, flehte ich, »gib mir dein Taschenmesser.«

Er zögerte. »Ich mag aber kein Blut an der Klinge, die könnte rosten.«

Methodisch trennte ich die Futternähte an den Schultern auf, während mir Harry dabei zuschaute.

»Du hättest mir gleich sagen können, daß ich in dieser Jacke bei meiner Statur wie ein zu kurz geratener Preisboxer aussehe, mit Buckel würde ich mich darin um eine Stelle als Wasserspeier am Dom bewerben.« Ich riß die Naht mit einem Ruck weiter auf.

»Aber ich dachte ...«

»Harry, ich hab doch nur die Hose in dem Laden anprobiert und war froh, daß die Beine nicht über der Erde schleiften.«

Mahnend schrillte eine Klingel, als ich das erste Schulterpolster aus dem Schlitz im Futter zerrte.

»Ach, laß das jetzt«, Harry wand mir Jacke und Messer aus der Hand. »In dem Top und der Hose kann ich mich schon mit dir sehen lassen, trag die Jacke über dem Arm.«

»Da wird mir aber kalt.«

»Mach dir warme Gedanken.«

Den Theaterbesuch hatte ich mir romantischer vorgestellt.

Der Zuschauerraum strahlt den Charme der fünfziger Jahre aus, vor allem die Decke, an der unzählige Lampen mit tellerartigen, filigranen Schirmen leuchten, die jetzt langsam im Halbdunkel versanken, während sich der Bühnenvorhang, wie von Geisterhand bewegt, teilte und nach beiden Seiten auseinanderglitt.

Wir saßen im ersten Rang, ziemlich in der Mitte, ganz vorn an der Brüstung. Ich erinnerte mich, daß Harry über Beziehungen zum Theater verfügt, denen wir wohl diese guten Plätze verdankten. Über den Plakaten am Eingang klebten rote Balken mit der Aufschrift »ausverkauft«.

Ich kann nicht sagen, daß mir klar war, was wir uns von dieser Vorstellung versprachen. Das Bühnenbild jedenfalls versetzte mich in Unruhe.

Schatten von Bäumen täuschten Wald vor, ein fahles unheilschwangeres Licht waberte über einem See, Dunstschleier beherrschten den Hintergrund, drei Tatschauplätze verschwammen in dieser Szenerie. Ich war ganz nach vorn an die Kante des Sessels gerückt. Die Musik rauschte auf.

»Entspann dich«, flüsterte Harry, ich fühlte seine Hand auf meiner nackten Schulter.

Hatte das nicht auch Theo gesagt, als er eines Nachts zu mir ins Bett kroch, etwa zwei Jahre nach dem Kinobesuch?

Du bist jetzt wirklich erwachsen, ermahnte ich mich, und Harrys Hand, die mir über die Schulter streicht, zielt nur auf Beruhigung ab. Ja, an dieser Stelle, hätte ich sagen können, tut es öfter weh, kraul da ruhig heftiger. Statt dessen preßte ich den Rücken an die gepolsterte Lehne, während ich ein Stück herunterrutschte, bis Harrys Hand auf der Kante lag.

Die Schwäne schwebten ein.

Früher hatte ich geglaubt, Tänzer glitten federleicht über die Bühnenbretter. Als aber Laura mit dem Ballett begann, nahm ich beinahe zwangsweise Einblick in die Tanzkunst und lernte, was ich eigentlich wußte, daß nämlich von absoluter Lautlosigkeit keine Rede sein kann, wenn die Füße eines sechzig, siebzig Kilo schweren Tänzers nach einem Sprung auf den Boden treffen. So eine Balletttruppe trappst zeitweilig wie Kinder beim Bodenturnen, daher ist die Musik so unerläßlich, um die desillusionierenden Geräusche zu übertönen.

Ein Seitenblick zeigte mir, daß Harry das Interesse an meiner nackten Haut verloren hatte und in Musik versunken war und in den Anblick langer Mädchenbeine, die im Spagat auseinanderklafften.

Der Prinz, als Jäger verkleidet, trat auf, ich verfolgte die Geschichte, die das Ballett erzählte, und erinnerte mich gleichzeitig an die, die Frau Becker uns mitgeteilt hatte: Tanja Becker war einem Prinzen begegnet. Es begann nun doch, spannend zu werden.

Dann hakten sich vier Schwanenmädchen unter, hoben im Gleichschritt die Beine und bewegten ruckartig die Köpfe hin und her.

»Tam, tam, tam, tam, taderam tam, tam«, klang die Tschaikowski-Musik.

»Harry«, flüsterte ich töricht, »hörst du das? Erkennst du's auch?«

Die Fahrt nach Horstmar, der dunkle Wagen, der in der Reihe der angehaltenen Fahrzeuge steht, eine Hand, die den Takt klopft, Musik aus dem offenen Wagenfenster.

Die Wiederholung eines Leitmotivs: »Tam, tam, tam ...«

Vier kleine Schwäne, Harry, es sind vier Schwäne und nicht drei, möchte ich schreien. Vom ersten Rang aus sind die Gesichter der Tänzerinnen auf der Bühne nicht zu erkennen, nur helle Ovale auf schlanken Hälsen, graziöse Körper, der vierte rechts außen kommt mir besonders dünn vor, beinahe magersüchtig. Ein Kind, das zuwenig ißt, um einem ungesunden Modetrend zu gehorchen. Auf dem hellen Haar, das im Nacken in einem Knoten zusammengefaßt ist, sitzt ein Diadem aus Schwanenfedern. Das Tutu wippt um schmale Hüften, denen jegliche Rundung fehlt. Vielleicht tanzt dort auf der Bühne wirklich die pure Unschuld, ganz in Weiß, aber mit einer Spur Keckheit, um den Schwanenprinzen zu beeindrucken. Sie sind nicht so klug und welterfahren, wie sie glauben, diese Schwänchen. Mir laufen Tränen über die Wangen, aber ich merke es nicht, ich starre auf das Kind rechts außen, zeichne in Gedanken jede der Bewegungen nach, die ich ja sehr gut kenne, die ich sehe, wenn das Schwanenmädchen im Badezimmer eine Pirouette dreht oder die Treppe herabtänzelt.

Längst habe ich Harrys Hand ganz fest umklammert.

»Das isses«, stöhnt Harry unbeherrscht auf, »ich hab mich nicht geirrt, das paßt alles.«

Ja, Harry, und jetzt wissen wir, daß es eben vier Schwäne sind und nicht drei und wir uns sehr beeilen müssen, weil die Sache weitergeht, und ich ahne, wer der vierte Schwan sein wird. Hinter uns tuscheln Leute, wahrscheinlich denken sie, daß wir morgens noch unseren Stall ausgemistet haben und uns jetzt so viel Kultur auf einmal glatt erschlägt.

Beim letzten Takt, als der See seltsam leer und weit erscheint um den toten Schwanenprinzen, der da im Wasser dümpelt, lasse ich Harrys schweißnasse Hand los, wische meine an der rostroten Kunstseide trocken, fahre mit beiden Händen über meine Wangen und stimme dann in das frenetische Klatschen ein, das unten, rechts und links aufbrandet.

»Dieser Prinz«, doziert Harry, als der Applaus abgeflaut ist, »gehört mit seiner Arthritis in den Knien längst ins Altersheim. Der hat nicht eine Hebefigur sauber hingelegt.«

»Harry«, antworte ich, »als Schnösel bist du unbezahlbar.«

Mein Kollege bearbeitet wieder meine Schulter, diesmal gräbt er richtig tief. »Morgen düsen wir nach Wesel und tun den Tippelbruder auf.«

Ich bin nicht ganz bei der Sache, Harrys Pfote trägt außerdem höchstens halb soviel zu meinem Wohlbefinden bei, wie ich gehofft hatte, ich schüttele sie ab.

Die Leute um uns haben sich an ihre Mäntel und Jacken an der Garderobe erinnert und das unromantische Gedränge davor, das ihnen den Nachhall der Aufführung verdirbt. Sie schieben sich hastig zu den Türen, um die ersten zu sein. Das Tamtam aus der Schwanenkinderszene klingt in mir noch nach, und damit ordne ich Harrys letzte Bemerkung endlich richtig ein. Harry hat sich ebenfalls erhoben, ich ziehe ihn am Ärmel wieder herunter.

»Willst du mit dem Tippelbruder ein Musikquiz veranstalten? Erkennen Sie die Melodie?«

Harry tätschelt nachsichtig meine Hand, heute abend läßt er nur ungern die Finger von mir. »Lilli, hast du schon einmal mit Tippelbrüdern zu tun gehabt? Unsere Fraktion ist bei denen nicht die beliebteste, ich würde vorschlagen, wir nehmen mit dem in Ruhe einen zur Brust, es könnte sich doch herausstellen, daß der sich an etwas mehr erinnert als an ein paar Tamtam-Takte.«

Während Harry und eventuell auch Patrick und Rohleff sich mit dem Kerl in einer Kneipe verbrüdern, hätte ich Zeit, die Akte D zu vervollständigen, überlege ich. Die Erwähnung von Wesel bringt mich auf eine Idee.

Detlev schläft fest, als ich leise aufstehe, mit einem Griff die Akte D hervorhole, mir unter den Arm klemme und damit in die Rumpelbude wechsle. Nach einem Zögern beginne ich mit meinen Eintragungen.

Anmerkung zu »Schwanensee«: Laut eigener Aussage liebt D gerade dieses Ballett.

Das Schreiben fällt mir nicht gerade leicht, ich lege die Akte beiseite und brauche diesmal länger, bis ich hinter einem Stapel ausrangierter Telefonbücher das Gesuchte zutage fördere, es handelt sich um alte Lehrerkalender, der zweite trägt die richtige Jahreszahl in goldenen Buchstaben auf dem Kunststoffdeckel. Die Noteneintragungen überblättere ich. März, April, Juni. Ich stoße auf eine Klammer, die vier Tage umschließt, von Montag, dem 10., bis zu Donnerstag, dem 13., reicht, und eine Erklärung daneben. »Klassenfahrt nach Wesel mit der 8b.«

Hastig blättere ich zurück und wieder vor, begierig auf zusätzliche Informationen, von denen mir diese unter dem 6. Juni bedeutsam erscheint: »Abfahrtszeit am Montag hat sich um eine Stunde verschoben, Martina Bescheid sagen.«

Wer ist Martina?

Türknarren hinter mir läßt mich aufschrecken. Detlev lehnt im Türrahmen.

»Kannst du deinen Scheißjob nicht wenigstens nachts ruhen lassen?«

Es ist aber erst halb eins, und Detlev hat auch schon zu dieser Zeit Hefte korrigiert. Mir fällt ein, daß er bereits mindestens ein oder zwei Bier samt Korn zum Vorspülen getrunken hatte, als mich Harry zu Hause absetzte und er meinen Kollegen auf einen Schlummertrunk hereinbat. Die beiden haben über Fußball und Tennis diskutiert und »Schwanensee« unerwähnt gelassen. Um sicherzugehen, daß Harry nicht anfing, sich über den Fall und unsere neuesten Erkenntnisse zu verbreiten, bin ich bei ihnen geblieben, habe gleichfalls ein Bier getrunken und die ganze Zeit gedacht, wann geht der endlich?

Detlevs blaue Augen blicken genügend verschwommen, um auf verminderte Denkleistungen bei hohem Restalkohol zu tippen. Seine Frage ist nicht ernst zu nehmen, trotzdem befällt mich ein Frösteln, vielleicht auch Schuldgefühl, als wäre ich bei etwas Unredlichem ertappt worden.

»Sag mal, hast du was mit Harry?« Er kneift argwöhnisch die Augen zusammen und macht Anstalten, ins Zimmer zu treten.

Den Kalender habe ich bereits unauffällig im Schrank verschwinden lassen, aber die Akte D muß noch irgendwo herumliegen.

»Ich hab gesehen, wie er dich dauernd betatscht hat, das läßt du dir doch sonst nicht gefallen.«

»Harrys sexuellen Präferenzen entspreche ich nicht. Hast du vergessen, wie er aus dem Biergarten verschwunden ist? Mit einer schlanken Brünetten im Arm?«

Detlev schwankt auf mich zu und stützt sich unterwegs an einem Tisch ab.

»Ach was, erzähl mir nicht, daß du ihn nicht auf Touren gebracht hast.« Er wedelt mit einem gelben Pappdeckel in der

Luft, der Akte D. »Rohleff vögelt mit der Overesch, bei euch bleibt es wenigstens ganz in der Firma.«

Notgedrungen trete ich auf ihn zu, lege ihm eine Hand auf die Brust und zieh ihm mit der anderen den Aktendeckel aus der Hand, zumindest will ich es, spüre aber unerwarteten Widerstand.

»Geh ins Bett, ich komm gleich nach.«

Seine Bierfahne weht mich an. »Daß ich nicht lache! Sobald du liegst, schläfst du, es reicht neuerdings nicht mal für einen Schnellfick.«

Detlev ist nicht oft derart angesäuselt, so daß ich es nicht sehr häufig erlebe, wie er den Oberlehrer vergißt, aber es ist sicher gut, daran erinnert zu werden, daß man auch bei ihm nur an der Oberfläche kratzen muß, um jemand anderen zum Vorschein kommen zu lassen.

Eigensinnig hält er die Akte fest, reißt sie mit einem Ruck an sich und hebt sie vors Gesicht, als ob er kurzsichtig wäre.

»Akte ...«

Mit beiden Händen gebe ich ihm einen Schubs, so daß er rückwärts taumelt und gegen die offene Tür prallt, die ein Stück nachgibt. Mit einem verdutzten Blick geht er zu Boden und läßt die Akte endlich fallen, die ich mit einem gezielten Fußtritt unter die Couch befördere.

Detlev schüttelt benommen den Kopf. »Was wird hier eigentlich gespielt?«

»Kloppt ihr euch?« fragt Katia hellwach und nicht uninteressiert, während sie gegen die Tür drückt und hereinlugt.

Ich habe beide ohne allzuviel Widerspruch ins Bett stecken können, ich hoffe, sie schlafen jetzt und es gelingt mir, ohne Störung noch ein paar Eintragungen in die Akte vorzunehmen. Detlev hat seine jüngere Tochter angeschaut, als wenn er ein Schreckgespenst vor sich hätte, und anklagend erst auf sie und dann auf mich gedeutet.

»Schau dir an, was du angerichtet hast. Wenn du die andere auch noch so zurichtest, lasse ich mich scheiden.«

D liebt nur Blond, schreibe ich.

10. Juli

Ich klammerte mich ganz fest an Patrick, beide Arme um seine Taille geschlungen, an meiner Wange spürte ich kaltes Leder. Patrick hob die linke Faust in Augenhöhe, den Daumen ausgestreckt, und gab mit der rechten Hand Gas. Die BMW dröhnte ein paar Töne tiefer, wir beschrieben eine elegante Schleife, der Boden unter mir glitt davon. Es regnete nicht einmal mehr, hier und da schob sich ein Fitzelchen blauer Himmel zwischen graue Wolken. Auf die Wettervorhersage war leider kein Verlaß.

»Mit der BMW«, hatte Patrick kategorisch erklärt, »kommen wir überall durch.«

Harry hatte ich vorher ein bißchen hintenherum gefragt, ob er sich an den Wagen vor Horstmar erinnere, aus dem »Schwanensee« zu uns herüberklang.

Etwas ungläubig musterte er mich. »Bist du sicher?«

»Was heißt schon sicher? Musik war's auf jeden Fall, und gestern im Ballett hab ich gemeint, daß es dies Stück gewesen wäre, das Tamtamtam der kleinen Schwäne.«

»Lilli, das redest du dir ein. Wenn da auch nur drei Takte ›Schwanensee‹ zu hören waren, hätte ich die unfehlbar erkannt.«

»Aber Musik hast du gehört?«

»Wo soll das gewesen sein?«

Auf einmal wußte ich nicht mehr, wieweit ich meiner Erinnerung noch trauen konnte.

Wesel, 10.–13. 6. Wer ist Martina? hatte ich in aller Eile heute früh beim Zähneputzen eingetragen. Damit mich dabei keiner störte, verriegelte ich die Tür, und prompt rüttelte eine meiner Töchter an die Klinke.

»Mama«, schrie Laura empört, »warum hast du abgeschlossen?«

Bisher hatte keiner bei uns abgeschlossen.

Patrick war inzwischen in Schräglage auf die A 31 eingebogen, den Ostfriesenspieß in Richtung Süden, mein Magen machte nur widerwillig die höhere Geschwindigkeit mit, mein Frühstück wollte nicht weiterreisen. Offensichtlich hatte sich Patrick vorgenommen, seinen letzten Rekord zu brechen, er schrie etwas, ich verstand ihn nicht.

Die Fahrt nach Wesel hatte er bei Rohleff durchgesetzt, als Karl gerade von zwei LKA-Leuten in die Zange genommen wurde. Die LKA-Beamten waren vor mir eingetroffen, ich hatte den fremden Wagen gesehen, als ich auf den Parkplatz fuhr und Karl überholte, der gerade gemächlich heranradelte. Mit seiner ausgebeulten Jeans und der abgewetzten braunen Lederjacke machte er nicht den besten Eindruck, verglichen mit den Anzugträgern, die vor dem Eingang auf ihn warteten.

Die erste Konferenz fand praktisch im Flur statt. Knolle stieß zu uns und erzählte von seiner Autonummernauswertung und daß er dringend ein paar Weseler überprüfen müsse, die bei der Ringfahndung aufgefallen waren. Ich hatte Patrick schon um eine Liste aller Nummern bitten wollen, die an dem Posten vor Horstmar aufgenommen worden waren, verschob aber mein Vorhaben, als Harry eintraf und seine Überlegungen zu »Schwanensee« und dem Tippelbruder beisteuerte.

Den LKA-Leuten war anzumerken, daß sie uns alle für verrückt hielten, vor allem, als sich Harry und Patrick um den Tippelbruder und die Fahrt nach Wesel stritten.

Die blieb am Ende an mir hängen, mit Patrick als Unterstützung, Harry wurde in sein Labor geschickt, um für das LKA eine Demonstration der bisher gesicherten Spuren vorzubereiten.

Ich wußte nun, wie Detlev sich fühlt, wenn der Schulrat kommt.

Vom Fahrtwind tränten mir trotz der Schutzbrille die Augen, außerdem drückte der Helm, und mein Rückgrat wurde von dem Gehoppel zusammengepreßt. Meine Blase meldete sich, ich bohrte Patrick den Zeigefinger in die Rippen, nachdem ich ihm bereits vergeblich auf die Schulter getippt hatte als vereinbartes Zeichen, daß er anhalten sollte. Nach ein paar Minuten bog er so schwungvoll auf den nächsten Parkplatz ein, daß ich um ein Haar vom Sitz flog.

»Dahin.« Ich deutete auf den häßlichen Betonwürfel mit den ungestrichenen Blechtüren.

Während mir die Jeans auf den Schuhen hing und ich mich mühte, das Zittern der Oberschenkel in der freischwebenden Hockstellung zu kontrollieren, erwog ich die Aussichten, per Anhalter weiterzureisen. Vor unserer Abfahrt hatte ich bereits dreimal mit Wilfried telefoniert, um den Abstecher korrekt vorzubereiten. Wilfried freute sich, mich wiederzusehen. Patrick ließ ich unerwähnt, um ihn als Überraschung zu präsentieren. Allerdings war fraglich, ob er überhaupt bei dem Kollegen auftreten wollte oder gleich in der Szene der Nichtseßhaften abtauchen würde, er hatte so etwas angedeutet, bevor wir losfuhren.

Tatsächlich waren nur zwei Fahrzeuge aus Wesel ins Netz gegangen, das eine auf der Straße vor Laer, das andere vor Horstmar. Das vor Laer, hatte sich schnell herausgestellt, war ein Wagen mit spezieller Ausstattung, die unseren Leuten auf der Straße entgangen war. Wilfrieds Nachforschungen hatten ergeben, daß es sich bei dem Fahrer um einen Schwerbehinderten handelte, der seine Beine nicht gebrauchen konnte. Nach einer kleinen Diskussion einigten wir uns darauf, ihn aus der weiteren Fahndung auszuklammern.

Über den zweiten würde mich Wilfried in Wesel informieren, er hätte da was für mich, schleimte er bei meinem letzten Anruf durch den Hörer, und daß es sehr sinnvoll wäre, wenn wir die Überprüfung gemeinsam durchführten, wegen des Datenabgleichs.

In Gedanken spürte ich gleich wieder seine Pfoten an meiner Taille, aber diesmal würde ich um mich treten, sobald er auch nur daran dachte, auf Tuchfühlung zu gehen.

Ich mußte sehr grimmig wirken, wie ich vom Klo auf Patrick zustapfte, denn er hielt den zweiten Helm fest und wollte ihn nicht kommentarlos hergeben.

»Geht's wieder?«

»Wieso?«

»Ich dachte, du hast gekotzt.«

»Nur gepinkelt.« Mit einem Ruck nahm ich ihm den Helm ab.

Patrick drehte in gemäßigtem Tempo ein paar Erkundungsschleifen durch die Weseler Innenstadt, während ich tief durchatmete und es genoß, auch wieder andere Geräusche als die eines BMW-Motors wahrzunehmen.

Patrick kannte die Straße, in der Tanja Becker wohnte, langsam fuhr er an der Apotheke und dem schmucken Haus der Beckers vorbei. Vielleicht holte er auf diese Weise Schwung für die Fahndung.

Mit Wilfried ließ er mich dann doch nicht allein, er war neugierig auf die Informationen über den zweiten Weseler Autofahrer. Ganz dicht beugte sich Wilfried von hinten über jemanden, der vor ihm am Schreibtisch saß, jemand mit schmalem Rücken im beigegrünen Hemd der Uniformierten und hübschem, kurzgelocktem Haar. Im linken Ohrläppchen blinken zwei Silberringe. Wilfried tastete sich den Rücken bis zur Schulter hoch, und ich fand, es war Zeit einzuschreiten.

»Tach, Wilfried«, schmetterte Knolle.

Den Kopf, der zu dem senffarbenen Hemd gehörte und der

zeitgleich mit Wilfrieds zu uns herumfuhr, zierte ein Bartsaum am Kinn mit einer Spitze, die sich bis zur Unterlippe hochzog.

Ich konnte es nicht lassen, Patrick halblaut zu zuflüstern: »Steht der etwa auch auf Jungs?«

Die Atmosphäre knisterte ein wenig, denn der junge Bartträger war flammend rot angelaufen, Wilfried dagegen blieb gelassen, lächelte nur süffisant und musterte mich von oben bis unten.

»Heute als Rockerbraut?« Er deutete auf den Helm in meiner Hand.

Patrick schob sich vor. »Du hast was für uns?«

Wilfried deutete auf den Tisch, der Bartträger rückte beiseite, damit wir auf den Stadtplan von Wesel schauen konnten. Ein zweiter steckte in meiner Umhängetasche, auf ihm war mit einem Kreuzchen die Weseler Jugendherberge markiert. Ich mußte Knolle dazu bringen, von dort zum Altarm des Rheins zu fahren, um herauszufinden, wieviel Zeit man für den Weg brauchte.

Bei der Besprechung kam mir Wilfried nicht einmal nahe, vielleicht hatte ich Warnsignale ausgesandt, die ihn zur Vorsicht mahnten. Sogar als ich mich über den Tisch beugte und die Hose über dem Hintern spannte, fuhr er mir allenfalls mit den Augen über die Kehrseite.

Auch die Karte auf dem Tisch wies eine Markierung auf. An dieser Stelle im Industriegebiet befand sich eine Fabrik für Schulmöbel. Für diese Fabrik klapperte ein Vertreter, unser zweiter Autofahrer, die Schulen ab, um Aufträge hereinzuholen. Ein Mann, dem beinahe zwangsweise Schulmädel über den Weg liefen.

Wilfried freute sich, daß er uns mit dieser Nachricht wirklich überrascht hatte. Ich sah eine Chance, von der Akte D in meinem Nachttisch Abschied zu nehmen. Es wäre zu schön gewesen, wenn ich sie bald ins Altpapier hätte stecken können. Falsche Fährte, verursacht durch überreizte Nerven. Leider gab es aber nicht nur die eindeutigen, unkomplizierten Indizien, sondern ebenso die vagen. Zum Beispiel die Erinnerung an ein Kind, das im Freibad untergetaucht und festgehalten wurde. So wie ich diesen Satz dachte, klang er beschämend harmlos, ich mußte die Bilder dazu heraufbeschwören und das gellende Schreien, hatte aber jetzt keine Ruhe dafür, so daß nur die Angst blieb, Zeit zu verlieren.

»Also los«, forderte ich die Kollegen forsch auf. »Patrick, pack den Plan zusammen, wir fahren zur Fabrik.«

»Du fährt mit Wilfried, wir treffen uns wieder hier, sagen wir, in zwei Stunden.«

Wilfried strahlte und schob seinen Birnenbauch vor, ich betrachtete ihn kritisch, während Patrick mit einem Ruck den Reißverschluß seiner Jacke hochzog.

»Ich brauch dich bei Nachfragen, wenn's um Autos und Fahrzeiten geht.«

»Ach nee«, Patricks Blick streifte Wilfried, »darauf wär ich jetzt nicht gekommen.«

Wir folgten dem Dienstwagen, in dem ich hätte sitzen können, ohne durchgerüttelt zu werden, während ich Wilfrieds Hand beobachten würde, die wahrscheinlich mein Knie mit der Knüppelschaltung verwechselte. Ich klammerte mich wieder an Patrick und mußte an die Akte D denken und meine letzte Frage: *Wer ist Martina?* Es ließ sich leider nicht abschätzen, wie groß die Wahrscheinlichkeit war, daß ich diese Frage in einer Stunde oder zweien vergessen durfte. So sehr hatte ich mich auf diesen Wunsch konzentriert, daß ich ganz steifbeinig vom Motorrad stieg und wie blind umherblinzelte.

Wir standen in einem Hof, der gerade Platz für zwei mittlere Lastwagen bot. Ein offenes Tor gewährte Einblick in eine Lagerhalle, in der ein Mann mit einem kleinen Gabelstapler Kartons herumfuhr. Knolle tippte mich an und deutete auf Wilfried, der uns zur Eingangstür winkte.

Hinter einem ausladenden Mahagonischreibtisch residierte ein fülliger alter Mann mit einem weißen Lockenkranz um den Schädel und zog gleichmäßig an einer Zigarre. Darin schien seine Hauptaufgabe zu bestehen, die Tischplatte schimmerte, völlig frei von Unterlagen, wie frisch poliert, in der Mitte stand lediglich ein muschelförmiger graugrüner Steinaschenbecher, der mich wegen seiner Größe irgendwie an ein Weihwasserbecken erinnerte.

Herr Recke, nach dem wir uns erkundigten, war der Schwiegersohn des Weißhaarigen. Nach einer Viertelstunde war klar, daß Recke sehr viel Beinarbeit leisten mußte, damit sich das Chefgehabe des Alten finanzieren ließ, der von dem »Bengel« sprach, wenn er Recke meinte. Immerhin hatte Recke die Vierzig erreicht.

Wir betrachteten die Fotos eines Mannes, den der Streß vorzeitig hatte altern lassen. Wilfried und Patrick vertieften sich anschließend in Terminkalender und Fahrtrouten, ich blieb bei den Fotos, die anläßlich einer Feier aufgenommen worden waren. Einige Aufnahmen zeigten Recke mit dem Schwiegerpapa, der einen Arm jovial um den Jüngeren gelegt hatte und einen Kognakschwenker in der Hand hielt.

Gepaßt hätte Recke schon, ich stürzte mich geradezu auf die Idee, daß er der Täter sein könnte. In meiner Jackentasche steckte der zerknitterte Zettel aus dem Fosse-Haus. Darauf hatte Rolf, der Schwager der Fosse-Schwestern, eine Beschreibung des Mannes an der Bushaltestelle in Horstmar festgehalten: Alter circa fünfundvierzig, mittelgroß, Haare weder hell noch dunkel. Alle Angaben trafen exakt auf Recke zu, die Falten in Reckes Gesicht hatte der Schwager im Vorbeifahren nicht übersehen.

»Hier fehlen die Eintragungen.« Patrick deutete auf eine Seite im Terminkalender. »Wo war Recke am 16. Juni?«

Der Weißhaarige stieß eine Rauchwolke aus und lächelte jovial. »Das kann ich Ihnen genau sagen. Am 16. hatten wir Firmenjubiläum, das haben wir hier groß gefeiert. Die Fotos liegen direkt vor Ihnen.«

»Ihr Schwiegersohn hat sich nicht weggerührt?« hakte ich nach und wußte bereits, daß es vergeblich war. Das Gerede über Familienangehörige und die Belegschaft, um die sich Recke bei der Feier hatte kümmern müssen, über all die Zeugen, die für ihn aussagen würden, ließ ich ohne weitere Nachfragen über mich ergehen. Wie groß meine Hoffnung auf Recke tatsächlich gewesen war, merkte ich daran, daß mir die Knie weich wurden, sich ein komisches Gefühl in meinem Magen breitmachte und mir die Augen so brannten, daß ich in einem fort blinzelte. Zur Vorsicht wischte ich mir verstohlen über die Wangen, sie waren zum Glück nicht feucht.

Der Chef des Unternehmens reagierte auf unsere Erkundigungen noch immer mit offensichtlichem Amüsement. Selbst als wir etwas deutlicher wurden und von Tanja Becker und Caroline Hainsbach sprachen, hielt er unsere Nachforschungen nur für einen Witz.

Deprimiert nahm ich es hin, daß mir Wilfried draußen mitfühlend auf die Schulter klopfte. »Wär auch zu schön gewesen.«

»Ich werde das Gefühl nicht los«, sagte ich zu Patrick, während ich mich auf den Soziussitz schwang, »daß Wilfried schon Bescheid wußte. So ein Firmenjubiläum hat sich doch rumsprechen müssen und …« Den Rest ließ ich in der Luft hängen, Patrick startete durch.

Er fuhr nicht zum Bahnhof, dem klassischen Treffpunkt für Nichtseßhafte, sondern auf den großen Parkplatz eines Supermarktes und hielt an einem Klohäuschen.

»Uns so zu verarschen, zahl ich Wilfried bei Gelegenheit heim. Du bleibst hier und rührst dich nicht von der Stelle.«

Aus dem Betonklotz drangen Stimmen, die auf ungewöhnlichen Betrieb schließen ließen, aber erst, als ein schmächtiger junger Mann mit einer Flasche in der Hand herauskam, eine

Weile nachdem Patrick in der Bude verschwunden war, ging mir ein Licht auf.

Der Junge blieb bei mir stehen und betrachtete mich mit einem flackernden Blick. »Haste 'n Streichholz?«

Ich schenkte ihm eine ganze Schachtel und sah zu, wie er sich fahrig eine Zigarette drehte, sie anzündete und gierig inhalierte. Ein Schuß wäre ihm sicher lieber gewesen, oder vielleicht schnupfte er auch nur, Fixer haben für gewöhnlich ein Feuerzeug dabei.

»Haste 'n Euro?«

Die Frage hatte ich bereits erwartet und spielte auf einmal mit einem Zweieurostück. Es tanzte über meine Finger, der Junge beäugte scheu das Kunststück, das ich meinen Töchtern verdankte.

»Dachse«, fragte ich beiläufig, »was sind das für Viecher?«

Der Blick wich nicht von dem blinkenden Geldstück. »Die buddeln sich ein.« Er wies mit dem Daumen über die Schulter. »Gehörst du zu dem da?«

»Warum willst du das wissen?«

»Für zwei Eier verrat ich den Dachs nicht.«

Die zwei Euro flogen in die Luft, er fing sie auf, schaute auf seinen Handteller. »Zahl.«

»Wir versuchen's noch mal.«

»Nee, nee«, wehrte er ab, »so kriegst du mich nicht weich.«

»Hat der da erzählt, worum's geht?« Ich deutete auf das Häuschen, aus dem Gemurmel und Flaschenklirren bis zu uns drang.

»Der Dachs hat mir mal einen Gefallen getan, außerdem tut der keinem Schwein was.«

»Kann sein. Er hat aber gesehen, wie einem anderen armen Schwein was passiert ist, einer Zwölfjährigen.«

Auf einmal wurden die Augen des Jungen ganz groß. »Wegen dem Quatsch wollt ihr wieder an den ran?«

Er wich zurück, während er mich anschrie, rannte aber nicht weg.

Ich sprach so leise, daß er wieder näher kommen mußte, um mich zu verstehen. »Wenn du den Dachs siehst, sag ihm, wir wissen, daß er mit der Sache selbst nichts zu tun hat. Bei uns sind zwei Mädchen umgebracht worden, wir wollen ihn aber wegen der Musik sprechen, die er damals am See gehört hat.«

So fix wie das Geldstück hatte ich jetzt eine Karte mit meiner Telefonnummer in der Hand und steckte sie ihm zu, gerade als Patrick den Klobunker verließ.

»Dachs« stand als Spitzname in Klammern hinter Heribert Olschewski im Vernehmungsprotokoll des Tippelbruders, dessen gegenwärtigen Aufenthaltsort Wilfried uns nicht nennen konnte. Im Gegensatz zu den heutigen Stadtstreichern fühlte sich der Dachs der aussterbenden Zunft der Landstreicher zugehörig und tippelte tatsächlich ziemlich viel zwischen Wesel und Münster hin und her. Ab und zu unternahm er Abstecher nach Borken oder Coesfeld, vor allem zog er die Einsamkeit der Gesellschaft anderer vor. Er kampierte gern im Freien.

Patrick hatte im Klohäuschen nichts Neues über ihn herausgefunden, ganz umsonst hatte er einen Flachmann kreisen lassen, den er extra mitgeschleppt hatte und der nun leer war.

Ich schenkte es mir, ihm etwas über mein Gespräch mit dem Fixerjungen zu erzählen, der sich längst getrollt hatte. Patrick beschloß spontan, sich in Münster nach dem Dachs umzuhören, einer der Penner hatte ihm den Tip gegeben, es am Güterbahnhof zu versuchen. Er hatte von der Tour nach Wesel die Nase voll und wollte von weiteren Erkundungen nichts wissen, als ich vorsichtig die Jugendherberge zur Sprache brachte. Solche Einrichtungen werden von Pennern nicht frequentiert, belehrte er mich und stieß dabei Schnapsatem aus. Im beginnenden Nieselregen fuhren wir zurück, es scherte mich überraschend wenig, daß ich naß wurde, ganz im Gegenteil, denn ich setzte meine

Hoffnung auf ein ausgedehntes atlantisches Tief, das ich gern auf der Wetterkarte festgenagelt hätte, wenn ich damit das Wetter der nächsten Tage hätte beeinflussen können.

Zwischen den Abfahrten nach Coesfeld und Ahaus fiel mir ein, wer Martina war.

11. Juli

Laura hatte mir gestern abend richtig Angst gemacht.

Ich hatte sie zum Abendessen gerufen, aber sie reagierte nicht, daher ging ich in ihr Zimmer hoch. Überall auf dem Fußboden lagen Kleidungsstücke verstreut, T-Shirts, Pullover, Hosen, sogar Wäsche.

»Papa hat gesagt, wir sollen Gummistiefel mitnehmen, tu ich aber nicht, die sind so klobig.« Mit dem Rücken zu mir zerrte sie einen kleinen Rucksack ganz unten aus ihrem Schrank.

»Sag das noch mal.«

Sie fuhr herum und starrte mich erschrocken an. »Du bist das, Mama, ich dachte, es wäre Katia.«

»Fährst du nun doch mit nach Holland?«

Ihr Blick wich mir aus. »Jaa ...«

»Klingt nicht nach totaler Begeisterung. Du mußt nicht mitfahren, das hab ich dir schon gesagt. Ich rede mit Papa.«

»Neiin.« Sie sprang auf und preßte den Rucksack an sich.

Ich hasse es, wenn eine meiner Töchter das Nein so langzieht, daß es wie eine Fahrradklingel gellt. »Versteh ich nicht. Erst willst du nicht mit, dann doch, machst aber ein Gesicht dabei ...«

»Laß mich in Ruhe, laßt mich alle in Ruhe.« Der Rucksack plumpste zu Boden, sie hielt sich die Ohren zu, um nichts mehr hören zu müssen. Ich sprach trotzdem weiter.

»Warum können wir nicht vernünftig darüber reden, stell dich nicht so kindisch an. Was willst du denn im Regen in Holland anfangen?«

Sie nahm die Hände herunter. »Hier bleibe ich auch nicht. Jetzt habe ich ausgemacht, daß ich mitfahre, und hör auf, mir reinzureden, und sag ja nichts mehr zu Papa. Das will ich nicht.«

»Komm jetzt zum Abendessen herunter, du bist mit Tischdecken dran. Dabei reden wir noch mal über Campingausflüge.«

»Ich hab vorhin in der Stadt Pommes gegessen, außerdem ist Katia mit Tischdecken dran.«

Es war ein Fehler, auf den Flur hinauszutreten und nach Katia zu rufen. Noch während ich auf eine Antwort wartete, hörte ich, wie sich der Schlüssel in der Tür zu Lauras Zimmer herumdrehte.

Ich fragte mich, während ich im Auto in einer Straße in Rheine saß, in der sich vorwiegend Wohnblocks und nur wenige Läden befanden, ob dieses Verhalten nun zum Dauerzustand in unserem Haus werden sollte, ob verschlossene Türen in Zukunft zum Familienalltag gehörten. Jeder eine Insel für sich. Unwillkürlich kam mir die kalte und leblose Atmosphäre im Hainsbach-Haus in den Sinn. Flüchtig erwog ich, den Dingen ihren Lauf zu lassen, andererseits war ich hier, um gerade dies zu verhindern. Ein Stück voraus lockte, schwach im Tageslicht schimmernd, ein Werbeausleger mit einer illuminierten Brezel. Am Ende der Straße leuchtete ein A in altdeutscher Schrift, Hinweis auf eine Apotheke.

Am besten wäre es für mich gewesen, wenn ich mich hätte als multiple Persönlichkeit begreifen können, aufgespalten in die Ermittlerin, die Ehefrau und die Mutter, die alle drei denselben Namen trugen. Die Ermittlerin, die momentan im Auto saß, wehrte die Ehefrau und die Mutter ab, die Einspruch erheben wollten. Das bereits seit längerem andauernde Gerangel zwischen den dreien ließ sich mittlerweile im äußeren Erscheinungsbild eindeutig festmachen. Ohne bewußtes Zutun standen mir die Haare wieder mehr oder weniger stachlig vom Kopf ab, je öfter ich in den Rückspiegel spähte, desto heftiger.

In dem Haus, vor dem ich parkte und um den definitiven Entschluß auszusteigen rang, wohnte Martina Blanke.

Die Ehefrau Lilli Gärtner wollte sich von dem Vorhaben distanzieren, weil sie noch nie hinter ihrem Ehemann her spioniert hatte, während die Mutter von Laura und Katia entsetzt war, weil sie bereits die möglichen Folgen überdachte. Von der Ermittlerin wußte sie, daß bei begründetem Verdacht der familiäre Verbund aufgebrochen werden muß, Opfer und Täter müssen getrennt werden, und handeln ist allemal besser als schweigen und dulden.

Leider ziehen allzu viele Ehefrauen und Mütter letzteres vor und üben sich im Wegsehen und Weghören. Die Existenz steht auf dem Spiel, die Zukunft als Familie. Manchmal frage ich mich heute noch, wie meine Mutter es fertiggebracht hat, Vetter Theo immer wieder einzuladen und ihn sogar beim Essen mit der Erklärung neben mich zu plazieren: »Ihr mögt euch doch so.« Hatte sie denn gar nichts geahnt?

Mit war es oft so vorgekommen, als säßen Theo und ich in einem Käfig aus Panzerglas. Meine Angehörigen standen davor, sahen zu, wie Theos Hand unter meinen Rock fuhr, und amüsierten sich darüber, daß ich den Mund aufmachte, aber meine Hilferufe nicht zu hören waren. Lauras Geschrei im Schwimmbad hatte ich aber sehr deutlich vernommen, und irgendwann muß sie sogar in meinen Träumen »Laß mich, Papa!« geschrien haben. Da gab es eine andere, unangenehme Szene im Badezimmer, fiel mir ein. Ich sah wieder die nackte Brust meiner Tochter und Detlevs Hand auf ihrer Schulter. War ich blind gewesen oder nur dämlich, daß ich nur Harmloses wahrnahm? Mein Gedächtnis wehrte sich, hinreichend klar weitere Einzelheiten preiszugeben, eventuell war es lediglich meine Phantasie, die die Hand weiterwandern sah. Übrig blieb die Frage: Wo war Detlev am Nachmittag des 16. Juni? Undeutlich hatte ich in Erinnerung, daß er nicht zu Hause war. Eine Konferenz?

Die Ermittlerin, die nüchterne und kühle Lilli Gärtner, warnte, daß zu viele Dinge vermengt wurden und fast alle Indizien, die auf D hinwiesen, reichlich vage anmuteten. Deshalb war ich ja auch hier, scheute aber vor dem allzu offensiven Ermittlungsakt zurück. Als ob die Nachforschungen nicht längst über bloßes Nachdenken hinaus gediehen wären! Ich brauchte mir nur die Akte D vor Augen zu führen oder das Herumkramen in der Rumpelkammer. Einem intensiveren Forschen in Detlevs alten Unterlagen verdankte ich Martinas Adresse.

Das Lenkrad troff geradezu unter meinen Händen vor Schweiß, ich wischte sie sehr sorgfältig trocken, bevor ich das Auto verließ. Martina sollte keine Unsicherheit an mir bemerken. Vor zwei Jahren hatte sie ihre Referendarzeit an Detlevs Schule absolviert, aber damals bereits in Rheine gewohnt. Ob sie allerdings an der Schule geblieben war, mußte ich möglichst rasch im Gespräch klären.

Die hübsche junge Frau, die mir die Tür öffnete, machte auf den ersten Blick einen sympathischen Eindruck. Sie war blond, aber nicht naturblond, der dunkle Haaransatz wurde am Scheitel sichtbar.

D liebt nur Blond. Daraus ergab sich die Frage, ob das Haarefärben auf seine Initiative zurückging und wie die Beziehung der beiden beschaffen war.

»Lilli Gärtner«, stellte ich mich vor, »die Frau von Detlev.«

Sie starrte mich einen Augenblick verwundert an, trat dann einen Schritt zurück und schlug sich an die Stirn. Ich hatte mich nicht angemeldet, der Besuch war bewußt ein Überfall.

»Natürlich, Steinfurt, entschuldigen Sie, aber meine Zeit in Steinfurt liegt eine ganze Weile zurück.«

Die Erklärung machte mir Hoffnung, daß dies Gespräch unter uns bliebe.

»Und wo unterrichten Sie jetzt?« fragte ich freundlich. An ihrem Gesichtsausdruck war abzulesen, daß Detlev ihr einiges über mich mitgeteilt hatte, meinen Beruf zum Beispiel. Dem

Mißtrauen in ihren Augen begegnete ich mit einer nicht sonderlich plausiblen, aber ausführlichen Erläuterung meines unverhofften Auftretens.

»Eigentlich hätte ich eine meiner Töchter mitbringen müssen oder gleich beide. Aber ich wußte nicht, wie Sie reagieren würden. Es handelt sich um ein Spiel, das die Langeweile bei diesem Wetter vertreiben soll, anscheinend beschäftigen sich Kinder heute gern mit so etwas. Sie stellen eine Mappe mit Fotos aus dem Leben ihres Vaters zusammen, die Fotos werden sie mit witzigen Kommentaren versehen und ihn damit zum Geburtstag überraschen. Mir ist eingefallen, daß Sie mal mit Detlev auf einer Klassenfahrt waren. Haben Sie Fotos von dieser Fahrt?«

So ganz glaubte sie mir die Erklärung vermutlich nicht, bat mich aber endlich herein und begann sogar, in ihrem Wohn- und Arbeitsraum herumzusuchen, während ich weiter über meine Töchter plauderte, um ihren Widerstand einzulullen.

»Lauras Klasse plant auch eine Fahrt an den Rhein. Für die Kinder mag das ja lustig sein, für die begleitenden Lehrer stelle ich mir das weniger amüsant vor. Hat Ihnen die Fahrt nach Wesel vor zwei Jahren Spaß gemacht?«

Martina hockte vor einem Schrankfach, aus dem sie mehrere Fotoalben gezogen hatte. Sie schaute auf.

»Na klar. Ich habe zwar die Nächte kaum geschlafen, aber das machte mir nichts aus. Nach so einer Fahrt ist der Unterricht ganz anders. Die Kinder fassen mehr Vertrauen, sie glauben einem jetzt eher, daß man Interesse an ihnen hat.«

Ein Fachgespräch über Pädagogik hatte ich nicht im Sinn. »Muß aber trotzdem ganz schön anstrengend gewesen sein. So eine Verantwortung für eine Schulklasse ist gar nicht so leichtzunehmen, und das war für Sie als Referendarin sicher Neuland. Sie waren doch nur zu zweit.«

Martina hockte auf den Fersen, ein aufgeschlagenes Album vor sich. Langsam erhob sie sich, ihre Augen verengten sich. Mir wurde klar, was sie dachte, und ich fragte mich, ob sie Detlev anrufen würde, um ihn vor der Eifersucht seiner Ehefrau zu warnen.

»Das hatte sich schnell zwischen uns eingespielt. Achtkläßler muß man nicht ständig beaufsichtigen, ich habe mich ab und zu sogar zwischendurch für eine Stunde aufs Ohr gelegt.«

»Und während der Zeit hat Detlev die Kinder gehütet?«

»Er ist in der Gegend herumgestromert, wann immer er konnte. Meistens mit ein paar Schülern, die hingen wie die Kletten an ihm. Ihr Mann ist ein richtiger Waldschrat, wissen Sie das nicht? Schauen Sie, hier.«

Meistens, hatte sie gesagt, ich war versucht, in Polizistenmanier auf dieser vagen Aussage herumzureiten, da ich unbedingt Klarheit brauchte, statt dessen nahm ich vorsichtig ein Foto entgegen, das sie aus dem Album gelöst hatte. Zuerst sah ich nur die Federn, die ein Schüler neben Detlev wie einen Blumenstrauß in der Hand hielt. Es hätten die Federn sein können, die ich bei uns zu Hause gefunden hatte, denn es schien so, als wollte der Schüler sie seinem Lehrer schenken. Allerdings waren es wohl mehr, als ich aus dem Schrankfach gekramt hatte. Ich versuchte, die weißen zu zählen, was aber ohne Lupe unmöglich war. Nebenbei registrierte ich Detlevs entspannten, heiteren Gesichtsausdruck, und es ging mir auf, daß ich ihn schon eine Weile nicht mehr so gesehen hatte.

»Brauchen Sie noch mehr Fotos, oder genügt das eine?«

Ich schielte in das Album und erhaschte einen Blick auf ein sich zulächelndes Paar, das sich untergehakt hatte: Detlev und Martina. Falls sich Detlev jemals wieder zu Anzüglichkeiten in Hinblick auf Harry Groß verstieg, würde ich ihm eine Frage zu Martina und ihrer Referendarzeit stellen, nahm ich mir vor.

»Detlev schaut aus, als hätte er Urlaub gemacht und Ihnen die Arbeit überlassen.«

Sie lachte, die Bemerkung gefiel ihr. »Er hatte mir schon ganz schön was aufgebürdet.«

»Er ist stundenlang verschwunden gewesen und hat die Verantwortung komplett Ihnen übertragen?«

Sie stutzte und überlegte, was sie sagen sollte. »Sie klingen ein bißchen wie der Schulrat.«

Unwillkürlich gruben sich die Nägel in die weiche Innenfläche meiner Hand, ohne den Schmerz wäre ich der Versuchung erlegen, sie anzuschreien. Meine Stimme war kaum zu kontrollieren.

»Mehr wie eine Ehefrau, die genau weiß, wie gern sich ihr Ehemann davor drückt, den Rasen zu mähen oder die Geschirrspülmaschine auszuräumen.«

Ich stimmte in ihr Lachen ein, horchte auf mein schrilles Gewieher und hoffte, sie merkte nichts von meiner Überdrehtheit. Das Lachen übertönte beinahe das Geräusch einer sich öffnenden Tür.

»Wie der da.« Martina wies hinter sich und lachte noch immer.

Der Ehemann, stellte sich heraus, hatte hin und wieder mit Detlev Tennis gespielt, und ich hoffte, daß er mittlerweile zu faul war, für ein Tennismatch nach Steinfurt zu fahren. Die Fotos, die mir Martina reichte, ließ ich in meiner Umhängetasche verschwinden und verabschiedete mich bald, ohne ein letztes Mal nach Detlevs Freizeiten auf der Klassenfahrt zu fragen. Ich bezweifelte, daß sich Martina noch genau daran erinnerte.

Auf der Heimfahrt kreisten meine Sorgen unter anderem um das Wetter. Der Himmel klarte zunehmend auf, es wurde wieder warm im Auto. Detlevs Wagen stand mit geöffneter Kofferraumklappe vor dem Haus, schon halb beladen.

Ich würde mir etwas einfallen lassen müssen, und zwar möglichst in den nächsten Stunden, denn der Tag flog an mir vorbei, während ich zäh auf der Stelle trat und kaum noch nüchtern denken konnte. Dabei gab es einen Grund, die Sache entspannter zu betrachten. Nach dem Besuch bei Martina war ich zur Dienststelle gefahren und hatte die gesamte Liste der Autonummern aus der Ringfahndung durchgesehen. Es war keine mir vertraute dabei gewesen. Während ich die Listen studierte, erinnerte ich mich aber daran, wie ich nach dem Mord an Rebecca nach Hause gekommen war. Detlevs Auto war vor der Tür abgestellt, und die Motorhaube strahlte noch Wärme ab.

Es gab zu viele solcher Erinnerungen, aus denen sich Eintragungen in die Akte D ergaben. Das Dumme war nur, daß sich bei mir ein Druckgefühl im Magen einstellte, wenn ich nur dachte, daß eine weitere Eintragung vorzunehmen wäre. Die Hand verkrampfte sich beim Schreiben vor Widerwillen, so daß meine Schrift ganz fremd anmutete, eckig und starr wie das Gekritzel eines beinahe Schreibunkundigen.

Martina B. gibt zu, daß sie und D sich in Wesel nicht ständig um die Kinder gekümmert haben. Es gab Freizeiten. Was hat D in diesen gemacht?

Als wir gegen achtzehn Uhr auf dem Hof von Krolles Eltern eintrafen, war die Geburtstagsfete bereits in vollem Gang, und die ausgelassene Stimmung bildete einen nachdrücklichen Kontrast zu der unserer verdrossen schweigenden Familie. Als hätte uns ein Virus befallen, der sogar unsere Bewegungen lähmte, stiegen wir wie Gichtkranke aus meinem Wagen, Detlevs wartete, bereits vollgepackt mit Campingutensilien, vor unserem Haus auf seinen morgigen Einsatz.

Je mehr und je hartnäckiger ich immer absurdere Argumente gegen diese Fahrt vorgebracht hatte, darauf bedacht, meine eigentlichen Ängste nicht durchblicken zu lassen, desto mehr brachte ich meine drei gegen mich auf und schmiedete sie unabsichtlich zu einer verschworenen Gruppe zusammen.

Katia nannte mich zickig, und Detlev fiel noch weniger Schmeichelhaftes ein. Wir rieben uns in einem sinnlosen Streit auf, bis es Zeit war, zur Party aufzubrechen. Es kostete mich meine letzte Kraft, alle so weit zu beruhigen, daß es keiner vorzog, zu Hause zu bleiben. Zum Glück konnte meine Familie dem Versprechen auf scharfe Saucen und schwarz gebratenes Fleisch sowie auf Rauchspiralen von Holzkohlefeuern nicht widerstehen, die Urinstinkte unserer steppenbewohnenden Vorfahren sind wohl weitgehend intakt auf uns überkommen.

Nachdem wir ausgestiegen waren, stapfte Detlev zu den Männern, die einen gewaltigen Holzstoß für ein späteres Lagerfeuer aufschichteten, das neben dem Grill die Luft verpesten würde, die Mädchen verschwanden in einer Kindergruppe, und ich gesellte mich zu den Frauen, die unter einer der Hofeichen eine gewaltige Abendbrottafel aufbauten.

Knolles ganze Sippe hatte sich versammelt. Der Opa schlurfte mit Tonkruke und Zinnlöffel, schwer auf seinen Stock gestützt, von einer Gruppe zur anderen, den Erwachsenen nötigte er Schnaps aus dem Löffel auf, mit den Kindern scherzte er. Patricks Opa hatte die Neunzig längst überschritten, war aber hellwach geblieben. Nur die Beine wollen nicht mehr so, sagte er zu mir. Auf meine Bitte zeigte er mir den legendären Wolpertinger, das geflügelte Fabelwesen, das auf dem großen Schrank in der alten Diele hockte und den Frieden des Hauses bewachte.

Dieser Wolpertinger hat viele Väter und Mütter, erläuterte Opa Knolle, Gans, Schwan und anderes Getier, die die Einzelteile zu einer imposanten Gesamterscheinung lieferten. Der Vogel hatte uns den Schlüssel zur Aufklärung eines Falls geliefert, der nun fast zwei Jahre zurücklag, aber seitdem zum festen Bestandteil der Familienüberlieferungen gehörte.

Ich saß neben dem Alten auf einem Flechtstuhl am kalten Herdfeuer unter der riesigen Esse, lauschte und ließ mir von einer knochigen Greisenhand, die mich sanft tätschelte, Trost spenden. Vielleicht waren Männer erst ab Neunzig gefahrlos genießbar.

Katia zog Harry in die Diele, die beiden bemerkten uns kleine Leute in den hochlehnigen Stühlen nicht und blieben unter dem

Wolpertinger stehen, auch Katia hatte von dem Wundervogel gehört. Kichernd deutete sie hinauf und lehnte sich dabei an Harry, der ihr durch die Haare wuschelte, die sich mittlerweile zu einer Art Braunrosa aufgehellt hatten, das Harrys Schönheitssinn empfindlich stören mußte. Trotzdem drückte er meine Kleine mit einem Arm an sich, und mich überlief es kalt.

Ich wäre sofort aufgesprungen und dazwischenfahren, wenn Opa Knolle meine Hand losgelassen hätte.

Statt dessen faßte er sie nachdrücklicher und raunte mir ins Ohr: »Man muß den Kindern ihren Spaß lassen, die kommen schon zurecht. Ist man alles gut so, wie es ist.«

Ob auch er meine zunehmende, quälende Verrücktheit spürte? Als ich mich erhob, um den beiden nachzugehen, wollte er noch etwas sitzen bleiben, das Alleinsein machte ihm nichts aus.

»Nicht alles so schwernehmen«, riet er mir zuletzt.

Möglicherweise hatte sein Zaubertrank aus der Tonkruke bewirkt, daß sich die Gruppen gemischt hatten. Mit Erleichterung nahm ich wahr, daß sich Harry Sabine zugewandt hatte, er stand hinter ihrem Stuhl und beugte sich über sie. Wenn ich mich nicht sehr täuschte, streifte er mit den Lippen ihr Ohr, als flüsterte er, wobei er glatt ignorierte, daß sich Rohleff nur ein Stück weiter mit Maike unterhielt, Patricks Frau.

Zwei Stunden später loderte das Feuer auf, wir alle standen im Kreis und sahen das Licht der ersten Flammen über unsere Gesichter zucken. Die meiner Töchter strahlten nun ungetrübt, Katia und Laura spielten Fangen mit den anderen Kindern, sie schlängelten sich durch die Gruppen der Erwachsenen, immer rund ums Feuer.

Detlev hielt mir einen Bierkrug hin und schlang den Arm um meine Taille. Für einen Augenblick sollte alles vergessen sein, der Streit am Nachmittag, einfach alles. Ich schmiegte mich an ihn und genoß es, Ehefrau zu sein, Mutter von zwei prächtigen

Töchtern, einer langbeinigen blonden Elfe und einem rosahaarigen Trollkind, die sich bei uns einfanden und umarmt sein wollten.

Auf einmal schrie jemand hinter uns auf, Patrick brach in den Kreis ein, stöhnte, starrte uns mit fremden, wilden Augen an.

»Der Opa«, heulte er, »der Opa ist tot.« Mit ein paar Schritten war er bei seinem Vater und fiel ihm um den Hals, ein Kind, das Trost suchte. Patrick hatte am meisten an seinem Opa gehangen.

Nur ganz langsam wurde mir klar, was vorhin in der alten Diele geschehen war. Daß sich da ein Mensch, ohne viel Wesens zu machen, aufs Sterben eingerichtet hatte und daß ausgerechnet ich die letzten Botschaften in Empfang genommen hatte.

Schon bald hielten sich nur noch wenige am Feuer auf und wirkten seltsam verloren. Rohleff hockte auf den Fersen und starrte in die Flammen. Sabine stand dicht neben ihm, beugte sich herab und flüsterte ihm erregt etwas zu, ohne daß er es hörte, er rührte sich nicht.

Ab und zu, in der Eckkneipe beim Bier, wenn wir alle müde oder frustiert waren, hatte er von seinen Begegnungen mit Opa Knolle erzählt, als ob er Kostbarkeiten zu verteilen hätte, bis ihm Patrick ins Wort gefallen war. Eifersucht war durchgeklungen, er mahnte die älteren Rechte auf Zuneigung dem weisen alten Mann gegenüber an.

Abseits vom Feuer stand der Kinderwagen mit Rohleffs Sohn, er bewegte sich, denn der Kleine war in der plötzlichen, unheimlichen Stille aufgewacht. Er wimmerte. Sollten sich die Rohleffs um ihr Kind kümmern, obwohl es mich drängte, an den Wagen heranzutreten und das Baby mit ein bißchen Schaukeln zu beruhigen. Mir klopfte das Herz, als ich zum Haus ging, ich wollte aber der Begegnung mit dem Toten nicht ausweichen. Hätte ich für Gesellschaft sorgen, jemanden aus der Familie bitten sollen, nach dem Alten zu sehen? Nur, hätte das etwas geändert?

Er saß noch im Stuhl, leicht zur Seite und in sich zusammengesunken, irgendwer hatte ihm die Augen geschlossen. Neben dem Stuhl lehnte griffbereit sein Stock und ließ ihn nicht wie einen Toten erscheinen. Der Gedanke, daß er genau diesen Tod gewollt hatte, war mir zu einfach.

Die Schwiegertochter, Patricks Mutter, hatte sich in den Stuhl neben Opa Knolle gesetzt und mit der Totenwache begonnen. Eine Hand lag auf der des Toten, in der anderen liefen die Perlen eines Rosenkranzes durch, während sich ihre Lippen ohne einen Laut bewegten, den Blick nach innen gekehrt.

»Sicher hat er wieder vergessen, seine Herzpillen zu nehmen, und in dem Durcheinander …«, schimpfte eine ältere Frau gedämpft im Hintergrund, »ist doch affig, so ein Fest zum Geburtstag.«

Patrick schluchzte hörbar.

»Laß uns fahren, die Mädchen sitzen schon im Auto«, sagte Detlev leise hinter mir und umfaßte meinen Arm, ich entzog mich automatisch.

»Was willst du noch hier«, flüsterte Detlev böse, »das ist eine Sache der Familie. Außerdem müssen wir früh raus.«

Vielleicht wollte ich genau sehen und spüren, wie sich eine andere Familie in einer extremen Situation verhielt, weil ich glaubte, das Gefühl für unsere verloren zu haben.

Das aufdringliche Dudeln meines Handys enthob mich aller weiteren Selbstbespiegelungen.

Wenig später fuhren Harry und ich nach Wesel. Mit Patrick auf dem Motorrad wäre ich eventuell schneller ans Ziel gekommen, aber ein Blick auf den großen, in Trauer aufgelösten Jungen machte mir klar, daß wir mit dem Kollegen eine Weile nicht würden rechnen können, weil Knolle in den nächsten Tagen mit Erwachsenwerden beschäftigt sein würde.

Rohleff war bereits verschwunden.

»Harry«, hatte ich vorsichtshalber vor der Abfahrt gewarnt, »es könnte eine dreckige Angelegenheit werden.«

Harry hatte nur gleichmütig die Schultern gezuckt und aufmunternd auf die Motorhaube seines alten, aber makellosen Mercedes geklopft. »Kleine Spritztour schadet nicht, und er muß nach dem ganzen Regen sowieso neu gewachst werden.«

Ich verzichtete darauf, klarzustellen, daß uns und nicht dem Auto der Dreck drohte. Harrys Bereitschaft zu einem Nachteinsatz leitete ich davon ab, daß unter den gegebenen Umständen und ohne Sabine der Abend für ihn ohnehin keinen Reiz mehr bot. Vielleicht tanzte er ab und zu noch mit ihr Tango wie auf unserem Betriebskarnevalsfest im Februar. Möglicherweise hatten die beiden sich beim Tango füreinander erwärmt. Ob es vertretbar war, Karl einen Wink zu geben? Dann fiel mir ein, daß Rohleff selbst für ein Gleichgewicht sorgte, indem er der Overesch nachstieg.

Mich störte, während wir uns Wesel näherten, daß Harry beständig aufgeräumt vor sich hin pfiff, was ich angesichts von Opa Knolles Tod ausgesprochen herzlos fand.

Harry warf mir einen Blick zu und unterbrach das Pfeifen. »Werd mir mal nicht nervös. Hast du deine Dienstwaffe mit?«

Ich konnte nur hoffen, daß der Junge, der in Wesel auf uns wartete, nicht komplett zugekifft war. Vermutlich war es sowieso blödsinnig, uns so spät auf ein zweifelhaftes Unternehmen einzulassen, aber Harry war gleich einverstanden gewesen und mit mir zu seiner Wohnung gefahren, um Taschenlampen, einen tragbaren CD-Player und »Schwanensee« zu holen.

Auf dem Parkplatz am Klohäuschen in Wesel zeigte sich keine Menschenseele.

»Und nu?« Aus Harrys Stimme klang Ernüchterung.

»Bleib im Auto, ich seh nach.«

Zwei Autos standen wie vergessen auf dem Parkplatz und boten eventuell Deckung, das Klohäuschen hatte Harry bereits mit dem Wagen umrundet. Ich hielt es für sehr wahrscheinlich, daß es sich der Junge anders überlegt hatte, aus seinem Gerede am Telefon war ohnehin nicht leicht schlau zu werden. Warum wollte er uns auf einmal das Versteck vom Dachs verraten?

Den Rand des Platzes säumten Bäume mit kugeligen Laubkronen, durch die das Licht der Laternen nicht drang, so daß sich um die dünnen Stämme Schattenlöcher auftaten. Trotzdem wäre ein Mensch aufgefallen, der sich dort versteckte. Er mußte sich also angeschlichen haben, als ich noch hinter einem der parkenden Autos nach ihm suchte. Ein roter Punkt, das Ende einer Zigarette, glühte auf, ich ging darauf zu.

»Wer sitzt im Wagen?« Er flüsterte heiser, von mattem Raucherhusten unterbrochen, und wich vor mir zurück.

»Ein Kollege aus Steinfurt.« Ich roch Alkohol.

»Den will ich erst sehen.«

Mir dämmerte, daß an seinem Entschluß, den Dachs zu verpfeifen, die hiesige Polizei, womöglich Wilfried, nicht ganz unschuldig war. Ich winkte heftig zum Mercedes hinüber. Harry stieg aus, stemmte die Hände in die Hüften und kam langsam auf uns zu. Der Junge entspannte sich.

»Den kenn ich nicht.« Er wartete, bis Harry uns erreicht hatte, und spähte ihm mißtrauisch ins Gesicht. »Dann laßt uns abhauen, bevor wieder eine Streife aufkreuzt, ist nicht mehr schön hier in letzter Zeit.«

Harry stapfte wortlos zum Auto zurück und machte erst den Mund auf, als wir vom Parkplatz rollten. In der Ausfahrt begegnete uns ein grün-weißer Streifenwagen.

»Nun erzähl mal, wo's langgeht.«

Vom Rücksitz erreichte uns nur ein erstickter Laut, ich spähte daher an der Lehne des Beifahrersitzes vorbei nach hinten. Der Junge hatte sich nicht nur geduckt, sondern in den Fußraum der Rückbank gequetscht.

»Kannst rauskommen«, forderte ihn Harry auf, der sich so etwas wohl gedacht hatte.

Bis zur Stadtgrenze erfuhren wir, daß Wilfried und Kollegen die Penner vom Klohäuschen so oft durch die Ermittlungsmangel gedreht hatten, daß sich keiner von ihnen mehr blicken ließ. Der Junge hatte seine Kumpel verloren und damit die Möglichkeit, hier und da ein Geschäft zu tätigen, wie er durchblicken ließ, wir bestanden nicht auf Einzelheiten.

»Ihr wollt dem Dachs aber nichts anhängen? Das hast du jedenfalls gesagt«, quengelte er und wandte sich an mich, Harry antwortete.

»Kennst du ›Wildgänse rauschen durch die Nacht‹?«

Der kleine Fixer duckte sich wieder, während Harrys volltönende Stimme aufdrehte. Komischerweise belebte der Gesang die Vorstellungen, die unversehens in meinem Kopf aufleuchteten: nackte Mädchenbeine, die aus Tüllröckchen ragten, und ringsum nur Gras und gefährliche Musik, wo Stille herrschen sollte.

Wir hielten an der Straße nach Rees mitten in der Einöde. Nicht weit von hier lag der See, an dem Tanja Becker gefunden wurde, wie ich auf der Karte sah, die ich auf den Knien ausgebreitet hatte, um zu verfolgen, wohin uns der Fixer lotste.

»Hier?« fragte Harry ungläubig. Er trug teure Ledersandalen.

»Ein Dachs«, antwortete ich diplomatisch, »gräbt sich ein.«

Den See ließen wir links liegen, die dunkle Wasserfläche war nur zu ahnen, wir folgten einem kaum erkennbaren Pfad durch halbhohes Buschwerk, das schließlich in Wald überging. Unser Führer lief vor uns her, den Kopf gesenkt und in die Schultern gezogen, seine Haltung ließ mehr an schlechtes Gewissen denken als an Unsicherheit, was den Weg betraf. Waldspaziergänge im Mondschein übten nach wie vor keinen besonderen Reiz auf mich aus, vor allem, weil ich spürte, wie Feuchtigkeit meine Schuhe durchdrang. Der Wald roch dumpf nach Nässe.

Detlev wäre in seinem Element gewesen. Der Waldschrat, wie ihn Martina genannt hatte. Ob er sich auch hier auskannte? Auf alle Fälle waren ihm der Wald und der See, an dem wir Caroline gefunden hatten, sehr vertraut, das hatte er selbst zugegeben, und ich dachte, der Wald links vor Horstmar war ihm ebensowenig fremd.

Während ich im ungewissen herumstapfte, rückte D in meinen Gedanken Detlev immer näher. Alles in mir schaltete auf Alarm, und doch machte sich eine nachhaltige Lähmung breit, als hätte ich einen Eimer voll flüssigem Beton geschluckt, der jetzt hart würde. Detlev, den ich seit fünfzehn Jahren kannte, konnte nicht D sein, das sagte mir nicht nur mein Gefühl, sondern auch die Vernunft. Die Ermittlerin wollte eindeutige Beweise sehen.

Wie der Fixer sich in diesem Dickicht zurechtfand, war mir schleierhaft, denn einem Pfad folgten wir nicht mehr. Harry stöhnte hinter mir auf, er hatte mein ganzes Mitgefühl, er war nun mal kein passionierter Waldläufer. Der Junge vor uns blieb stehen. In dem bißchen Mondlicht, das von oben durch das Laub hereinfiel, zuckte er resigniert die Schultern.

»Wir müssen zurück.«

Er hatte uns verboten, die Taschenlampen zu benutzen, weil ihr Licht seine Orientierung erschwerte und womöglich den Dachs warnen würde. Unser Besuch war als Überraschung gedacht, deshalb durften wir uns nicht unterhalten. Harry versuchte, mich wegzuschieben, um dem Fixer seine Meinung handgreiflich zu verdeutlichen, aber ich stemmte mich bockig gegen ihn.

»Und was dann?« fragte ich in leidlich besonnenem Ton.

»Ich hab eine Markierung übersehen.« Eventuell wollte er sich nur ein bißchen für die Quälereien durch Wilfried und seine Truppe revanchieren.

Harry brummte auf dem Rückweg konstant vor sich hin, jeden Augenblick konnte das in ein lautes Fluchen übergehen, so bedrohlich, wie der Ton anschwoll. Ich hatte jedes Zeitgefühl verloren und wußte nicht, wie lange wir bereits durch den Wald taperten.

Als der Fixer erneut stehenblieb, hatte ich längst keinen Schimmer mehr, in welcher Waldgegend wir uns befanden. Harry ging es vermutlich ähnlich. Wahrscheinlich bestand darin der Sinn des Manövers. Der Junge bedeutete uns mehr durch Gesten als Worte, ganz still zu sein und zu warten. Im Handumdrehen war er verschwunden.

Bevor Harry vor Zorn explodieren konnte, schüttelte ich kräftig seinen Arm, etwas klapperte, wohl der CD-Player in der Segeltuchtasche über der Schulter.

»Gedulde dich noch etwas, bevor du losbrüllst.«

»Wer brüllt denn hier? Kennst du Hänsel und Gretel?«

Die Stimmen, die auf einmal zu uns drangen, ließen darauf schließen, daß wir unsere Märchenkenntnisse in dieser Nacht nicht vertiefen mußten und daß sich der Unterschlupf vom Dachs in der Nähe befand. Gleich darauf raschelte es hinter mir, der Fixer stieß wieder zu uns.

Die Dachshöhle hatte sich gebildet, als ein mächtiger Baum umgefallen war und sein Wurzelwerk die Erde aufriß, erzählte uns der Dachs, während er uns in seinen Unterschlupf komplimentierte, den er durch Säcke und Latten vervollständigt und durch Zweige, Äste und Dornenranken getarnt hatte. Harry fluchte jetzt endlich ausgiebig, weil er mit einem Ärmel am Eingang hängengeblieben war.

Sich zu viert auf drei Quadratmetern einzurichten erfordert eine gewisse Gelenkigkeit, und dabei wirkte die Enge eher ungemütlich. Krummrückig an die Wölbung des Dachsbaus angepaßt, beobachtete ich im Licht einer Petroleumfunzel den Mann, der mir gegenüber hockte, und hörte mit halbem Ohr »Schwanensee«.

Das Gesicht zeigte die Folgen der Erosion durch Wind, Wetter und Kälte, denen es jahrzehntelang ausgesetzt war. Eine Kraterlandschaft, kaum noch fähig, Gefühle wiederzugeben. Und doch teilte sich der Eindruck von Ergriffenheit mit. Da lauschte jemand mit ganzer Seele und schien alles zu vergessen, was wir vorher berichtet hatten, um unseren Überfall zu begründen und um Mithilfe zu bitten. Dreifacher Kindermord, der für den Dachs bei dieser Musik weit weggerückt ist. Mir macht der Beton im Magen schwer zu schaffen, ich will nie wieder »Schwanensee« hören, nie wieder an einen Wirbel von weißem Tüll denken. Meine Tochter Laura tanzt, sie hebt ihre Arme, die Schwanenflügeln gleichen sollen, aber nur kindlich mager sind. Aus dem Hintergrund gibt eine Stimme Anweisungen, die ich jetzt gleichfalls verdränge. Die Stimme von D.

Plötzlich hebt der Dachs den Finger. »Das!«

Harry stoppt hurtig die Musikwiedergabe. »Ganz sicher?«

Das Dachs nickt. Es ist nicht das Tamtamtam der Schwanenmädchen, die Stelle kommt später.

»Spielen Sie's noch mal?« fragt der Dachs unterwürfig, und ich muß an mich halten, um nicht schreiend zu protestieren. Jeder Takt hämmert mir im Kopf.

»Woher sind Sie sich so sicher?« frage ich bei der dritten Wiederholung und erkenne kaum meine eigene Stimme. Musik kann man auch hassen lernen.

Was wissen wir denn schon über den Dachs, außer daß er seit dreißig Jahren auf der Walze ist?

»Mein Vater war Musiker, ich bin praktisch mit Musik aufgewachsen. Geige habe ich gelernt. Tschaikowski, das Violinkonzert in a-moll von Brahms, der zweite Satz, das Andante ...«

Er hört sich selbst zu, ich schaue die Hand an, die einen imaginären Geigenbogen führt, aber die Finger krümmen sich nicht mehr richtig. Der Dachs wird immer geschwätziger, Harry nickt zu den Erinnerungen, um zu zeigen, daß er mitkommt. Natürlich kennt auch er Reger und Schubert.

»Aber wieso«, frage ich dazwischen, »ist Ihnen bei der ersten Vernehmung nicht eingefallen, daß es sich bei dem fraglichen Stück um ›Schwanensee‹ handelt?«

Er verdreht die Augen. »Mein Gedächtnis«, nuschelt er verlegen, »war schon mal besser. Immer wieder fehlt ein Stück.«

Erst jetzt nehme ich die Alkoholfahne wahr, denn der Dachsbau stinkt, daß es einem die Tränen in die Augen treibt.

»Nachher ist es mir ja eingefallen, aber da wollte ich nichts mehr sagen.« Die Erinnerung an Wilfried und Co. macht ihn auf einmal ungnädig. Er will jetzt allein sein und giftet den Fixer an, weil der uns hergebracht hat. Er müsse sich eine neue Bleibe einrichten, nachdem diese aufgeflogen sei, sagt er gegen die Wand. Er hat sich trotz der Enge herumgedreht und kehrt uns den Rücken zu.

»Sie haben also eindeutig ›Schwanensee‹ gehört, aber was haben Sie gesehen?« fragt Harry.

Der Dachs rührt sich nicht.

»Gibt es denn Schwäne auf dem See?« frage ich leise.

»Letztes Jahr haben die im Uferschilf gebrütet, dieses Jahr sind sie weg, denen sind das zu viele Menschen hier«, knurrt der Dachs.

Der Fixer brachte uns auf Umwegen zum Auto zurück. »Jetzt ist doch alles in Butter, nicht? Den Dachs braucht ihr nicht mehr, ich werd ihm das noch klarmachen.«

»Und wenn doch«, sagte Harry drohend, »halten wir uns an dich.«

Der Junge quiekte wie eine aufgestörte Maus und verschwand in Richtung Wald, bevor wir eingestiegen sind.

»Wir hätten den Dachs festsetzen sollen.« Harry steckte den Wagenschlüssel ins Zündschloß. »Vom See bis zu seinem Bau sind es zweihundert Meter Luftlinie, höchstens. Das hast du nicht gemerkt, weil sich Frauen im Wald sowieso nicht orientieren können, aber ...«

»... du findest dich in unbekannten Urwäldern dank deinem früheren Trapperleben todsicher zurecht. Ich hab gehört, wie du hinter mir echolotmäßig gebrummt hast.«

»Der Mann muß was gesehen haben. Während der Täter über das Mädchen hergefallen ist, hat er eventuell im Gebüsch gehockt, entzückt ›Schwanensee‹ gelauscht und nur ja keine Unterbrechung riskiert, der dämliche Sack.«

»Der böse Wolf, Harry.«

»Ach, hör schon auf, dieses Märchengefasel fängt an, mich anzukotzen.«

»Warum sollte sich der Dachs gemeldet und Wilfried nur von der Musik erzählt haben, wenn er tatsächlich auch Augenzeuge war? Das macht keinen Sinn.«

»Und wenn er doch der Täter war?« Harry wandte sich mir zu und ließ dabei den Motor an. »Sag mir bloß noch, was uns dieser bescheuerte Ausflug gebracht hat.«

»Nasse Füße.«

Der Wagen rollte an. Mein Kollege wollte nach Rees weiterfahren und sich über Nebenstraßen nach Steinfurt durchschlagen.

»Harry«, flehte ich, »dreh um und fahr nach Wesel zurück. Wenn ich in der nächsten halben Stunde kein Aspirin kriege, platzt mir der Schädel, oder ich kotz dir den Wagen voll.«

»Weißt du, wie spät es ist?« fragte er erbittert.

Es ging auf zwei Uhr zu, als er in Wesel die einzige Apotheke ansteuerte, die ich ohne weiteres fand.

Wir mochten unser Glück kaum glauben, aber hinter der Glastür bewegte sich jemand in gedämpftem Licht, ich drückte entschlossen auf die Nachtglocke. Gleich darauf drehte sich der Schlüssel im Türschloß. Die Frau, die öffnete, war dieselbe, die mir schon einmal Aspirin verkauft hatte.

Harry schob sich hinter mir herein, ich sank daher erledigt auf den mir vertrauten Kunstlederstuhl und überließ meinem Kollegen das Reden.

»Möchten Sie noch eine Packung Tempotaschentücher zum Aspirin?« fragte die Apothekerin sarkastisch und warf mir einen prüfenden Blick zu, ehe sie rasch im Hinterzimmer verschwand. Als sie mit einem Glas Wasser zurückkehrte, schwenkte Harry auffällig einen Prospekt in der Hand, den er von der Theke aufgenommen haben mußte, während ich den Fußboden anstarrte.

Gierig schluckte ich Wasser und Tabletten. Harry beugte sich zu mir herab und hielt mir den Prospekt vor die Augen. Als ich vor Überraschung aufsprang, stießen wir beinahe mit den Köpfen aneinander. Gerade noch rechtzeitig wich Harry zurück, aus meinem Glas schwappte das Wasser auf den Fußboden. In die Lache tretend, riß ich ihm den Prospekt aus der Hand und legte ihn vor der verdutzten Apothekerin auf die Theke.

»Woher haben Sie das?« Mein Zeigefinger lag genau unter der Abbildung von zwei bunt glitzernden Haarspangen in Form von Schmetterlingen. Die Frau schielte vorsichtig zur Seite, vermutlich fragte sie sich gerade, wo sie ihr Telefon abgelegt hatte, und erwog, unauffällig die Polizei zu alarmieren, weil sie von zwei Verrückten attackiert wurde.

Harry hatte die Situation erkannt und legte seinen Dienstausweis neben die Abbildung der Schmetterlinge.

»Dazu hätten wir ein paar Fragen.«

Der Prospekt enthielt weitere Angebote wie schwarzen Tee in hübscher Verpackung und keramischen Nippeskram, alles Dinge, die man auf den ersten Blick in so einem Laden nicht erwartete, die aber auf ein erweitertes Kauferlebnisbedürfnis selbst in Apotheken schließen ließen.

Ich hatte gedacht, daß allenfalls Pharmareferenten Apotheken aufsuchten, um neue Medikamente einzuführen, ließ mich aber belehren, daß dies eher selten der Fall sei. Pharmareferenten, die sich im übrigen direkt an Ärzte wenden, verfügen über medizinisches Wissen, die Vertreter, die ihren Nippes anbieten, brauchen das nicht und können aus der Auto- oder einer beliebigen anderen Branche in diese gewechselt haben. Mit Schmetterlingen und ähnlichem Kram werden besonders gute Kunden belohnt, es handelt sich nicht um käufliche Ware.

Ein Schmetterling als Dreingabe für die Megapackung Aspirin?

Harry und ich hörten uns alles verblüfft an, bevor wir die Angelegenheit, die uns auf den Nägeln brannte, präzisierten. Auch mußte die Apothekerin erst einen zwei Jahre alten Terminkalender heraussuchen und nachsehen, ob sie der Mann, der ihr den vorliegenden Prospekt überlassen hatte, am 10. Juni besucht hatte. Unterdessen erfuhren wir ein bißchen von ihm.

»Alfons Berkel hat eine selbständige Vertretung, das heißt, er ist nicht bei einer anderen Firma angestellt, sondern organisiert den Vertrieb seiner Waren selbst.«

»Stellt er sie denn her?« erkundigte ich mich.

»Er wählt die Produkte anderer Firmen aus und bietet sie in seinem Katalog an.«

»Wie oft kommt er vorbei?«

»Da müßte ich nachschauen. Ich erinnere mich, daß er vor zwei Jahren eine Zeitlang öfter als sonst da war, da hatte er aber sein Sortiment umgestellt.«

»Wie sieht er aus?« fragte Harry.

»Unauffällig. Mittelgroß, braune Haare, mehr fällt mir im Moment nicht ein.« Sie schaute uns unsicher an, denn wir hatten unser Interesse ziemlich vage begründet und ihr etwas von einem Schieberring für Billigartikel aus dem Osten unter Umgehung von Zollbestimmungen erzählt. Nachts um zwei brachten wir nichts Plausibleres heraus.

Den Prospekt nahmen wir mit, nachdem wir wußten, daß Berkel tatsächlich am 10. Juni vor zwei Jahren die Apotheke besucht hatte.

Alfons Berkels Firma freute sich über Bestellungen, las ich, auch über Rückmeldungen, wie seine Angebote bei Kunden ankämen. Er würde mit uns rechnen müssen.

Auf der Fahrt zurück nach Steinfurt hielt ich den Prospekt in der Hand, weiterlesen war unmöglich, denn Harry erlaubte nicht, die Innenbeleuchtung einzuschalten. Er sei so ein netter Mensch, hatte uns die Apothekerin über Alfons Berkel noch berichtet, umgänglich, freundlich, nie aufdringlich, wenn er seine Angebote anpreise, ein angenehmer, höflicher Zeitgenosse, und es sei absolut unvorstellbar, daß er in dubiose oder gar kriminelle Machenschaften verwickelt sei, höchstens als Leidtragender oder Geprellter. Der Mann strahle geradezu eine naive Unschuld aus. Sie hatte uns gemustert, als wäre mit uns etwas nicht in Ordnung, als haftete in Wahrheit der nicht genau bezeichnete Dreck an uns.

Wie konntest du nur D verdächtigen? schreien gleich drei Stimmen in mir. Harry hat zwischendurch vor sich hin genuschelt und dabei Rohleff erwähnt, ich will aber nicht hören, was er zu sagen hat, weil ich vollauf damit beschäftigt bin, D aus dem Kreis der Verdächtigen zu entfernen, was sich nicht so einfach durchführen läßt. Statt Erleichterung, gepaart mit einer Portion schlechten Gewissens, macht sich weiterhin Beklemmung breit. Das mit Theo hätte mir auch keiner geglaubt, weil niemand von einem wie Theo in der eigenen Familie etwas wissen will. Ich bin im Begriff, irre an mir selbst zu werden.

Als Harry in die Straße einbog, in der Rohleff wohnte, protestierte ich nicht.

»Den scheuchst du jetzt aus den Federn?« fragte ich nur matt.

Harry zog mir den verknitterten Prospekt aus den Fingern und grinste breit. »Halb fünf ist keine schlechte Zeit zum Aufstehen. Da kann er vor der nächsten Sonderschicht mit dem Hund raus, das wird Sabine freuen.«

Ich blieb im Auto und wartete, bis sich die Haustür öffnete. Rohleff trug nur eine gestreifte Schlafanzughose und nichts an den Füßen. An ihm vorbei schob sich ein Ungetüm, von dem ich bereits gehört hatte, dem ich aber bisher noch nicht begegnet war. Wo war der Hund am letzten Nachmittag gewesen? Hatte

Rohleff das Riesenvieh eingesperrt, damit es nicht die Kinder auf der Grillfete anfiel?

Harry kam zurück und klopfte ans Seitenfenster seines Wagens. Ich ließ die Scheibe ein Stück herunter.

»Berni beißt nicht, aber latsch ihm auf die Zehen, sobald er dir nahe kommt.«

Ich habe prinzipiell nichts gegen Hunde, auch nichts gegen große, aber wohl gegen solche, die mir unversehens die Schnauze in den Schritt schieben. Noch so ein Belästiger. Mit einer Hand stemmte ich mich gegen den Zottelkopf und angelte mit dem Fuß nach den Vordertatzen. Harry hätte das Abwehrprogramm gegen Berni näher erläutern müssen. Rohleff winkte nur ungeduldig. Meine Erbitterung gegen den männlichen Faktor in dieser Welt stieg beständig.

Durch mein Gerangel mit Berni entging mir, daß Sabine hinter Rohleff aufgetaucht war. Fröhlich und ausgeschlafen, das gleichfalls muntere Kind auf dem Arm, betrachtete sie Harry und mich von oben bis unten. Sie trug einen einteiligen Seidenpyjama mit Gummizug in der Taille und mit Spaghettiträgern, der nur großen schlanken Frauen wie ihr steht.

»In was seid ihr denn hineingetreten?«

Harry nahm den Blick von der dünnen Seide und schielte über seine Wampe hinunter. »Die Schuhe kann ich wegwerfen«, sagte er düster.

Nachträglich wunderte es mich, daß uns die Apothekerin überhaupt hereingelassen hatte. Vielleicht glaubte sie an einen Unfall. Völlig überflüssigerweise zupfte ich ein graues, klebriges Knäuel Spinnweben von meiner Jacke, die Kletten daneben ließ ich hängen. Sabine sah meiner Bemühung interessiert zu, ihre Stimme klang nach unterdrücktem Lachen.

»Wißt ihr was? Ihr stinkt wie eine ganze Wiese voll Kuhscheiße.«

»Nein, Schatz«, intervenierte Harry und schob sich näher an sie heran, »wir stinken nach Dachsbau.«

»Ihr könnt euch«, fiel Rohleff bedächtig ein, »zusammen in unsere Badewanne setzen und dabei erzählen, was euch vor fünf Uhr morgens hertreibt.«

Nach unserem Bericht blieb Rohleff eine Weile stumm und tätschelte gedankenverloren den Rücken des Babys, das er an seine Schulter gedrückt hielt. Aus der Küche ertönte Geschirrgeklapper zu uns herüber. Berni grunzte vernehmlich, er hatte sich neben meinem Sessel ausgestreckt.

»Sondersitzung um acht im Büro«, sagte Rohleff endlich, »geht das, Lilli?«

Ich schrak zusammen, als ich meinen Namen hörte, plötzlich war mir schwindlig vor Müdigkeit. Als ich Rohleff anstarrte und nach einer Antwort suchte, hatte ich das deutliche Gefühl, das sich die Stacheln auf meinem Kopf aufrichteten.

»Geht klar.« Eigentlich wollte ich aufstehen, weil es mich sehr danach verlangte, wenigstens noch zwei Stunden Schlaf mitzunehmen, aber Berni hatte eine Tatze besitzergreifend auf meinen Schuh gelegt. So sank ich nur tiefer in den Sessel zurück, während Sabine, noch immer ostentativ gutgelaunt, mit Kaffee hereinkam. Ich konnte mich selbst nicht mehr riechen.

Rohleff hatte mich im Bademantel heimgefahren. Ich sah seinem Wagen nach, bis er um die Ecke bog, und konzentrierte dann meine Aufmerksamkeit auf das vollgepackte Auto, das vor unserem Haus stand. Eine dunkle Limousine, die im Augenblick keine Emotionen weckte. Rohleff hatte unseren Fund in der Weseler Apotheke einen Durchbruch genannt. Alfons Berkel, hatte am 10. Juni die Apotheke in Wesel besucht, und ein Haus weiter wohnte Tanja Becker. Ich war geneigt, nicht an eine Reihe bedeutungsloser Zufälle zu glauben, weil Rohleff und Harry das auch nicht taten.

Detlev durfte also mit meinem Segen mit unseren Töchtern nach Holland zum Campen fahren. Ich hangelte mich die Treppe hinauf und war in Gedanken bereits im Badezimmer, wo ich mir unter Ekelgefühlen die Klamotten herunterreißen würde. Aus Lauras Zimmer drangen gedämpfte Stimmen, die Tür war angelehnt. Meine beiden waren schon auf, registrierte ich und bleibe plötzlich stehen, die Hand auf der Klinke der Badezimmertür.

»Du mußt es ihr sagen«, zischt Katia, »du mußt.« Sie hat das lautere Organ, die Antwort Lauras ist nicht zu verstehen. »Hör auf zu flennen, wenn wir erst mal mit Papa weg sind, kannst du nichts mehr machen, dann ist vielleicht alles zu spät.«

Langsam lasse ich die Klinke fahren, steige wie in Trance und sehr, sehr leise die Treppe wieder hinab und trete vors Haus, ich habe draußen noch eine Kleinigkeit zu erledigen.

Beim Frühstück ist Detlev voller Mitgefühl wegen meines Nachteinsatzes und voller Vorfreude auf Holland, die ich mit keiner Silbe zu schmälern suche. Meine Töchter dagegen spähen unruhig zu mir herüber, ich tue so, als bemerkte ich nicht, daß sie nicht gerade vor Begeisterung strahlen.

»Eßt nicht täglich Pommes mit Mayonnaise, und trinkt mal etwas anderes als Cola«, mahne ich leutselig, weil das so von mir erwartet wird.

»Schade, daß du nicht mitkommst.« Laura drängt sich plötzlich an mich und schaut mich flehend an. Ich streiche ihr über das seidenweiche, knisternde Blondhaar und drücke sie wortlos an mich.

Eine Viertelstunde später sehe ich gelassen zu, wie Detlev sich müht, den Wagen zu starten, der Motor gibt nur ein Wimmern von sich. Detlev steigt aus.

»Versteh ich nicht«, meint er stirnrunzelnd.

Ich schon, könnte ich sagen, und sehe dabei zu, wie er den Kopf unter die geöffnete Motorhaube steckt. Er hat keine Ahnung von Autos und Zündkerzen.

»Laß uns versuchen, den Motor mit den Überbrückungskabeln in Gang zu kriegen«, schlage ich heuchlerisch vor und laufe schon los, um die Kabel zu holen.

Wenig später brummt der Motor beruhigend auf, Detlev winkt überschwenglich zum Abschied, meine Töchter winken ebenfalls, und ich schaue, ganz fröhliche Mutter, dem Wagen nach.

Langsam kehre ich ins Haus zurück und verfolge eigensinnig, wie sich die Zeiger der Küchenuhr bewegen. Die Tasse Kaffee, in der ich endlos mit dem Löffel rühre, ist noch nicht ausgetrunken, da sind meine drei wieder da.

Detlev flucht laut, Laura und Katia verschwinden blitzartig nach oben.

»Scheiß Karre«, sagt mein Mann in der Küchentür, »jetzt ist sie völlig verreckt, und in dein Auto kriegen wir das ganze Campingzeugs nicht rein.«

Ich pflichte ihm mit distanzierter Freundlichkeit bei und bin froh, daß ich mich nicht darauf hinausreden muß, daß ich mein Auto unbedingt für die Arbeit brauche. Auch hoffe ich, mit dem Schluck Wasser, den ich in den Tank gekippt habe, den Motor nicht für immer ruiniert zu haben.

Ohne Vorankündigung statteten wir Hainsbach am Sonntagmorgen um neun einen Besuch ab. Seine Frau, fragte er mit einem ironischen Unterton, müsse sich um diese unchristliche Stunde doch nicht gleichfalls der Belästigung durch die Polizei stellen? Sie sei noch nicht aufgestanden.

Erstaunlicherweise war er so vollständig bekleidet, als wäre er im Begriff, das Haus zu verlassen. Ich konnte mir denken, daß er zu denen gehörte, die sich in Schlafanzug oder Bademantel unwohl fühlen, sobald sie morgens das Bett verlassen haben.

Es hatte mich gewundert, daß Rohleff Patrick überhaupt aufforderte, ins Büro zu kommen, und noch mehr, daß er erschienen war. Als ich sein übernächtigtes Gesicht und die roten Ränder um die Augen sah, hatte ich ihn in die Arme geschlossen. Sofort begann er zu schluchzen. Harry reagierte richtig. Er schlug Patrick recht kräftig auf die Schulter.

»Ich will ja nicht unsensibel sein, aber reiß dich einfach zusammen.«

Nicht wegen der Trauer, sondern weil wir ihn als Computerexperten benötigten, hatten wir Patrick im Büro gelassen. Harry wachte über seinen Gemütszustand und darüber, daß er soviel wie möglich über Alfons Berkel in diversen Auskunftsdateien herausfand. Es war unser Pech, daß wir sonntags nicht so zum Zuge kamen, wie wir es uns wünschten.

Hainsbach bedeutete uns mit knapper Geste, Platz zu nehmen, er ging deutlich auf Abstand.

»Kennen Sie Alfons Berkel?« fragte Rohleff.

Hainsbach zog die Stirn kraus. »Berkel? Berkel? Der Name sagt mir nichts.«

Rohleff legte ihm den Prospekt vor, die Seite mit den Schmetterlingen war aufgeschlagen. Mit einem Blick überflog Hainsbach die Abbildungen, ohne daß sich in seinem Gesicht etwas rührte. Er nahm den Prospekt auf und wendete ihn mißtrauisch, vielleicht auch nur ratlos, hin und her.

»Ach, *der* Berkel«, sagte er schließlich. »Unauffälliger Bursche. Und was ist mit ihm?«

»Wir wüßten gern, ob er Sie am 2. und 16. Juni besucht hat.«

»In der Apotheke?« fragte Hainsbach überflüssigerweise. »Das weiß ich doch nicht auswendig. Er war letzten Monat da, aber warum interessiert Sie das? Ausgerechnet Berkel!«

Ich bemerkte Bettina Hainsbach erst, als sie beinahe den Tisch erreicht hatte, an dem wir auf unbequemen Stühlen saßen. Unser Gespräch fand im hinter der Küche gelegenen Eßzimmer statt, das ich noch nicht kannte. Auch hier ungemütlich viel Chrom und Glas wie im Wohnzimmer. Bettina nickte uns zu und zog einen Stuhl unter dem Tisch hervor.

»Du brauchst dir das nicht anzuhören, Liebes. Ich dachte, du bist noch gar nicht auf.«

Bettina setzte sich, ohne auf ihren Mann zu achten. Hinter ihr war die Katze hereingekommen, sie war schlanker geworden, seit ich sie das erste Mal gesehen hatte. Den Schwanz steil aufgerichtet, drückte sie sich an Hainsbachs Stuhl. Hainsbach bückte sich und nahm sie mit einem Ruck auf. Fauchend schlug sie ihm mit der Pfote über den Handrücken, dann sprang sie geschmeidig zu Boden. Aus einem Kratzer quoll Blut.

»Verdammtes Vieh«, fluchte Hainsbach und leckte die Wunde. »Würdest du bitte«, wandte er sich in wieder gemäßigtem Ton an seine Frau, »ein Pflaster holen?«

Bettinas Blick kreuzte sich mit meinem, ich las eine stille Erheiterung aus ihrem, die ich teilte. Sie rückte bedächtig den Stuhl zurück. »Aber gern, Lieber.«

Bevor sie den Raum verließ, bückte sie sich und streichelte die Katze.

Die Unterhaltung stockte, bis Bettina mit dem Pflaster zurückkehrte und Hainsbach endlich aufhörte, an der kleinen Wunde zu saugen. Ich bewunderte Rohleffs Geduld, mit der er das Theater beobachtete.

»Alfons Berkel, was wissen Sie über ihn?« fragte er langsam.

»Berkel?« Bettina legte Pflaster und Schere auf den Tisch, griff nach dem Prospekt, überflog ein paar Seiten, legte ihn zurück und deutete stumm auf die Haarspangen.

»Erkennen Sie sie wieder?« nahm ich die Befragung auf.

Unentwegt tippte Bettina Hainsbachs Finger auf die Haarspangen, während sie unter heftigen Atemstößen auf ihren Mann einredete. »Er war einmal bei uns. Er hatte dich nicht in der Apotheke angetroffen, obwohl ihr verabredet wart. Vielleicht hatte er sich nur in der Uhrzeit vertan. Deine Helferin hat ihn hergeschickt, weil sie dich hier vermutete und Berkel nicht viel Zeit hatte. Ich habe ihm Kaffee angeboten, denn auf einmal hatte er es nicht mehr so eilig.«

»Hat er Caroline gesehen?« fragte Rohleff.

»Die beiden haben sich über das Geigenspiel unterhalten. Er hat ein paar Bemerkungen über langweilige Tonleitern oder etwas Ähnliches gemacht. Er kann gut mit Kindern umgehen, das merkte man. Ich war ganz sicher, daß er selbst welche hat.« Sie schaute ihren Mann aus großen Augen an. »Hättest du an Berkel gedacht?«

»Das ist doch verrückt. Ich kenne den Mann seit Jahren. Der ist ein ganz solider Geschäftsmann.«

»Die sind uns als Täter so recht wie alle anderen, wenn wir sie überführen können«, warf ich ein. »Wann war Berkel in Ihrem Haus, Frau Hainsbach?«

Sie mußte erst nachdenken, dabei zappelte ihr Mann auf seinem Stuhl herum, als wollte er etwas einwerfen, traute sich aber nicht.

»Im Mai, irgendwann im Mai, Caroline kam gerade von der Geigenstunde.«

»Also an einem Dienstag.«

Erst als wir mit Hainsbach in die Apotheke gefahren waren und ihm Zeit gelassen hatten, seine Eintragungen zum 2. und zum 16. Juni zu überprüfen, begann er zu begreifen. Ich teilte allerdings seine Skepsis. Indizien, keine eindeutigen Beweise. Der Geschäftssitz der Firma war Gronau, ob Berkel in Gronau wohnte, wußte Hainsbach nicht.

Die Frage beantwortete uns Patrick, der sich meldete, während wir noch mit dem Apotheker verhandelten. Alfons Berkel wohnte in Metelen, einem Kaff zwischen Steinfurt und Gronau, seine Autonummer hatte Patrick ebenfalls herausgefunden und bereits überprüft. Sie war auf den Listen der Ringfahndung nicht vertreten.

Mit fiel wieder einmal der Autofahrer ein, der vor Horstmar im Auto saß und »Schwanensee« lauschte. Das war dann wohl nicht Berkel gewesen.

Gegen Mittag war ich unterwegs nach Metelen, nur mit Rohleff. Er hatte es abgelehnt, mit großem Aufgebot bei Berkel zu erscheinen, obwohl Patrick bei einer Zwischenbesprechung im Büro sehr darauf gedrängt hatte.

»So ein paar zeitliche Übereinstimmungen besagen zu wenig, da sollten wir schon mehr in der Hand haben«, hatte Rohleff eingewandt.

»Eventuell eine Kollektion Schwanenfedern?« fragte Patrick angesäuert zurück.

Zum Glück bemerkte keiner meiner Kollegen, wie ich zusammenzuckte.

»Und die Schmetterlinge?« fragte Harry, auch er setzte fest auf Berkel als Täter.

»Tja, die Schmetterlinge«, wiederholte Rohleff zögernd.

»Die hat sich Caroline heimlich aus Vaters Apotheke besorgt und einen Satz davon an Rebecca weitergeschenkt«, wandte ich forsch ein.

»Nur daß Hainsbach die überhaupt nicht bei Berkel bestellt hat, das hast du vergessen.«

»Hainsbachs Apotheke ist aber nicht die einzige in Steinfurt, und Berkel wird nicht nur ihn mit seinem Tinnef beliefern.«

»Es hat keinen Zweck, daß wir jetzt herumrätseln, wie die Kinder an die Haarspangen geraten sind. Patrick, du erkundigst dich morgen früh sofort bei den Apotheken in Steinfurt und Horstmar nach Plastikschmetterlingen und danach, welche Apotheke Kunde von Berkel ist, und jetzt besuchen wir den Kerl, komm, Lilli.«

Ich bat Rohleff, als erstes rasch bei mir zu Hause vorbeizufahren, angeblich um meinen dicken Baumwollpullover gegen eine kurzärmelige Bluse zu tauschen. Tatsächlich aber in erster Linie, um zu sehen, wie meine Lieben mit ihren fürs erste geplatzten Urlaubsplänen zurechtkämen.

Detlev schnallte gerade seine Sporttasche auf dem Gepäckträger seines Fahrrades fest.

»Ich hab mich zum Tennis verabredet. Ich hoffe, dein Sonntagseinsatz dauert nicht den ganzen Tag und du hast auch mal etwas Zeit für uns. Bis später also.«

Mit Befriedigung sah ich, wie er sich auf das Rad schwang. »Und die Mädchen?« schrie ich hinterher.

»Schwimmbad.«

Als ich wieder zu Rohleff ins Auto stieg, war mir leichter zumute.

Unterwegs machte ich mir Gedanken über Berkel als Täter. Gehörte er zu denen, die auf Kinder fixiert sind? Die Vorliebe für Ballettröckchen in Unschuldsweiß und eventuell auch die verspielte Mordinszenierung mit »Schwanensee« ließ darauf schließen. Und ebenso, daß er sich so gut mit Kindern verstand, ihnen auf gleicher Ebene begegnete. Oder sah er doch nur einen Ersatz in ihnen, leicht erreichbare Opfer, weil er an erwachsene Frauen nicht herankam oder sich ihnen unterlegen fühlte? Rein gefühlsmäßig tippte ich darauf, daß Berkel zu Hause einen Stall voll Kinder und mit den Morden nicht das mindeste zu tun hatte.

Metelen bestand für mich bis dahin hauptsächlich aus einer Durchgangstraße mit ein paar netten älteren Häuser auf dem Weg zur Autobahn. Ganz anders präsentierte sich das Kaff an diesem späten Vormittag. Rohleff war der Meinung, wir müßten nur ein bißchen herumkurven, um unfehlbar auf die richtige Straße zu stoßen, seine Vorstellung von Metelen glich meiner.

Erst nachdem wir uns hinreichend in den Gassen um die Kirche verirrt hatten und er in einer Kneipe an der Hauptstraße Erkundigungen eingezogen hatte, kamen wir weiter. Der Anblick der Häuser, auf die wir dann zusteuerten, deprimierte mich. Backsteinbauten aus den vierziger, fünfziger Jahren, deren dunkelrote Ziegel geradezu den Provinzmief ausschwitzten. Vor einem der häßlichsten Kästen hielten wir. Rohleff drückte auf den Klingelknopf neben einer Aluminiumtür mit schrägen Streifen und geribbeltem grünem Glas. Ich fragte mich, wie er die Vernehmung angehen wollte, auf der Fahrt hatten wir nichts abgesprochen.

»Ich komme, ich komme«, rief jemand fröhlich von drinnen.

Der Mann, der uns öffnete und seine Hände an einem Geschirrtuch trocknete, glich allen Beschreibungen, die wir bisher gehört hatten. Unscheinbar, mittelgroß, braunes Haar, älter als vierzig wirkend. Daß er vierzig war, wußten wir durch Patricks Nachforschungen, ebenso, daß er in unseren Dateien ein unbeschriebenes Blatt war. Nicht einmal eine Eintragung in der Flensburger Verkehrssünderkartei.

In den Beschreibungen war allerdings nicht die Rede von dem verschmitzten Charme dieses Mannes gewesen. Vielleicht hob er sich den für Zuhause auf und für seine Begegnung mit Kindern.

»Ja?« fragte er arglos und immer noch aufgeräumt. Ich fragte mich, inwiefern er D glich. Sein Blick streifte mein blondes Stachelhaar. »Sammeln Sie für die Kirche?«

»Wir sammeln nur Informationen, Kriminalpolizei, Herr Berkel.« Wenn Rohleff auf eine Überrumpelung gehofft hatte, sah er sich getäuscht.

»Nanu!« Der Mann lachte unbefangen. »Kassieren Sie Strafgelder jetzt an der Haustür?«

»Tun wir nicht. Wir ermitteln nur in einer Mordserie.« Rohleff wirkte hölzern gegen Berkel.

»Sie sind vom Fernsehen, stimmt's?« Berkels Panzer aus Fröhlichkeit zeigte keinen Sprung. »Sie wollen brave Bürger am Sonntagmorgen ein bißchen zum Narren halten.«

Wahrscheinlich wäre ein solcher Überfall in Metelen der Gipfel des bestürzend Ungewöhnlichen gewesen.

Rohleff zückte resigniert seinen Dienstausweis, ich holte meinen aus der Tasche zu einer doppelten Beweisführung, Berkel bat uns zögernd herein.

Während Rohleff mit ihm redete, bemühte ich mich ernsthaft, Berkel unsympathisch zu finden, um mir die Mörderhypothese zu erleichtern. Es gelang mir sowenig wie mit Theo, der auch alle bezaubern konnte, und deshalb hielt ich mich im Fall Berkel für befangen. Der Mann war auf eine entwaffnende Art nett, aber keineswegs übertrieben oder schleimig. Als Rohleff sich den kritischen Punkten näherte und Berkel begreifen mußte, daß er zu den Verdächtigen zählte, reagierte er zunächst mit Ungläubigkeit, dann mit Empörung.

»Nur weil ich Vertreter bin und gelegentlich in Horstmar und Steinfurt zu tun habe, bringen Sie mich mit den Morden in Verbindung? War da nicht auch was in Bayern? Ich war bestimmt nicht in Bayern, mein Gebiet ist Westfalen.«

»Sie kannten Caroline Hainsbach, das ist erwiesen.«

»Sie scheinen mehr zu wissen als ich.«

»Sie waren im Haus der Hainsbachs, haben dort Kaffee getrunken und sich mit Caroline unterhalten. So lange ist das nicht her. Mitte Mai, sagt Frau Hainsbach.«

Berkel starrte einen Moment konzentriert die Wand an, schließlich erhellte sich sein Gesicht. »Das Kind mit der Geige. Wissen Sie, ich habe so viele Kunden. Ab und zu lerne ich welche privat oder halb privat kennen, sortiere sie aber für mich nach den Namen der Apotheken. Die Bagnoapotheke in Steinfurt. An das Mädchen erinnere ich mich jetzt wieder. Es schien mir mit der Geige nicht sehr glücklich zu sein.« Er sah uns ganz offen an. »Es ist wohl besser, wenn ich in Zukunft kein Kind mehr anspreche, wenn sich darauf Ihr Verdacht gründet.«

»Tun Sie das, Kinder ansprechen?«

Berkel zuckte leicht zusammen und betrachtete uns nachdenklich. »Man sollte sich also von Kindern fernhalten, um nicht unter Verdacht zu geraten. Auch keinen Hund freundschaftlich streicheln, keinen unbekannten Menschen grüßen, denn das könnte er ja als Belästigung auffassen.« Er sprach sehr langsam, und mich beschlich unter seinem Blick ein zunehmendes Unbehagen. Berkel lächelte ein wenig traurig. »Vermutlich sollte ich nur noch in Gegenwart eines Anwalts mit Ihnen reden, ein Freund von mir ist Anwalt. Würden Sie mich einen Augenblick entschuldigen? Ich müßte nach dem Braten sehen, heute koche ich.«

Als er den Raum verlassen hatte, erhob sich Rohleff und wanderte im Zimmer herum.

»Bestimmt singt er im Kirchenchor«, platzte ich heraus.

Rohleff hob abwehrend eine Hand, ich sollte seine Gedankengänge nicht stören.

Das Zimmer war mit Möbeln in Gelsenkirchener Barock eingerichtet, dazu gehörte die Polstergarnitur in Spinatgrün mit einem Behang aus chromgelben Troddeln. Die zwei kleinen Fenster gingen auf die Straße hinaus und ließen durch die in akkurate Falten gelegten Gardinen nur trübes Licht ein. Der Raum schien unangenehmen oder unerwünschten Besuchern vorbehalten zu sein und ansonsten nicht benutzt zu werden. An der Wand neben der Tür zum engen, dunklen Eingangsflur stand ein schwarzgelacktes Klavier, das hervorragend zu den Möbeln paßte und mir mit seinen ausladenden Proportionen und den dicken, geschnörkelten Beinen Alpträume verursachen würde, wenn wir so etwas geerbt hätten. Rohleff war an das Klavier herangetreten und betrachtete eine gerahmte Fotografie, die zwischen einer versilberten Vase mit Kunstblumen und einem Teddybären auf dem Instrument postiert war. Dem Teddy fehlte ein Arm, und ein Glasauge hing an einem Faden ein Stück herab, was den Eindruck von Invalidität zu Erbarmungswürdigkeit steigerte.

Erst ein näherer Blick offenbarte mir, daß das Foto Berkel mit einer Frau zeigte, einen versonnen lächelnden Berkel. Die Frau dagegen wirkte eine Spur grämlich und schon wegen dieser Miene wesentlich älter als ihr Mann.

Unversehens trat Berkel wieder zu uns herein, ich wich unwillkürlich zum Fenster zurück und schaute verlegen hinaus. Ein Auto parkte jetzt genau hinter unserem. Es war mir auch so, als hätte ich jemand an der Vordertür gehört.

»Wenn Sie noch viele Fragen haben, müssen Sie zum Essen bleiben«, sagte Berkel mit einer leicht angestrengten Freundlichkeit.

Rohleff klappte den Klavierdeckel einmal auf und zu. »Sie spielen?«

Auf einem Tischchen neben dem Klavier lagen Noten. Berkel hob den Deckel wieder hoch, setzte sich auf den Drehhocker vor das Klavier, spielte den Flohwalzer mit einer Heftigkeit, daß mir die Töne in den Ohren dröhnten und die Silbervase zu tanzen begann. Mit einem Knall schlug er danach den Deckel zu. Der dumpfe Klang hallte eine Weile nach.

»Heute nicht mehr. Früher mal.«

»Fingerübungen statt Fußballspielen?« Rohleff musterte ihn.

»So was vergißt man wieder. Geschadet hat es mir nicht.«

Berkel nahm rasch den Teddy in die Hand, routiniert drückte er das lose Auge an der richtigen Stelle fest und setzte den Bären zurück.

Ich deutete zum Fenster hinaus. »Ist die dunkle Limousine vor der Tür Ihr Wagen?«

Berkel nickte und seufzte auf.

»Dürfen wir einen Blick in den Wagen werfen?« fragte Rohleff, nachdem er neben mich getreten war und gleichfalls durchs Fenster geschaut hatte.

Berkel seufzte noch mal, und mich überkam Scham, weil wir an einem Sonntag in diese Familie eingedrungen waren und die Geduld eines Mannes mit dubiosen Verdächtigungen strapazierten. Ich war ganz froh, daß Rohleff die Verantwortung trug. Auch dafür, daß etwa eine halbe Stunde später ein Wagen von der Spurensicherung vor Berkels Haus hielt und ein Mann in einem weißen Plastikanzug ausstieg, der ihn wie einen Marsmenschen wirken ließ. Er fuhr mit der auberginenfarbenen Limousine davon.

»Morgen abend haben Sie Ihr Auto voraussichtlich wieder. Kommen Sie den Tag ohne aus?« fragte Rohleff.

Berkel zuckte hilflos mit den Schultern. »Muß ich ja wohl.«

»Das war's dann, hoffentlich ist Ihr Braten noch nicht angebrannt.« Das letzte klang nicht ganz ehrlich.

Tatsächlich roch es etwas streng im Flur, Rohleff drehte sich halb um und zögerte auf dem Weg zur Tür, dabei fiel mir ein, daß Harry einmal erzählt hatte, Karl würde leicht angebranntes Fleisch sehr schätzen.

Am Auto verabschiedete ich mich von Berkel, der uns höflich hinausbegleitet hatte, und schämte mich wieder, einerseits wegen der verdorbenen Sonntagsruhe und andererseits wegen des Bratens. Als ich mich umwandte, stand die Frau vom Foto in der Haustür, ihr Gesichtsausdruck war nicht zu erkennen, aber wie ihr Mann bei unserer Ankunft wischte sie sich die Hände an einem Handtuch. Beim Anfahren mußte ich noch einmal an den Bären denken. Als wir den Raum verließen, hing das Glasauge wieder herab.

»Braver Familienvater als Massenmörder?« fragte ich aufsässig.

Rohleff summte entspannt. »Werden wir ja sehen.«

»Mensch Karl, manchmal widert mich dieser Job an.«

»Warum so empfindlich, Lilli? Lief doch alles prima. Der Mann ist ein 1a Verdächtiger.«

»Warum hast du ihn dann nicht gleich festgesetzt?«

»Dafür reicht's noch nicht. Aber wenn wir auch nur ein Haar von einem der drei toten Mädchen im Wagen finden, ist er dran.«

»So griesgrämig, wie seine Frau dreingeschaut hat, kann er den Braten glatt wegwerfen. Die ganze Arbeit umsonst.«

»Lilli, du brauchst eine Brille. Das war nicht seine Frau, sondern seine Mutter. Und was den Braten betrifft ...«

»Karl, du spinnst.«

Seine Mutmaßung über Frau Berkel verschaffte uns genügend Stoff, um uns bis Burgsteinfurt zu streiten. Rohleff setzte mich zu Hause ab.

»Ach, komm doch mal mit rauf.«

Detlev faßte mich wie ein Kind an der Hand und zog mich die Treppe hinauf, er war sehr ruhig dabei, und ich fragte mich, wie es um seine Ruhe bestellt sein würde, sobald sein Auto morgen von einem kundigen Mechaniker wieder in Gang gesetzt wäre, und der Mann, während er ihm die Rechnung präsentierte, erläuterte, was es mit der unerwarteten Betriebsstörung auf sich gehabt hatte.

Mir ist mehr als nur mulmig zumute, die Zeit, die mir für die Überführung von D bleibt, wird knapp. Ich wage es nicht, zu glauben, daß Berkel D ist, soviel Glück kann es gar nicht geben.

Im Haus herrscht beklemmende Stille, unsere Töchter vergnügen sich noch in der Badeanstalt. Ich überlege, ob ich sie für ein, zwei Wochen Verwandten aufhalsen sollte, um sie in Sicherheit zu bringen. Einen Vetter im Sauerland habe ich im Sinn, natürlich nicht Theo. Zuvor muß ich aber dringend mit Laura reden. Schluß mit den Heimlichkeiten, nehme ich mir vor.

Wir sind im ersten Stock angekommen, Detlev zerrt mich in die Rumpelkammer.

»Schau mal, auf was ich gestoßen bin.« Seine Stimme klingt nicht halb so liebenswürdig wie Berkels.

Auf einem Tisch liegt aufgeschlagen die Akte D, ich erkenne den gelben Rand des Schnellhefters. Detlev kommt mir zuvor, als ich nach der Akte greifen will, wehrt mich mit einer Hand ab und zitiert laut: »Martina B. gibt zu, daß sie und D sich in Wesel nicht ständig um die Kinder gekümmert haben. Es gab Freizeiten. Was hat D in diesen gemacht?«

Ich reagiere vorhersehbar und werfe mich aufgebracht gegen ihn. »Gib das her. Was fällt dir ein, in meinen Unterlagen herumzuspionieren?«

Detlev ist wesentlich kräftiger als ich, es gelingt mir nicht, ihm die Akte zu entreißen. Er liest weiter: »D liebt nur Blond.«

D hat meine Arme in einen Zangengriff genommen und preßt mich fest an sich, sein Atem bläst mir in den Nacken, ich winde mich mit aller Kraft und schwanke zwischen Wut und einer kalten Angst, die mir das Herz stolpern läßt. Ich will nicht angefaßt werden. Die Wut hält die Angst in Schach.

»Weißt du, mit wem ich heute Tennis spielen war?« brüllt D. »Mit Martinas Mann. Das hast du nicht bedacht, Frau Kommissar, daß ich den kenne und der mir was von einem Überraschungsbesuch erzählt. Bist du jetzt total durchgeknallt? Ich glaube nicht, daß er es ernst meinte, als er mich fragte, ob ich was mit seiner Frau hätte. Könnte doch sein, hat er vielleicht trotzdem gedacht, wenn schon die Frau Kommissar sich bemüßigt fühlt, der Sache nachzugehen. Ich laß dich in die Klapsmühle einweisen, wenn das so weitergeht.«

Ich bin ganz schlaff geworden vor Erleichterung, und D begreift überhaupt nichts mehr, als ich laut zu lachen beginne, ich kann nicht anders, dabei schmerzen mir die Handgelenke von Detlevs Griff.

Mein Mann schlägt die Tür hinter sich zu und poltert die Treppe hinab, unten fällt die Haustür ins Schloß. Ich nehme an, daß ich ihn vor dem späten Abend nicht mehr zu sehen bekomme, sicher muß er sich im Gespräch mit ein paar Kumpels in der Kneipe abreagieren. Das gibt mir Gelegenheit, mit meinen Töchtern zu reden. Ganz dringend muß ich erfahren, was mir Laura verheimlicht, um endlich Gewißheit zu erhalten.

Es erscheint mir auf einmal unglaublich, daß ich so lange gezögert habe. Aber seit wann arbeitet dieser Verdacht denn schon? Eine Woche, zwei Wochen, höchstens. Zwei Wochen, um sich darüber klarzuwerden, daß man in Kauf nimmt, das eigene Leben zu zerstören, um eventuell das der Töchter zu retten. Ihre Zukunft vor allem. Es ist ja nicht wie bei Theo. Den konnte ich beinahe unbeschadet überleben.

Leider trifft Detlev kurz darauf mit Laura und Katia ein, er hat die beiden mit meinem Wagen vom Schwimmen abgeholt.

Nach dem Abendessen, als wir einen Moment allein sind, spricht Detlev ganz ruhig zu mir. »Tut mir leid, wenn ich dir vorhin weh getan habe. Auf häuslichen Prügelszenen steh ich nicht, wie du weißt. Wir müssen miteinander reden. Ernsthaft. Lilli, bleib hier …« Er schreit wieder.

Ich lasse ihn stehen, schnappe mir das Handy und tippe Harrys Nummer ein. »Habt ihr was in Berkels Auto gefunden?« flehe ich durchs Telefon.

»Bist du meschugge? In den paar Stunden?« knurrt Harry.

»Ich hab ja nur fragen wollen«, erkläre ich kleinlaut.

»Außerdem mache ich jetzt Schluß. Irgendwann muß ich mal schlafen.«

»Ich glaube nicht, daß ich schlafen kann«, schluchze ich.

»Lilli? Ist was mit dir? Hau dich aufs Ohr, bevor du durchdrehst.«

Drauf und dran, völlig die Kontrolle zu verlieren, beende ich rasch das Gespräch. Ich renne aus dem Haus, denn drinnen halte ich es nicht mehr aus. Ziellos streife ich an Gärten entlang, in denen gegrillt wird, der Geruch nach Holzkohle und Currysaucen driftet mit dem Klang entspannter Stimmen über die Gartenzäune. Es ist noch hell draußen, eine leichte Brise fährt durch kugelige Alleebäume.

Vor mir führt ein Mann seinen Hund Gassi, der Köter hebt an jedem Eckpfosten das Bein. Ich probe Fragesätze.

»Hat dich dein Vater einmal so angefaßt, daß du es nicht gern hattest?«

»Meinst du, ob er mir eine geknallt hat?« fragt Laura erstaunt in meinem Kopf.

»Das weiß ich, daß er dir keine knallt, das haben wir so ausgemacht. Hat er dich schon mal so angefaßt, wie Jungs das tun?«

Fassen Jungs meine Laura an, ist es schon soweit? Ich gehe härter vor. »Wir haben doch über Vergewaltigungen gesprochen …«

Weiter komme ich nicht, Laura springt auf und läuft die Treppe hinauf, ich fühle mich nur noch elend.

Als ich meinen Ausflug beendet hatte, saßen meine drei auf dem Sofa und sahen fern. Tennis, Fußball, irgend etwas. Laura hatte sich in eine Sofaecke zurückgezogen und drückte wieder ein Kissen an sich. Sie starrte, als wenn sie nichts sehen würde. Morgen, nach dem Aufstehen, wenn mein Kopf nicht mehr glühen würde und mein Magen sich beruhigt hätte, dachte ich, werden wir miteinander reden, bis dahin klafft noch eine Ewigkeit, die ich mit Schlaf füllen werde und mit Traumbildern einer glücklichen Familie, meiner natürlich, so wie sie früher war.

12. Juli

Erst als das Handy schrillte, wachte ich auf, Detlev mußte den Wecker abgeschaltet haben.

»Bist du wahnsinnig? Wo bleibst du?« bellte Patrick, nachdem ich mich gemeldet hatte. »Hier ist der Teufel los. Harry faselt etwas von einem vierten Schwan. Lilli?«

Ich lasse das Handy fallen und springe mit einem Satz aus dem Bett. Die Tür zu Lauras Zimmer steht offen, das Bett ist zerwühlt.

»Laura? Laura!«

Katia streckt den Kopf aus ihrer Tür. »Was schreist du so? Laura ist mit Papa weg.« Sie reibt sich die Augen. »Jetzt hast du mich geweckt, ich war gerade erst wieder eingeschlafen.«

Ich packe sie an beiden Armen, schiebe sie in ihr Zimmer zurück und drücke sie auf einen Stuhl. Verschreckt schaut sie zu mir hoch.

»Keine Lügen, hörst du? Nicht eine Ausrede, kein falsches Wort. Was ist mit Laura los? Ich weiß, daß du's weißt. Was verheimlicht sie mir?«

Katia weint. »Ach, Mama, es ist alles so schrecklich.«

Etwas besonnener und scheinbar ruhiger streiche ich ihr das

wirre Haar aus dem Gesicht. »Was ist schrecklich? Du kannst es mir sagen.«

»Die ist doch so verknallt in Lars.«

Wie Katia auf diesen Lars kommt, ist mir unverständlich, welcher Lars? Ich will etwas über Detlev hören, über D und Laura.

»Lenk nicht ab. Was ist zwischen Papa und Laura vorgefallen? Sag's schnell, wir haben nicht viel Zeit, ich muß Papa aufhalten.«

»Wieso? Papa hat gesagt, er nimmt dein Auto, er ist damit hinter dem Abschleppwagen her, und Laura ist mit. Sagst du's ihr nicht, daß ich sie verpetzt habe?«

Zugegeben, es kommt mir wirr vor, was Katia von sich gibt, es wäre wohl das beste, wenn ich mich im Handumdrehen anzöge, ein Taxi bestellte und zum Büro raste. Vielleicht wäre es sogar sinnvoller, sofort von hier eine Großfahndung auszulösen.

Katia läuft mir ins Badezimmer nach und redet auf mich ein. »Laura hat Lars mit Caroline gesehen, und dann war sie ja kurz drauf tot, und du hast so komisch nach Lars gefragt. Aber er kann Caroline doch nicht umgebracht haben, nicht? Ich glaub's nicht, auch wenn er blöd ist. Laura hat aber Angst, daß er's gewesen ist, die doofe Kuh, und dauernd heult sie und ißt nichts mehr. Dabei will er gar nichts von ihr wissen. Ballett findet er affig, hat er gesagt. Ist mir viel lieber so, als wenn er was mit meiner Schwester anfängt und wieder Walze zu mir sagt. Du verrätst mich doch nicht? Ich mein ja nur, daß du das alles wissen mußt, das mit Lars und Caroline, am Ende ist er's doch gewesen.«

Sie sieht zu, wie ich mir das T-Shirt, das ich nachts trage, herunterreiße und unter die kalte Dusche springe, wobei sie kummervoll aufheult.

»Oh, Mama!«

Mit nassen Haaren fahre ich in die Klamotten von gestern.

»Was hat Laura mit dem Tutu gemacht?« frage ich beiläufig, während ich mich anziehe.

»Das ist unter ihrem Bett, aber sie hat es mit der Schere zerschnitten.«

Als ich das Haus verlasse, fährt Detlev gerade auf den Parkplatz vor der Garage, Laura sitzt neben ihm im Wagen. Einen Augenblick später reiße ich meinem Mann den Schlüssel aus der Hand, schiebe mich ins Auto und knalle die Tür zu. Die Frage bewegt mich, wer der vierte Schwan ist, wenn es sich nicht um Laura handelt?

Patrick saß vor seinem Computer und hackte auf der Tastatur herum. Beim Sprechen schaute er kein einziges Mal zu mir herüber und nahm kaum die Zähne auseinander.

»Berkels Auto ist clean, läßt dir Harry sagen, leider habt ihr nicht nachgefragt, ob es einen zweiten Wagen gibt. Ist eigentlich logisch, nicht? Den von der Mama nämlich, beinahe identisches Modell, nur dunkelblau. Hier hast du das Kennzeichen, und das findet sich auch auf der Liste der Ringfahndung.«

Ich plumpste auf einen Stuhl. »Was ist mit dem vierten Schwan?«

»Für die Nomenklatur in diesem Fall ist Harry zuständig, frag den. Ich weiß nur, daß wieder eine Vermißtenmeldung vorliegt, ein Kind direkt aus Metelen, eine Elfjährige. Berkel ist wohl mit dem Auto seiner Mama unterwegs.«

»Und wie kriegt ihr die beiden Sachen zusammen?«

»Durch Augenzeugen. Berkel scheint aufgegangen zu sein, daß er seine Spielchen nicht mehr lange spielen kann, und hat ein letztes Mal aufgemischt. Dazu hat er sich ein Kind aus der Nachbarschaft gegriffen. Eine Nachbarin sah es zu Berkel ins Auto einsteigen.«

Rohleff war zu uns getreten. »Die Großfahndung läuft schon. Das blöde ist, daß der Mann offenkundig alle Schleichwege hier im Umkreis im Kopf hat.«

»Alle Teiche auch?« warf ich ein.

Er tippte Patrick auf die Schulter. »Hol dir eine Gebietskarte auf den Bildschirm. Markier jeden Tümpel, jedes Schlammloch. Schick zu jedem einen Einsatzwagen. Lilli, wir fahren nach Metelen.«

»Sag mal, klingt das nicht ein bißchen seltsam? Berkel hat ein Kind im Auto mitgenommen, na und? Wahrscheinlich kennt er die Kleine. Ein Kind aus der Nachbarschaft, hast du gesagt. Da muß nichts weiter dran sein.«

Dem unwirschen Blick nach zweifelte Rohleff an meinem Verstand. »Patrick, bleib am Ball, und melde dich zwischendurch.«

Patricks Augen waren noch immer gerötet, aber aus der Stimme klang Entschlossenheit. »Geht, klar, Chef, haut endlich ab.«

Es gelang mir kaum, mit Rohleff Schritt zu halten, als er den Flur entlang zum Ausgang stürmte, und ich kam mir wie ein Kind vor, das einem unwilligen Erwachsenen am Rock hängt.

»Ich habe mit der Mutter des Kindes gesprochen. Sie sagt, daß ihre Tochter merkwürdige Dinge über Berkel erzählt hat. Und als sie von der Nachbarin hörte, daß das Mädchen zu ihm ins Auto gestiegen ist, hat sie uns angerufen. Lilli, die Sache stinkt von Metelen bis hier. Steig schon ein.«

Wir bretterten mit Blaulicht bis nach Metelen, und der Wagen schlingerte, als wir die Kurve in die Hauptstraße nahmen. Daß Rohleff jetzt so angespannt wirkte, beruhigte mich ein bißchen. Wenig später passierten wir Berkels Haus und bogen etwa hundert Meter weiter in die nächste Querstraße. Die Mutter winkte uns zu, eine kleine Traube von Nachbarn umringte sie.

»Wo können wir ungestört miteinander reden?« fragte Rohleff als erstes.

Sie führte uns ins Haus und schloß vor den Nachbarn die Tür. Durch die Glasscheibe sah man, daß sich die Leute nicht etwa zerstreuten, sondern dichter zusammenrückten und das Haus anstarrten.

»Was haben Sie von Ihrer Tochter erfahren?«

»Wenn ich das gleich meinem Mann erzählt hätte, hätte er Berkel den Hals umgedreht, und meine Anna wäre hier. Aber …«

»Die Fahndung läuft auf allen Ebenen, der Mann wird nicht weit kommen.«

Die Frau war zu aufgeregt, um sich zu setzen, deshalb standen auch wir und folgten ihr von einem Raum zum anderen bis auf die Terrasse hinter dem Haus. Sie spähte zum Himmel empor.

»Hubschrauber haben wir ebenfalls angefordert. Sie wollten uns was erzählen.«

»Vor zwei Tagen rückte Anna damit heraus. Ich bin zunächst nicht schlau daraus geworden, sie hat herumgedruckst, weil sie selbst nicht wußte, was sie von der Sache halten sollte. Berkel hat sie ein paarmal angesprochen und war ja recht nett. Wir kennen ihn auch nur als netten Nachbarn, obwohl ich es eigenartig finde, wie er allein mit seiner Mutter zusammen haust. Ich weiß selbst nicht, wie ich es am besten erklären kann. Er hat sie mal gestreichelt, aber eigentlich nur am Arm, dabei muß man sich ja nicht gleich sonstwas denken. Irgendwie ist es Anna aber komisch vorgekommen, denn er ist immer so dicht an sie heran. Sie sagt, es war ihr nicht angenehm. Ich habe ihr verboten, sich noch einmal von ihm ansprechen zu lassen. Er hatte ihr was geschenkt, deshalb dachte sie, sie müsse höflich sein.«

»Haarspangen?« fragte ich.

»Vielleicht bin ich ja nur durchgedreht, weil soviel über die Mädchenmorde in der Zeitung stand. Nein, keine Haarspangen.«

»Ich bin froh, daß Sie uns angerufen haben«, mischte sich Rohleff ein.

Wir stiegen erst gar nicht wieder ins Auto, sondern liefen bis Berkels Haus, verfolgt von neugierigen Blicken.

Berkels Mutter öffnete und betrachtete uns griesgrämig. Rohleff fragte nach Berkel.

»Mein Sohn ist nicht da. Waren Sie nicht gestern hier und haben das Auto mitgenommen? Alfons wollte mir nicht sagen, was das Ganze bedeutet, und ich weiß nicht, was ich sagen soll, wenn mich die Nachbarn darauf ansprechen.«

»Dürfen wir hereinkommen?« bat ich.

Sie ging voraus und legte die Hand auf die Tür des Zimmers, das wir bereits kannten. Ich gab einem Impuls nach, als die Tür aufschwang und der Gelsenkirchener Barock und das Klavier sichtbar wurden.

»Haben Sie nicht einen anderen Raum, in dem wir uns unterhalten können?«

»Das ist unser Wohnzimmer«, protestierte sie und betrachtete uns noch eine Spur mißmutiger. »Oder wollen Sie Alfons' Studio sehen?«

Als wir es betraten, hatte Rohleff wohl genau wie ich den Eindruck, in ein Kinderzimmer zu geraten.

»Es ist aber nicht aufgeräumt«, nörgelte Frau Berkel.

Ich fragte mich, wie es dem Bären auf dem Klavier gelungen war, in die eiserne Erwachsenenwelt des vorderen Zimmers vorzudringen. Nicht, daß im Studio Kindermöbel standen oder Spielzeug zu sehen war, außer einer sehr schönen alten Eisenbahn in einem Regal. Ein Sammlerstück. Trotzdem herrschte hier eine deutliche Kinderzimmeratmosphäre. Kassetten und CDs lagen auf einem abgetretenen bunten Teppich verstreut wie Spielsteine aus einem Baukasten. Die Türme einer Musikanlage nahmen eine Wand ein, über ihnen hingen, schräg mit Stecknadeln befestigt, Plakate von Opern und Ballettaufführungen mit jeder Menge Tüll-Tutus.

»Hört Ihr Sohn gern ›Schwanensee‹?« fragte Rohleff.

Sie räumte einen Sessel frei und setzte sich. »Wie würde es Ihnen gefallen, wenn Sie beinahe täglich das gleiche Stück hören müßten? Ich habe ihm schon tausendmal gesagt, er soll mit seiner Musik ausziehen, ich habe ihm regelrecht verboten, noch einmal dieses Stück zu spielen, aber verbieten Sie einem Vierzigjährigen mal was! Er könnte sich doch eine nette Frau suchen.«

»Würde es Sie freuen, wenn er heiratete?« erkundigte sich Rohleff.

»Wenn sie wenigstens seine Hemden bügelt.«

Wir fragten, ob Alfons seine Unterlagen für die Fahrten zu Hause aufbewahrte, in seinem Studio sah es jedenfalls nicht nach Büroarbeit aus. Für Termine und Ähnliches, belehrte uns Frau Berkel, sei das Büro in Gronau verantwortlich, er habe eine Sekretärin. Den Weg dorthin beschrieb sie uns immerhin.

Schon auf der Fahrt nach Metelen war mir flüchtig Theo in den Sinn gekommen und wie er in jener Nacht in mein Bett gekrochen war, als alle anderen im Haus bereits schliefen. Mein Vater war an dem Tag fünfzig geworden, wir hatten ausgiebig gefeiert, und Theo hatte ebenfalls Bier getrunken. Ich roch seinen Bieratem und hielt mich ganz still.

»Geh in dein Bett«, habe ich geflüstert, »ich will das nicht mehr.«

Theo legte mir rasch die Hand auf den Mund. »Du wirst doch nicht das ganze Haus aufwecken.«

Mein Vater hatte mir ein Glas Wein erlaubt, an Alkohol war ich nicht gewöhnt.

Rohleff riß mich aus meinen Gedanken. »Der Kerl ist ein Bubi geblieben, ein Muttersöhnchen.«

»Die Mutter scheint aber nicht viel Wert darauf zu legen«, wandte ich spröde ein.

»Warum paßt dir Berkel nicht als Täter? Der hat drei verschiedene Versionen von ›Schwanensee‹ und das Plakat an der Wand. Ich wette, eine vierte Version hat er gerade ins Kassettendeck von Mutters Auto geschoben.«

Wir hatten bei uns nur einmal »Schwanensee«, und das reichte mir, hätte ich sagen können, meine Gedanken wollten aber unerbittlich auf Theo zurückkommen.

In Gronau erreichten uns verschiedene Meldungen von Fahndungsposten, daher stiegen wir nicht gleich aus, sondern hörten uns noch Patricks Bericht an, zu welchen Tümpeln der Umgebung er Einsatzfahrzeuge dirigiert hatte.

»Und wenn ihm diesmal das Wasserloch in einem Laubengarten genügt?« fragte ich.

Keine der bisher eingesetzten Polizeistreifen hatte Berkels Auto ausgemacht, nicht mal der Hubschrauber, der sich seit kurzem an der Fahndung beteiligte. Das Netz, das wir ausgeworfen hatten, wurde von Stunde zu Stunde feinmaschiger, es konnte gar nicht anders sein, als daß Berkel darin hängenblieb. Du mußt an Berkel denken, nicht an Theo, ermahnte ich mich.

Rohleff stieß mich an. »Komm, Lilli.«

Von der Sekretärin hatte ich mir kein Bild gemacht, aber daß sie derart jung und hübsch war, hatte wohl auch Karl nicht erwartet. Sie lächelte und wirkte dabei tüchtig und kompetent, an ihrer rechten Hand glänzte ein schlichter Goldring. Berkels Büro, das aus zwei hellen Räumen bestand, war geschmackvoll und modern eingerichtet. Der Mann selbst erhielt immer mehr Facetten, die sich zu keinem klaren Bild zusammenfügten.

Die Sekretärin wußte natürlich über die Routen für heute genau Bescheid. Zwei Apotheken in Emsdetten standen obenan auf dem Terminplan. Vorsichtshalber meldete sich Rohleff dort telefonisch und erfuhr, daß Berkel seinen Besuch auf den Nachmittag verschoben hatte. Wir fragten uns, ob er so dumm sein könnte zu glauben, daß er doch nicht auffliegen würde. Rohleff bat Patrick, die Teiche um Emsdetten ins Visier zu nehmen, und reichte mir das Handy.

»... ein Teich in der Siedlung Sinnigen, sitzen aber die Häuser zu dicht dran. Nicht weit vom Bahnhof Reckenfeld sieht es besser aus. Es ist aber auch nur so ein Tümpel. Wie wär's denn mit dem Westerroder See bei Greven?« schnarrte Patrick.

»Mach nur schön weiter so.« Ich gab das Handy an Rohleff zurück. »Das ist hoffnungslos«, entfuhr es mir.

»Wo würden Sie Berkel vermuten, wenn er nicht zu Hause ist, nicht auf Tour zu den Apotheken und ganz dringend einen abgeschiedenen Ort mit ein bißchen Grün benötigt und, wenn möglich, einer Wasserpfütze?« fragte Rohleff die Sekretärin.

Sie spielte mit einem Stift. Unsere Dienstausweise hatten sie eingeschüchtert, aus der Art, wie sie von Berkel sprach, war dagegen klargeworden, daß sie ihren Chef mochte und wohl eher daran dachte, ihm aus der Patsche zu helfen, statt ihn in die Pfanne zu hauen.

»Haben Sie nichts von den Mädchenmorden gehört?«

Ich sah, wie ihr Gesicht erstarrte.

Berkel besaß irgendwo ein unbebautes Grundstück, etwas Gartenähnliches, er hatte es gelegentlich erwähnt. Wo der Garten lag, wußte sie nicht. Das sollten wir die Mutter fragen.

Rohleff wirkte sehr grimmig, als wir nach Metelen zurückhetzten. Frau Berkel gab vor, nichts von einem Garten zu wissen. Rohleff fluchte unbeherrscht, klappte das Handy auf. Er brüllte in den Apparat.

»Patrick, sieh zu, daß du die Katasterämter der Umgebung flott machst, Berkel besitzt ein Grundstück, weit weg von hier kann es nicht sein, sonst wäre der Kerl längst in unserer Fahndung hängengeblieben. Mach zu.«

Das Grundstück, erklärte uns Frau Berkel danach widerstrebend, liege hinter Ammeloe, nahe der holländischen Grenze, und könnten wir nicht warten, bis Alfons zurückkehre und alles aufkläre? Unverzollte Ware aus Holland einzuführen sei doch nicht so schwerwiegend, oder sei jemand dadurch ernsthaft zu Schaden gekommen? Davon habe Alfons nichts erzählt.

Wir hatten nicht die Zeit, ihr auseinanderzusetzen, warum wir Berkel fassen mußten, gerade traf eine Beamtin aus Metelen ein, die Frau Berkel Gesellschaft leisten sollte, um zu verhindern, daß sie mit ihrem Sohn telefonisch Kontakt aufnahm. Die Sekretärin, von der wir wußten, daß Berkel immer ein Handy dabeihatte, hatten wir vorsichtshalber genauso außer Gefecht gesetzt.

Es sind etwa vierzig Kilometer bis Ammeloe, die ich dazu nutze, mich Theo zu widmen, er drängt sich unerbittlich auf.

Es ist keineswegs nur unangenehm, wenn man als leicht beduselte Fünfzehnjährige kundig gestreichelt wird, wobei zunächst die unverfänglicheren Körperpartien bedacht werden, so daß man darauf hofft, es bleibt dabei. Und wenn es einem eben doch nicht ganz eindeutig zuwider ist, gibt es keinen Grund, zu schreien – flüstert Theo jedenfalls.

Irgendwie prickelt es schon an gewissen Stellen, aber sein Körper fühlt sich hart und schwer an, als er sich über mich wälzt. Jetzt habe ich anscheinend endgültig die Gelegenheit verpaßt, mich zur Wehr zu setzen. Wenn ich es recht bedenke, ist es wohl doch eine Vergewaltigung.

Rohleff stoppt am Straßenrand und läßt das Seitenfenster herunter. Ich höre nicht zu, wie er sich mit einem Kollegen aus einem Streifenwagen unterhält, Theo ist noch bei mir. Rohleff schüttelt mich.

»Hast du kapiert, Lilli? Er hat die Kleine freigelassen, sie ist unverletzt. Aber deshalb brauchst du nicht gleich zu weinen.« Die Tränen sind aber nicht mehr aufzuhalten. »Ab morgen hast du Urlaub, eine Woche Pause«, sagt Rohleff bestimmt, als er erneut hält und ich weiterschluchze.

Beamte laufen auf uns zu, während wir aussteigen, sie rufen durcheinander. Ich stolpere einen schmalen Trampelpfad an einer sumpfigen Wiese entlang, Frösche quaken. Mitten in der Wiese glänzt ölig ein Wasserspiegel. Aber ich taumele nicht darauf zu, sondern auf das Feuer vor mir, in dem grell die Silhouette einer Bretterbude aufleuchtet.

»War nichts mehr zu machen, er ist drin«, sagt jemand hinter mir, ich weiß nicht, wer mit mir spricht, und schüttele die Hand ab, die mich am Arm zurückzuhalten sucht. Theo hat sich ebenfalls der Verantwortung entzogen. Eine Woche nach der Vergewaltigung kam er bei einem Autounfall ums Leben, deswegen hasse ich ihn jetzt ganz besonders, und deshalb habe ich alles bis heute vergessen.

Berkel ist auch so ein heimtückischer Täter, der uns im

ungewissen zurücklassen möchte. Ich muß aber hundertprozentig sicher sein, daß er D ist. Harry kommt mir nachgerannt, ich habe fast das brennende Haus erreicht, ich spüre bereits die Hitze des Feuers.

»Bist du verrückt, du holst Berkel auch nicht mehr raus.«

Harry und Rohleff halten mich nun beide fest, ich spähe nach einem Fluchtweg aus, aber von der Seite rennt Patrick auf uns zu.

»Ganz ruhig, Lillikind«, mahnt Harry sanft, »der Kerl tut keiner mehr was.«

»Bist du sicher, daß er D ist?« frage ich mit Kleinmädchenstimme.

»Vorhin hat sich die Gerichtsmedizin gemeldet. Sie haben eine DNA-Spur an der letzten Leiche festgemacht, die vom Täter stammen könnte, die dazu passende Information liefert uns Berkel, irgendein Knöchelchen wird reichen.«

Höchste Zeit, daß ich meinen Alptraum abschüttele, daß ich D vergesse, Theo vergesse, wieder ich selbst werde, ich ahne aber schon, daß ich mir jetzt besser Gedanken über Detlevs Auto machen sollte, das eventuell längst aus der Werkstatt zurück ist, und natürlich Gedanken um Detlev, denn da sind immer noch einige Dinge offen, die ihn und Laura betreffen und mir Sorgen machen.

Ich werde es nicht vermeiden können, eine Menge Fragen zu stellen und ebenso viele anzuhören und Theo doch ein letztes Mal herauszukramen, weil es nicht uninteressant sein wird, zu sehen, wie Detlev auf Theo reagiert.

Vor allem muß ich endlich mit dem Weinen aufhören, denn es ist klar, daß meine Kollegen nicht bis zum Abend warten, um ein Bier trinken zu gehen. Leider enden unsere Fälle meistens mit einem Besäufnis, und das ist auch ein Grund zum Heulen.